아무것도 없는 자 같으나 모든 것을 가진 자로 사는 법

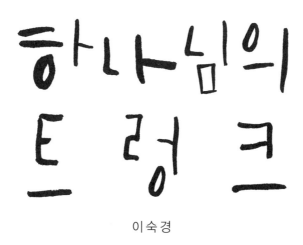

하나님의 트렁크

이숙경

인사이트브리즈

"고통을 고안해 내신 하나님께 감사드린다."

필립 얀시

시퍼렇게 살아 계시다는 나의 아버지 되신다는 하나님이
눈가가 짓무를 정도로 눈물을 흘리게 하시더니만
혼자 벽을 보고 누워 이불을 뒤집어쓰고 흐느끼게 하시더니만
끝없는 자폭의 시절을 그토록 오래 견디게 하시더니만
자꾸 엇나가는 내 발목을 잡고
안 보는 듯 보시면서도, 눈 하나 깜빡 안하시더니만
내가 웃는 꼴을 못 보시겠는지 고통으로 살을 저미게 하시더니만
(하나님이 정말 나의 아버지가 맞는 것일까? 친자 확인은 어떻게 해야 하는
걸까? 시청 민원실에라도 가봐야 하나?)

어느 날 문득
정신을 차리고 보니
내 죄보따리, 짐보따리 들쳐 매고 서계셨다, 모처럼 인자한 웃음을 띠고.
(하나님이 드디어 개과천선하신 것일까? 아니면 멀었던 내 눈이 그제야 떠진
것일까?)

그리하여 어쨌든
나는 자유!
이런 하나님을 사랑할까 말까,
가끔 삐치는 시늉을 하면서 하나님과 놀고 있다.

살짝 슬프지만 많이 기쁜 하루가,
어느 순간은 속 터지지만 많이 감사하는 하루하루가 천국임을 알겠다.
나의 지나간 고통과 지나갈 고통을
더 이상 고통스러워하지 않으리.

이숙경 작가의 끈질긴 글쓰기를 보면서 "문학이 구원"이란 그 흔한 말을,
좀 더 구체적으로 "글쓰기가 구원"이란 말로 바꾸어 본다.
상상을 초월한 빈곤 속에서도, 늘 보여주는 넉넉한 품성과 이웃에 대한
따스한 배려와 성도의 교제를 풍성하게 하는 작가 특유의 해학이
주변 사람들을 늘 행복하게 한다.
인고의 삶속에서도 하나님의 임재를 체험한 산 증언을
『하나님의 트렁크』 속에서 발견한다.
이 시대의 불평등과 착취와 죄악의 역사 속에서도 거기에 매몰되지 않고
야생화처럼 끈질기게 그런 역사를 살아내고 있는 한 여성이 자신의 삶을
우리말 우리글로 육체를 입혀, "나 좀 봐!"라고 하며 내놓았다.
독자들, 깜짝 놀랄 거다.

민영진/ 감리교 은퇴목사. 시인

나는 하나님의 사람일까?

그렇다.

그러나 24시간 하나님의 사람으로 살지는 않는다.

딴짓하며 보내는 시간이 더 많다.

어릴적 쓰던 표현을 빌려,

똥금을 내밀어 대충 계산해보니

하루 중 1시간 정도는 그럭저럭 하나님의 사람으로 살고 있는 것 같다.

하나님의 사람으로 살기 위해서는 주변의 도움이 절대적이다.

그런 점에서 볼 때 이숙경 선생은 특급 도우미다.

그녀가 책을 낸다.

더 많은 이들이 하나님의 사람이 될 것을 확신한다.

016/09/02

황인뢰 감독

차

례

■ 하나님의 트렁크

$$0\ 1$$

춤추면서 화장하는 재미

지난 6월이었다. 재개발을 앞둔 낡고 쇠락한 아파트에서 8월로 예정된 국민임대아파트 입주일만 손꼽아 기다리던 즈음 또 남편이 일을 냈다. 문을 열면 마주하는 바로 앞집에서 내다버린 화장대를 들고 들어온 것이다.

한수 이북의 소도시 변두리 아파트, 서민 중에서도 가장 서민다운(?) 분들이 사는 아파트 (그것도 그중 제일 작은 면적인 실 평수 11평 아파트) 앞집에서 더 이상 쓰지 못하겠다고 내다버린 가구라는 것의 몰골이 어떠하겠는가. 강남의 타워 팰리스라면 또 모르지만 이건 아니었다.

남편은 땀을 뻘뻘 흘리면서 연식 장난 아닌 것이 한눈에 보이는, 무겁기 한량 없는 둔탁한 화장대를 기어이 현관문 안쪽으로 들이밀었다. 해방 전에 태어나신 분의 안목으로 본다면 부서진 곳 없고, 튼튼해 보이고, 수납 활용도가 높은 화장대는 일급이었을 것이다.

나의 반항에도 불구하고 (내가 써야하는 화장대인데 왜 남편 취향의 화장대를 써야하느냐고, 내가 싫은데 왜 집에 들였느냐고 아무리 말해도 소용없었다) 그것은 좁디좁은 작은 방 한 귀퉁이를 차지하고 말았다.

나는 누군가의 손길이 오래 동안 묻어있는 화장대 앞에서 남편에게 선언했다. 이사할 때는 절대로 가져가지 않을 것이다!

새로 이사할 집은 같은 평형임에도 불구하고 복도식이어서 살고 있던 곳보다 활용면적이 좁았다. 교자상이며 쌀 푸대며 각종 잡동사니를 쌓아둘 수 있었던 뒤 베란다가 없었고, 온갖 허드레 물건들을 쌓아두었던 광도 없었고 세탁기를 밀어 넣었던 보일러실도 없었다. 이삿날이 정해진 후부터 날마다 집안에 있던 물건들을 선별하여 버리는 작업을 시작했다. 정말, 거의 다 버렸다.

마침내 이삿날.

갖은 우여곡절 끝에 그 화장대는 이삿짐 속에 꾸려져 새색시같이 깔끔한 아파트에 입성했다. 여기저기 넣어보고 둘 데 없으면 버린다는 전제하에 벌어진 상황이었다.

새로 이사한 아파트의 작은 방은 이전에 살던 작은 방보다 더욱 작아 책상이 아예 들어가지 못했다. 결국 책상은 식탁자리에 놓여졌다. 좀 이상했지만 한참 보니 익숙해져서인지 딱 알맞춤한 자리라고 신기해하는 지경에까지 이르렀다.

사람은 적응을 잘하는 종족인가 보다.

이리저리 치이던 화장대는 결국 신발장과 마주보고 현관바닥에 놓게 되었다. 내가 산 콘솔은 버리고 (세상에) 거울만 떼어와 화장대 위에 걸었다. 멋지다. 딱 어울린다! 이것은 남편의 말. 나는 남편 뒤에서 울분을 삼키고.

그렇게 해서 나는 화장을 할 때마다 춤을 추어야 한다. 현관에 있는 센서에 불이 켜져야 얼굴이 보여 변장인지 분장인지 할 수 있는데 센서는 일정 시간이 지나면 꺼지기 때문이다. 그래서 나의 화장 시간은 춤추는 시간이 되었다. 눈썹을 그리다가 센서가 꺼지면 몸을 흔들어 주고, 마스카라를 칠하다가 센서가 꺼지면 제 자리에서 스텝을 밟아준다. 그렇다고 센서가 켜지는 것은 아니지만 기분나면 노래도 불러준다.

하지만 가장 큰 문제가 도사리고 있었다. 날이 환하게 밝은 시간에 화장하기는 더욱 어려워진 것이다. 어둡지 않으므로 센서가 켜지지 않는 것. 아무리 제

자리에서 뛰어도 몸을 흔들어도 일정한 빛이 들어오는 현관의 센서가 켜지지 않으므로 결국 실내에서 가장 어두운 공간에서 '화장'을 해야 하는 상황이 되어버린 것이다. 하는 수 없이 얼추 얼굴에 공을 들인 후 집에서 가장 환한 조명이 있는 화장실로 뛰어 들어가 거울을 보고 리터치를 해야 한다.

그런데 이 일 역시 나에게 익숙해졌다.

이사한 후부터 현관에 서서 자꾸 꺼지는 센서에 의지하여 화장을 하다 보니 그 자리가 더할 나위 없이 딱 맞는다는 생각이 들게 된 것이다.

신을 신을 때 화장대에 의지할 수도 있고 화장대 밑의 작은 공간에 남편의 신을 밀어 넣을 수도 있다. 화장대 옆의 후미진 곳에 쓰레기통을 숨길 수도 있고 무엇보다 나의 온갖 잡동사니들을 화장대 구석구석에 숨겨놓을 수도 있다.

누구든 우리 집을 방문하는 사람들은 화장대가 현관에 놓여있는 것에 신기해하고 놀라워하고 감탄한다. 남편은 옆에서 화장대가 얼마나 유용한지 곁들여 설명해준다. 남편의 설명이 끝나면 내가 나서서 이렇게 말한다.

"춤추면서 화장하는 재미도 쏠쏠하답니다."

하나님의 트렁크

0 2

심야의 배추된장국

새벽 두 시 반, 나는 배추된장국을 끓이고 있었다. 내 스스로도 예상하지 못했던 행동이었다. 이전의 삶의 방식과 사뭇 동떨어진 행동이기도 했다.

이전의 나였다면 눈을 뜨자마자 노트북을 열었을 터였다. 가장 작은 볼륨으로 가장 귀에 거슬리지 않는 클래식을 틀어놓고 성경을 읽거나 기도를 했을 것이다. 이어 책을 펼쳤겠지. 쪼르륵 쪼르륵 드립커피를 내리고 그윽한 커피 향내에 미소 지었을 것이다.

하지만 오늘의 나는 달랐다. 그러고 보니 요즈음의 나는 이전과 많이 달라져 있는 것을 알겠다.

책상과 일 미터 떨어져 있는 싱크대(그것은 부엌에 책상이 있다는 의미의 다른 표현이다)를 힐끗 보고 아침 국거리가 없다는 데 생각이 미쳤고 오랜 가정주부(대체 이런 자각이 언제부터 나에게 있었단 말인가)의 경력으로 멸치를 넣고 된장을 풀었다. 왜 하필 배추된장국이었을까 생각할 겨를도 없이. 마치 책 속의 등장인물이 무의식적으로 튀어나와 나에게 빙의된 것 같았다. 한 수저 떠서 국을 맛보는 내가 신기하기도 했으니까.

그렇게 해서 나의 이분법적 생은, 이제껏 '쓰는 나' 와 '사는 나' 로 분리되었던 자아는, 다소곳하게 합체가 되어 드디어 일체가 되었다. 땅에 발을 딛지 않

고 사는 것 같다던 동생의 말이 떠오른다. 그 때는 인식하지 못했는데 되돌아
보니 허공에서 부유하던 시절이었다. 꿈꾸는 자의 모습 치고는 너무 붕 떠 있
는 바람에, 보는 관점에 따라 몰입과 미침이라고 인정할 수도, 삶을 망상으로
분해시켜 버린다고 매도할 수도 있었을 것이다. 자신의 모습을 제대로 볼 수만
있어도, 자신을 제대로 알 수만 있어도 삶은 달라질 텐데 거개의 사람들이 그
러하듯 나도 나를 모르고 살았다.

　진지하고도 겸손한 모습으로 된장국을 끓이고 이어 토란을 씻었다. 얼마 전
모임에서 정갈한 식당에 들렀다가 밭에서 캤다는 토란을 샀다. 흙내도 채 가시
지 않은 싱싱한 것이었다. 나에게 추석은 토란국 먹는 날로 대변될 정도로 토
란을 좋아한다. 토란껍질을 잘 까는 법을 검색하고 고개를 끄덕였다. 아, 그렇
게 하면 토란껍질이 잘 벗겨지는구나! 이런 감탄은 예전에 결코 맛보지 못하
던 삶의 신비이다.
　토란껍질을 잘 까려면 고무장갑이 필요하다는 설명에 쇼핑 메모를 하려고 포
스트잇을 꺼냈다. 이사한 이후 고무장갑이 필요 없는 삶을 살았던 것이다. 아,
마늘도 없구나, 하면서 마늘, 아까 된장을 풀 때 망이 없어서 불편했지, 하면
서 거름망, 을 덧붙여 적었다.
　국거리 양지를 사려고 몇 번이나 포스트잇에 적어놓기만 하고 미뤄놓았는데
마침 어제 지인으로부터 양지를 보내주겠다는 연락이 왔다. 올해도 어김없이
잊을만하면 산타의 선물꾸러미가 배달되었다. 덕택에 일 년 내내 크리스마스
처럼 풍성했고 즐거웠다. 어제의 산타를 위하여 감사기도를 했다.

　뒤늦게 드립커피를 내린다. 하지만 배추된장국의 그늘에 에디오피아 원두의
그 진한 향기가 묻혀버렸다. 하는 수 없이 김이 모락모락 나는 거름종이에 바싹
코를 들이대고 쌉싸래한 커피 향기를 찾았다. 새벽이 그윽해지는 순간이었다.

두껍고 얇은 책들 사이에서 책을 권하는 책을 골라 펼친다. '권독사'라는 직업이 있다는 것을 새롭게 알게 되었고 수많은 책의 목록을 하나하나 신중하게 읽는다. 모두 좋은 책들이다. 그렇게 생각했다. 좋은 책일 수록 잘 팔리지 않는다는 엄연한 사실도 다시 재확인했다. 좋은 책일수록 가독력이 떨어진다는 사실도.

어느 작가는 이렇게 말했다. 일주일에 한 권씩 책을 읽는다고 해도 일 년에 겨우 오십여 권입니다. 늘 생각했던 사실인데 새삼 경각심이 치솟았다. 정말 이제는 쓸데없는 책은 읽고 싶지 않다. 이전처럼 마음에 들지 않는 책을 화를 내면서, 혀를 차면서, 인내하면서 읽을 필요는 없다. 가만히 덮고 다른 책을 찾거나 이미 읽었더라도 고전을 다시 들추는 것이 더 나을 것이다.

이것은 나의 결심.

밤에 비가 온다고 했지. 나도 모르게 책을 덮고 일어선다. 지나간 어느 날인가 빗속을 무작정 걸었던 때가 있었다. 천변까지 물이 아슬아슬하게 차올랐던 길을 걸었지. 술에 취해 마음도 아슬아슬했었다. 때때로 나를 비참하게 했던 기억인데 시간의 윤색을 거치니 그리워지는 것인가. 베란다로 나가 어두운 창밖으로 손을 내밀었다. 빗방울이 손등에 떨어진다. 비에 젖은 새벽이 촉촉하다. 가로등 불빛에 물기가 배인 땅이 차갑게 빛난다. 가늠할 수 없는 저 곳, 짙은 어둠 속에서 서서히 겨울이 오고 있다.

등 뒤에서는 배추된장국이 식어가고 있고 내 옆에서는 커피가 식어간다.

여전히 책이 좋고 독서의 시간이 나를 행복하게 하지만 마늘과 고무장갑과 멸치망이 적힌 포스트잇도 소중하다는 것을 알겠다. 수많은 책의 제목들이 뜨거운 가슴에 채 다다르기 전에 머릿속에서 식어가는 것은 모든 일에는 숙성의 기간이 필요하다는 것을 뒤늦게나마 깨달았기 때문이다. 그러므로 그런 과정이 싫지 않다.

비가 오는 땅을 디딘 나의 발이 '소설(小雪)'이라는 절기를 넉넉하게 받아들이는 것도 알겠다. 나는 이 계절에 살아남았다는 것도 알겠다. 삶에는 많은 것이 필요치 않다고 누군가에게 말한 기억이 난다. 그것 역시 뒤늦은 삶의 이해였다. 나의 뜨거움이 이성으로 조용히 탈바꿈하는 시간이라는 것도.

0 3

어느새 토요일

사랑스런, 사랑하는 나의 하나님께 현장에서 붙잡힌 여인이 문안 인사 올립니다.

안녕하셨어요? 이번 주간에 제가 술 좀 마셔서 하나님 속이 상하셨어요?

그래도 이번만큼은 그냥 넘어가 주세요. 아시다시피 문인이자 오랜 친구가 따끈따끈한 첫 시집을 냈으니 어찌 즐겁게 술잔을 맞부딪치지 않을 수 있사오리까.

늘 우리의 형편을 머리카락 한 올까지 일일이 세고 계시는 나의 하나님이 설마 그런 속사정도 모르쇠하고 때끼! 하면서 야단만 치실 리는 없을 테지만요.

이번 주일 몇 가지 보고 드립니다.

먼저 월요일, 교회 여선교회에서 17명이나 되는 또래들이 모여 강원도까지 당일치기 바람을 쐬고 온 일부터 보고합니다. 뭐, 다 아시는 바이겠지만 한 마디로 말해서 물 위의 기름처럼 동동 떠다닌 하루였다고 말씀드릴 수 있겠네요. 사십 몇 년을 한 교회 다닌 인간으로서 어떻게 그렇게도 숫기도 없고 친교도 없는지. 가만 보니 그곳에 모인 17명 중에서 내가 우리 교회를 제일 오래 동안 다닌 왕고참이더라고요. 그런데도 나이가 같은 또래 여자들에게 네, 네 하고 존댓말하고 몇 인간에게는 말꼬리를 흐리면서 반말과 존댓말을 섞어서 하고 세상에, 그렇게 멀찍이 떨어져서 그네들의 온갖 이야기들을 귀동냥으로 얻어 듣고 있으려니 정말, 정말, 나야말로 확실한 자진왕따로구나, 하는 생각이 들었네요.

뭐, 그다지 싫지는 않았어요.

하나님께서 숫기 없는 나를 생각해 주셔서 버스를 텅텅 비게 만들어 주셔서 다행히 내 옆자리에 내 가방을 친구처럼 모셔놓고 올드 팝과 영화 음악과 생생 클래식으로 귀를 맑게 해주신 것을 감사드립니다.

진심이어요. 길을 걸으며 그네들의 이야기 속으로 함께 여행하고 싶었으나 도무지 적응도 되지 않고 그네들의 이야기가 너무도 '상황적'인 것뿐이어서 나는 정말 어리둥절하고 말았답니다. 어디 갔고 무엇을 했고 그때 이렇게 웃었고, 하는 뭐 그런 이야기.

그때의 생각은, 그때의 마음은 그때의 슬픔은 한 마디 나누지 않고도 왕복 열 시간을 즐겁게 다녀올 수 있는 그네들의 친밀감이 나에게는 참 접근하기 힘들었다는 것이어요.

그래도 좋았습니다. 내가 여행에 동참하기로 한 목적 중의 하나는 요즘 우리 또래 교인들은 대체 무슨 생각을 하고 어떻게 살고 어떤 신앙생활을 하고 있나 엿보고 싶어서였는데 대강 감은 잡았어요. 아, 저렇게 살고 있구. 저 모습은 아마도 우리나라 개신교회를 다니는 우리 또래 들의 보편적인 모습이겠지?

그렇게 관찰만 죽도록 하고 왔다고 하면 너무 좀 그렇겠고, 나름 경치도 보고 바닷바람도 쏘이고, 산길을 걸으며 징징대기도 하면서 그렇게 다녀왔습니다.

하나님. 저는 그래도 참 많이 감사했어요. 그들의 모습이 싫지 않았고, 그런 신앙의 모습이 어쩌면 '순수'의 이름에 더 걸맞지 않나, 하는 나름 반성도 했고요, 그리고 그 반성 가운데서도 나는 그렇게 살지 않는다는 것이 나쁜 방향은 아닐 것이라는 나름의 확신도 있었습니다.

나의 하나님. 하나님께서 나의 체질을 나의 성향을 지금 나의 모습으로 만들어 주신 것을 진심으로 감사드리고 찬양 드려요. 하나님도 생각이 있으시니 나를 이런 모습으로 만드셨을 터이고 그렇다면 뭐 이런 모습도 하나님의 개성이 담뿍 들어간 인간 창조가 아니겠어요?

하여튼.

오늘 성경공부에 가져갈 부침개도 수북하게 만들었겠다, 시 두 편도 성실하게 필사했겠다, 저 아름다운 클래식에 젖어도 보았겠다. 옷은 이미 다 갖추어 입고 이렇게 앉아있으니 이제 다 끄고 일어서기만 하면 되겠네요. 하나님, 오늘을 주신 것을 감사해요. 이제 부침개 들고 성경공부 뛰어갔다 오겠습니다.

0 4

고통은 자막이 없다 읽히지 않는다

슬픈 노래를 들으며 슬픈 생각을 하니 시간까지 주룩주룩 눈물을 흘리는 느낌이다. (시간이든 인간이든) 갈 테면 가라지 하면서 그냥 앉아 종일 노래만 듣고 싶으나 곧 일어서야 하는 이 슬픔은 또 뭔가. 슬픔의 길이와 깊이와 폭을 재면서 이것이 더해, 저것이 더 슬퍼, 하지는 말기.

나도 살만큼 살아서 이런 고통 저런 고통 많이 겪을 만큼 겪었다고 전제한다면 가족이 있어도 친구가 있어도 그 무엇이 이 세상에 있어도 고통의 순간에는 그야말로 나 홀로 오롯이 겪어야 했다. 누구나 그럴 것이다.

내가 매일 돌보는 아흔이 넘으신 할머니는 모든 생각이 자신에게 쏠려있다. 복사뼈의 아주 작은 상처를 틈만 나면 들여다보고 쓰다듬는다.

－아파.

－무릎도 아프고 다리도 아파.

－머리도 아파.

네 시간을 꼬박 돌보아주어야 하는 나는 할머니 옆에서 붕대도 감아주고 약도 발라주고 마사지도 해준다. 어느 때는 가여워하며 어느 때는 귀찮아하며 어느 때는 아무 생각 없이. 그러면서 고통이란 무엇일까 생각하게 된다. 그 누구도 도와줄 수 없는 몸의 고통, 그리고 영혼의 고통. 우리는 결코 이웃을 내 몸처럼 사랑하지 못한다.

'예수님은 우리가 하지 못하는 것만 하라고 하신다.' 민 박사님의 말이다. 지난 토요일 재난이나 사고에 대한 하나님의 뜻을 물었을 때 박사님의 대답은 간단했다.

'모릅니다.'

나는 '모릅니다'라는 그의 말을 평생 담고 갈 것이다. 우리가 하나님의 뜻을 어떻게 알겠는가. 그저 이렇게 저렇게 추측할 뿐이다. 그리고 어쩌면 나의 생각을, 나의 결론을 하나님의 뜻이라고 밀어붙이고 있는지도 모른다.

고통당하는 많은 분들을 떠올리며 나의 지난 고통을 되짚어보고 있다. 지나갔으니, 혹은 지나가고 있으니 그것은 이미 각색이 되어서 더 이상 고통이 되지 않는다. 그러나 지금 이곳에서는 너무 많은 사람이 고통스럽다. 아무도 그 깊이를 모른다. 시인 김경주는 이런 시 한 구절을 남겼다.

고통은 자막이 없다 읽히지 않는다.

아멘.

0 5

떡국 자랑질

나의 하나님이여, 설날 떡국은 드셨나요?

주님 앞에서 자랑질을 좀 하자면 올해 떡국은 이제껏 제가 만든 것 중에 최고였어요. 일단 국물이 좋았어요. 한 달 전쯤 푹 고아 냉동실에 보관해 놓았던 사골 두 통을 녹였으니까요. 위에 동동 뜨는 약간의 불순물을 완벽하게 제거했고요. 사골 국물에 한우 (세상에, 내가 한우를 먹다니) 아롱사태를 큼직하게 한 덩이 넣어 다시 오래오래 끓였거든요.

아롱사태가 푹 고아질 때까지 말씀 한 바닥 듣고, 필사도 하고, 기도도 하고, 틈새시간을 아주 잘 활용하기도 했지요. 기도시간에는 우습지만, 떡국 맛있게 끓일 수 있도록 도와주세요, 하는 기도도 빼놓지 않았어요. 올해는 정말 성공적인 떡국을 만들어 우리집에 모이는 모든 인간들을 놀래키고 싶었거든요. 하하.

집개로 건져 올린 아롱사태 덩어리를 맨손으로 호호 불며 찢어서 떡국 고명으로 버무려 놓았는데 요것이 어찌나 깊은 맛이 나던지! 신이 나서 흰자 노른자를 갈라놓은 고명도 만들고 돌김도 몇 장 구워 가위로 잘 썰어놓으니 고명이 꽃처럼 화려했어요.

게다가 만두 품목 중 비싼 축에 드는 어느 명품 만두를, 열과 성을 다하느라 이전처럼 국속에 풍덩 집어넣은 것이 아니라 일단 찜통에 쪄 소중하게 건져 놓았어요. 혹여 속이 터질까봐 불 옆에 서서 얼마나 노심초사했는지는 하나님도 아시지요?

그리하여 예쁘장하게 익은 만두를 (자그마치 스물두 개) 베란다에 내놓아 서서히 식어가게 만들어 놓고 이전처럼 떡국 떡을 국물 속에 풍덩 빠뜨리는 것이 아니라 일단 물에 담궈 놓았어요. 맛집 블로그의 힘은 이런데서 나타나는군요. 국물이 흐려지지 않게 하는 노하우를 적어놓은 블로그를 발견했거든요! 집안이 떠들썩하게 십분 상관으로 모든 인간들이 모여든 직후 펄펄 끓고 있는 사골 국물에 떡국 떡을 수장시키고 그것이 익기 전 부리나케 음식을 차리기 시작했지요.

"와, 대단하다!"
내가 차린 음식을 먹는 인간들은 작년에도 재작년에도 그렇게 말했듯 올해도 어김없이 그렇게 말하더군요. 신이 저절로 났어요. 게다가 매해 설날 떡국의 양을 제대로 가늠하지 못해서 퉁퉁 불은 떡국을 며칠 동안 먹어치워야 했는데 올해는 신의 한수로 양을 적당하게 맞추어서 국이 남지 않았어요. 그것도 신기방기. 하나님은 요즘은 내 기도에 귀를 기울이시긴 하는가 봐요? 식성 좋은 몇 인간은 두 그릇도 먹고 했는데 어떻게 그렇게 딱 맞아 떨어졌는지!

바닥에 깔려있던 한 그릇 분량의 남은 떡국은 내가 동생 가족들과 고모리에 가서 파스타와 커피, 아이스크림, 고르곤졸라 피자를 먹는 동안 집에 남아 뒷정리하던 (이것은 분명히 말하지만 완전 자발적인 봉사차원이었어요. 남편은 자신의 입지를 굳히기 위한 방편으로 이렇게 뒤처리하는 것을 낙으로 삼는다는 거 하나님도 아시잖아요?) 남편님이 마치 부엌데기처럼 싱크대에 서서 그것들을 해치웠다네요. 그것은 약간 미안.

시원하고도 깊은 맛이 나는 사골 국물은 설날 아침 떡국 넣기 직전, 두어 그릇 분량을 빼돌렸는데 그 국물이 아직 가스레인지 위에 놓여있어요. 그렇게 다시 또 떡국을 만들어 먹으면 그럼 나는 또 한 살 먹는 건가요? 설마? 두 그릇 더 먹으면 두 살 더 먹는 거 절대 아니죠? 나이 더 먹는다고 아무리 협박해도 나는 분명 떡국을 더 끓여먹을 테지만요. 아무튼, 이번 설날의 떡국은 최고였어요. 그것은 자타가 공인하는 사실이어요.

　나의 하나님이여.
　정말 감사드려요. 우리 집에 꾸역꾸역 모여든 사랑하는 동생들과 동생 가족과 맛있는 식사를 하게 해주신 은혜에 감격합니다. 진심. 대학교 등록금도 아니고 고등학교 등록금 한 번 대주지 못하는 고모를 둔 조카들에게 너무 미안했고 아직도 자리를 제대로 잡지 못한, 날 닮아 낙천적이고 약간 맹하지만 한없이 착한 (이것도 나를 닮았죠) 두 남동생에게도 어쩐지 미안했지만 우리 유미 (이름도 이쁜 우리 올케) 빼고는 남자들만 득시글득시글하는 집안의 풍경이 평화로운 것도 참 많이 하나님께 감사했어요.
　아무것도 없는 자 같으나 모든 것을 가진 자처럼 사는 인간은 나 뿐 아니라 내 동생도 내 동생 가족도 마찬가지인 것 같았어요. 도인에 가까운 우리 둘째 동생과의 대화도 참 즐거웠어요. 마음과 안과 밖의 개념에 대하여 풀어놓는 솜씨에 귀를 기울이면서 뭐야, 내 동생이지만 거의 초인의 반열에 서 있군, 하면서 감탄했어요.
　설 명절 연휴를 날마다 하루 몇 시간씩 가족 친교 차원의 고스톱으로 즐거운 시간을 주신 것도 정말 감사하고요. 그제는 조금 잃었지만 어제와 오늘은 완전히 다시 따게 해주신 것도 감사드려요. 하지만 우리 예쁜 (우리 아들과 같이 사는 여자친구) 하나 돈을 너무 많이 따서 미안하니까 내일은 조금 잃게 해주시고 특히 우리 하나가 심기일전해서 많이 따게 해주세요.
　하나님이 고스톱을 잘 치시는지 모르지만 그것도 은근 재미있답니다. 혹 소원이 너무 많아 기도가 길어지는 자녀들의 기도소리가 진력나시거든 우리 집에 놀러오세요. 체면상 자리 잡고 고스톱 판에 끼어들지는 못하시겠지만 옆에 앉아 계시다가 광 팔면 한 개 200원입니다.

하나님, 내일 혹시 오실건가요? 미리미리 연락 좀 해주세요. 오신다면 떡국한 그릇 더 끓여 놓으려고요.

0 6

이래저래 오마넌은 있어야

Now Playing: The Humming Chorus by Giacomo Puccini

허밍이 더욱 많은 울림을 줄 때가 있다. 이런 아름다운 허밍을 들으면 '더 이상 바랄 것이 없는' 충만한 상태가 되는 것이다. 어쩌면 말은 필요 없는 것인지도 모르겠다. 입을 다물고 노래하는 것. 입을 다물고 이야기하는 것.

작가는 입을 꾹 다물고 내면의 이야기를 그저 글로만 형상화시켜야 하는 것은 아닐까. 모든 에너지를 손끝으로 모으면서 말이다.

푸치니에게도 감사하고 이 밤을 누리게 하시는 나의 하나님께도 감사하고 나를 밝혀주는 저 노란 갓등의 불빛에게도 감사하고 그 갓등을 선물해 준 선배도 불현듯 감사하고 또 불현듯 감사헌금하고 싶은 마음을 주신 것도 감사한데 텅 빈 지갑을 털어보며 이렇게 시 한 줄 읊는다.

이래저래 한 오마넌은
더 있어야 쓰겠는 밤이다

07

그 중에 제일은 사랑이라

오늘, 요양사일이 끝나 집에 오자마자 김밥을 만들기 시작했다. 어리광쟁이로 변한 남편이 며칠 전부터 김밥이 먹고 싶다고 칭얼대었기 때문이다. 참으로 신기한 것은 식성이 변한 남편이다. 카레, 짜장, 치킨, 순대, 떡볶이, 햄, 김밥…이런 초딩 입맛은 바로 나이고 우리 남편은 그런 음식은 아예 쳐다보지도 않았는데 아프고 난 후 내 쪽으로 많이 넘어왔다. 다행이었다. 그래서 요즘은 가끔 카레도 만들어주고 짜장 밥도 만들어주면 꽤 맛있게 드신다.

김밥. 참으로 번거로운 요리이긴 하지만 외식을 탐탁찮게 생각하는 남편을 위하여 어제 미리 장을 봐놓았다.

그리하여.

밥을 하고, 밥이 뜸이 들 때까지 시금치 데치고 다시 무치고, 계란 지단 부치고, 홍당무 썰어 볶고, 맛살, 햄, 가지런히 잘라놓고, 노란 무까지 대령시켜놓은 후, 윤기가 잘잘 흐르는 밥에 소금 후추 참기름으로 간을 해서 잘 비벼 놓은 후, 각종 재료들을 우리 집에서 가장 넓은 장소에 모셔놓고 (그래도 비좁아 작게 몸을 말고 쪼그려 앉아야 하지만) 김밥 말이를 도마 위에 올려놓고 바싹 마른 김을 올려놓은 후 잘 비벼진 밥을 한 덩이 놓고 예쁘장하게 펴는데 (아, 3시가 되도록 끼니가 들어가지 않은 텅 빈 나의 위에서 아우성치는 소리를 들으면서, 입맛을 다시면서 김밥 고명을 잔뜩 올려놓는데) 밖에서 두런두런 할머니들의 수다가 들려온다.

우리 집은 일층인데 아파트 입구 옆에는 낡은 의자가 두 개 놓여있다. 딱히 벤치 하나 변변하게 없는 낡고 허름한 아파트인지라 어르신들이 막상 만나 담소를 나누려 해도 마땅한 장소가 없는 고로 현관문 앞에 해바라기하는 의자에 나란히 앉아 (혹 여러분이 모이면 그 중 연세가 덜 되신 분은 의자 옆에 쭈그려 앉는다) 도란도란 이야기하시는 모습을 종종 보아왔다. 그러면 그냥 지나칠 수 없어 검은 비닐봉지에서 땅콩도 꺼내 드리고 떡 몇 조각이라도 꺼내 놓으면 아이처럼 좋아하신다. 내가 일하러가는 어르신이 계시는 아파트는 중형 아파트여서인지 모르지만 곳곳에 정자며, 벤치며 쉴 곳이 잘 마련되어 있는데 쯧.

(또) 그리하여.

제일 먼저 만든 김밥을 바쁘게 썰어서 얼른 가지고 나갔다. 과연 연세 지긋하신 할머니 두 분이 쌀랑한 날씨에도 햇볕바라기를 하고 계시다. 따뜻한 김밥을 드렸다. 깜짝 놀라시며 환히 웃으시며 반가워하시는 할머니들. 내가 더 감사했다.

딱 열 줄만 만들 생각이었으므로 밥도 딱 그만큼이었다. 그리하여 9줄을 더 만들어 한 줄 남편님 드리고, 한 줄은 내가 먹으니 자그마치 7줄이나 남았다.

김밥 킬러인 아들에게 문자했다.

-엄마가 김밥 만들었다. 갖다 먹어라.

-지는 지금 태백이어유 ㅠ.ㅠ

아들은 출장 중이었다.

-아이고 부럽! 그럼 이쁜 우리 하나라도 줘야징~~

저녁에 예쁜 우리 하나 (설명 드리자면 우리 아들과 2년째 같이 살고 있는 사랑스런 여자아이다) 에게 전화를 했다. 일주일에 한 번은 고스톱을 치기 때문에 필수로 만나지만, 전화로 직접 통화하기는 일 년에 한두 번 겨우 있는 일이었다.

-하나야. 집에 왔니?

-아니요.

-그래? 저녁은 먹었어? 엄마가 김밥 만들었는데.

-오늘은 못 먹어요. 내일 갖다 먹을게요.

-에잉. 내일 어떻게 먹어. 아까 만든 건데 내일까지 괜찮을까?

-아니에요. 냉장고에 넣어두시면 되요.

-아쉽다. 이따 늦게라도 와서 가져가지. 아들은 태백이라든데?

-그게요…저도 지금 태백 가고 있어요.

-뭐시라?

-오빠가 오래서 지금 버스타고 가고 있어요. 지금 원주 지났어요.

………

아이고야. 그러니까 아들은 태백으로 출장을 가서 아마 내일까지 머물 것인 것 같고 예쁜 우리 하나는 태백으로 출장간 아들을 만나러 혼자 댓 시간 동안 버스를 타고 (혼자서 그 먼 길을!) 가는 것이었다.

내가 알기로 이번이 두 번째다.

몇 달 전에는 김천인가 하는 남쪽 어디에 출장을 간 아들을 만나러 (겨우 하룻밤을 같이 있으려고) 저녁 7시에 집을 나서서 혼자 전철타고 서울역까지, 서울역에서 난생 처음 타본다는 KTX를 물어물어 겨우 타고 다시 다른 기차를 갈아 탔다나 어쨌다나 하면서 어쨌든 그 먼 길을 혼자 찾아갔더란다. 인터넷으로 뒤지고 난리를 쳐서 말이다. 자정 가까운 시각에 도착한 예쁜 하나를 픽업해서 그때까지 배를 쫄쫄 곯고 있는 하나를 위하여 모텔에서 치킨 시켜먹었다나. 그리고는 다음날 간단히 일을 보고 같이 차를 타고 올라온 전적이 있었다. 매일 같이 있는데! 매일 같이 사는데! 벌써 2년째 같이 살고 있는데!

결국

따스한 김밥은 쿠킹호일에 칭칭 감겨 냉장고로 들어갔다. 하나 두 줄, 아들은 석 줄. 냉장고에 들어갔으니 맛을 기대하긴 글렀다. 내일 와서 먹는다니 먹겠지만 오늘처럼 맛있겠는가.

그러면서 생각한다. 그 크고 아름다운 눈을 깜빡이며 홀로 어두운 버스를 타고 태백을 향하여 가고 있는 하나의 마음을. 그리고 태백 구석에서 하나 오기만을 기다릴 울 아들의 마음도. 그러니까 하나님도 일찌감치 말씀하셨잖나! 그중에 제일은 사랑이라고.

태백에 갈 일이 없는 나는 저녁으로 다시 김밥을 우적우적 먹었다.

하나님의 트렁크

0 8

이 아침의 내면풍경

봄이 더디 오네요, 하나님.

추워요.

하지만 샛노랗고 따스한 불빛 아래에 앉아

점점 식어가는 커피를 마시고 있으려니 문득

네, 문득.

어딘지 휑한 마음의 빈자리에 당신이 찾아오시는군요.

늘 그렇듯 오늘 아침도 이렇게 감사드립니다.

오늘 어느 시인의 시를 한바닥 옮겨 적었는데요.

글쎄 그 시가 마음바닥에도 화인처럼 선명하게 박혀버렸네요

사실 나는 귀신이다 산목숨으로 이렇게 외로울 수는 없는 법이다

그러게 말이어요, 하나님.

사람들은 참 많이 외로운가 봐요.

그래서 누군가는 또 이렇게 시를 읊었네요. 외로우니까 사람이다.

왜 아니겠어요. 하나님 사랑에 푹 파묻혀있는 저도 어느 순간 미칠 것처럼

외로워지는 걸요.

하물며 하나님을 모르는 존재들이야 더 말해서 무엇 하리.

그렇게 사람들은 지난겨울을 추위와 외로움에 견디면서 보냈을 거예요.

하나님, 글쎄 어제는요.

어르신 댁에서 단막극 한 편을 오부지게 보았는데요, 저 미쳐버리는 줄 알 았어요.

헛되고 헛된 것들로 울고 고통당하고 죽을 만큼 괴로워하는 모습들을 보면서 정말 마음이 아팠어요.

다 저렇게 허무하게 사는구나.

하나님이 없으면, 하나님과 함께 하지 않는 존재들은 죽기 직전까지 저러한 것들을

마치 바람을 잡으려는 것처럼 허무하게

마치 구름을 잡으려는 것처럼 허무하게

그런 눈에 보이는 것들 때문에 죽고 사는구나.

어제는 정말 순수하게 타인을 위해 울었어요.

아무것도 없는 자 같으나 모든 것을 가진 자가 되어버린 나는,

나 혼자만 부요한 것이 너무 죄송했어요.

그러면서도 문득

오늘 아침은 참 많이 춥고 외롭네요.

그러면서도 풍요롭다고, 그러면서도 충만하다고 느끼는 이 마음은 또 뭔지.

이렇게 아주 조금

나의 하나님께 나의 내면풍경을

살짝 보여드렸습니다.

오늘은 출근이 한 시간 늦는 바람에 이 시각까지 이렇게 평화를 누리네요.
감사해요.
오늘 하루도
잠들기 전, 후회의 눈물을 흘리지 않도록, 비명의 기도를 드리지 않도록
저의 마음과 생각을 지켜주실 거죠?

나의 사랑하는 하나님께 살인미소 날려 드립니다.

0 9

호모 루덴스 시절의 아침 리포트

4시 50분 알람을 꺼버리고 (실은 남자인 친구가구 실황중계 맡은 어느 교회 새벽기도에 인터넷으로 동참하려고 했는데 때 아닌 귀차니즘이 발동하여) 아드님이 홀로 일어나 밥 차려 먹은 것도 모른 채 비몽사몽 헤매다 느지막하게 일어나 아드님께 여쭈었습니다.

"오늘 아침을 뭘로 드릴깝쇼?"

출근 준비하시던 아드님 새삼스럽다는 표정으로, 이미 드셨다넹. 엄마 빵점 나의 가책 점수.

어슬렁거리면서 커피 메이커에 헤이즐넛 모카커피 한 스푼 올리고 쪼록쪼록 물내려가는 소리와 함께 그윽하게 풍겨오는 냄새에 잠시 젖어 있다가 약 먹고, 혈압체크. 114- 83, 성실하게 기록하셨습니다.

담배를 먼저 피울까 기도 먼저 할까 망설이다가 그래도, 하면서 일단 기도의 자에 착석하셨습니다.

기도인지 묵상인지 망상인지 하소연인지 하여튼 나름대로 QT하고 365일 묵상집 〈숭고한 기도〉 오늘 날짜 때렸습니다.

간드러지는 복음성가를 틀 것이냐 클래식으로 묻어갈 것이냐 요즘 필 받는 묵직한 가을 팝으로 할 것이냐 또 망설이다가 묵직하게 가기로 맘먹고 볼륨 높이고 (새벽 4시 반에 입실하신 남편의 곤한 잠을 방해하지 않기 위하여 살짝 안 방 문을 닫고) 성경 필사에 앞서 커피 한 모금, 담배 한 모금, 창 열고 바람 한 모금 교대로 들이마셨슴다.

묵직한 음악 존나 좋았슴다. 나의 개인적인 견해로는 저 방정맞은 가스펠이 오히려 세상 노래 같고 우수어린 철학적 명제가 빛나는 팝송 나부랭이가 더 신 앙적이지 않나, 하는, 그야말로 방정맞은 생각을 잠시 때렸슴다.

그 중에서 오늘은 Beegees 의 Be Who You Are에 필이 겁나게 꽂혔슴다.

Be Who You Are – 본래의 모습을 간직하세요…라네요. 나의 본래의 모습 은 어땠지? 하다가 그 생각도 '알면 모해' 하면서 떨쳐버렸슴다.

아들은 비지스의 노래를 어머님의 인사로 알고 알아서 문 닫고 출근하셨슴다. 가사에 은혜 받으면서 예레미야 필사 시작했슴다.

나는 필사클럽에서 최우수 필사자로서 1080등, 기분 좋았슴다. 필사하다가 얻어 걸린 가슴 철렁한 성경 구절 한 대목도 작업노트에 따로 적 었슴다.
예레미야 10장 23절 말씀임다.

주님, 사람이 자기 운명의 주인이 아니라는 것을
제가 이제 깨달았습니다.
아무도 자기 생명을 조종하지 못한다는 것도,
제가 이제 알았습니다 …

이런 구절 나오면 나는 즉시 엎드러짐다, 백기 들고 하나님께 항복하는 시 간임다.

아무리 생각해도 성경만큼 문학적인 책은 없다는 감탄도 함께 올려드렸슴 다. 필사가 거의 끝나갈 무렵부터는 매일 그러하듯 또 다시 고민에 빠지기 시작함다.

오늘은 무엇을 쓸까? 오늘부터는 무엇이든 한 꼭지씩 쓰자고 맘먹었거든요. 근데 대체 무엇을 써야 할깝쇼?

혹시 오늘 주신 성경말씀인 예레미야에 답이 있는가 해서 꼼꼼히 구절을 살펴보았는데 찾은 말씀은 바로 저 말씀.

그려그려. 내 운명의 주인이 내가 아닌데 감히 어떻게 나의 하루를 내 의지대로 살 수 있는가, 하면서 마음이 이상스레 전개됨다.

그러면서 고민함다.

나의 중심에 하나님이 있을 때와 나의 중심에 내가 있을 때가 하루에도 열두 번씩 번차례로 바뀌는데 이를 어쩐다요?

아아, 뒤이어 들려오는 하나님의 음성, 비록 비틀즈의 음성을 빌었지만. 렛잇비. 오늘도 명철하신 하나님의 지도편달에 경배 올려 드림다.

나의 의지로 하루를 살든 내 속에 있는 하나님의 의지로 하루를 살든 그것 역시 하나님의 주권 아래 있다는.

10

월요일의 감사

이토록 아름답고 고요하며 사랑스러운 월요일 아침이라니요. 나의 하나님도 이 아침을 누리고 계시는지?

어제, 밤드리 노닐다가 늦게 자리에 드는 바람에 오늘 아침은 다섯 시 기상이 조금 늦추어 졌네요. 눈은 떴으나 약간은 피곤한, 그러나 그 피곤함조차도 마음의 평안을 더 누리게 하여주는 이상한 경험을 하면서 시체놀이 몇 십 분인가 하다가 다시 살포시 잠이 들었는데요, 그 짧은 잠조차 잔잔한 바다처럼 평화로웠어요.

예전 같으면 내 자신을 엄청 갈구면서 이거 하고 저거 하고 이것도 해야 하고 저것도 아침에 다 마쳐야 하고, 이러면서 부산하게 시간을 보냈겠지만 요즘은 안 그래요. 느림의 미학을 누리는 중이라고나 할까요?

아침이면 늘 했던 여러 작업들을 거의 다 땡 치면서도 이거 월요일부터 이렇게 게으르다닛, 하면서 자신을 몰아세우지 않게 된 것도 분명 성장이라고 할 수 있을 겁니다. 이 자유!

오늘은 제일 먼저 쌀을 씻었어요. 그 다음은 김칫국을 끓였네요. 북어 채를 넣어 더 시원한 맛이 나더군요. 갈비찜을 덥히고, 여기저기 있는 김장김치를 한 통으로 정리했어요. 아, 그 재미라니! 그것이 살림살이의 재미인가 봐요.

세상에, 이제서야 느끼는 재미라니. 다른 아내들은 지쳐도 부엌 근처에 가기도 싫다는 나이에.

평생 그 재미를 모르고 살 뻔 했는데 이곳에 이사 온 이후부터 하나님이 가르쳐주셔서 감사해요. 살림하는 재미가 그렇게 쏠쏠한지 정말 몰랐답니다. 여전히 깨끗한 가스레인지를 보고 얼마나 기분이 좋던지.

하나님, 집안을 쓸고 닦으면서 나의 주인 되시는 예수님께도 감사를 왕창 올려드렸어요. 재개발이 확정되었다고 플랜카드가 나붙은 낡고 허름한 11평 아파트에서 월세를 살면서도 이렇게 완벽한 행복을 느끼게 하여주시니 정말 감사해요, 나의 하나님이여!

근데 아까 보니 곰팡이를 가리느라 이전에 방문요양을 했던 집 (그 집 아들이 도배일을 하고 있거든요) 에서 얻어와 대강 바른 천정의 벽지가 떨어져 한 팔 길이만큼이나 축 늘어져있네요? 저걸 다시 올려붙이려면 풀을 쑤어야하나? 하면서 아까 잠시 머리를 굴리다 말았어요. 남편이 알아서 하겠지 하면서요.

오랜만에 샴푸도 했어요. 보일러가 오래 되어 머리를 데일만큼 뜨거운 물과 서서히 녹고 있는 재인폭포처럼 차가운 물이 자기 마음대로 번갈아 쏟아지는 바람에 '앗 뜨거'와 '앗 차거'를 몇 번씩 외쳐야 하지만 온수가 나오는 집에서 산다는 것이 어디에요?

세상의 어딘가에는 진흙탕 물이라도 먹으려고 물동이를 이고지고 십리 길을 하염없이 걸어야하는 분들도 얼마나 많은데요. 하나님, 머리를 감을 때마다 감사를 드리는 것은 이십 년도 넘은 일이긴 하지만 왜 그렇게 머리를 감을 때마다 아프리카의 어느 장면이 떠오르는지 모르겠어요. 가슴 한 쪽이 싸아하니 아프면서 나는 이게 웬 복이람, 으로 끝나는 샴푸질을 오늘도 했네요.

하나님, 세상의 사람들이 너무 가난하지 않았으면 좋겠어요. 그런 모습을 바라보시는 하나님 마음도 아프시잖아요.

머리를 말리면서 화장을 했어요. 볼륨을 살짝 줄여놓은 (남편이 바로 코앞에서 주무시고 계시는 바람에) 노트북에서 들려오는 서영훈 목사님의 갈라디아서 강해 1편을 들으면서 다시 울컥했어요.

참으로 감사해요, 나의 하나님이여.

생각해보니 매 순간마다 나의 믿음의 분량에 딱 맞는 목사님의 설교를 차례대로 듣게 해 주셔서 오늘까지 오게 되었군요. 이십 년 전 김진홍 목사님의 설교 테이프를 시작으로 말이지요. 아, 설교의 순례는 길기도 하여라. 그 순례의 기간 동안 이른 비 늦은 비를 나의 작고 연약한 믿음에 내려주셔서 아주 조금씩이나마 나의 예수님 곁으로 다가가게 하시니 감사드립니다.

그렇게 해서 서영훈 목사님까지 왔네요. 지금은 결론 부분이어요. 그렇게 알고 있어요. 끝이 보이는 것 같아요. 갈 바를 알지 못하고 지낸 세월이 너무 길기는 하지만 그 세월조차 모두 善으로 자동 변환시켜 주셨으니 그 또한 감사드립니다.

아이고. 하나님과 수다떨다보니 시간이 이렇게 되었네요. 목사님의 말씀을 듣다가 너무 행복해서 이 감격과 감사를 하나님께 올려드리나이다. 화장도 예쁘게 되었어요. 머리도 아주 멋지게 컬이 만들어졌네요. 조금 있으면 집을 나서야 할 시간.

닷새나 푹 쉬었더니 돌보는 할머니 얼굴도 잊어버릴 지경이어요. 설마 어르신도 나를 잊으셨을까요? 하하. 하나님, 월요일 주신 것 감사해요. 어딘가 나를 필요로 하는 곳에 가서 나로 하여금 기쁨을 느끼게 하는 분을 만나게 해주셔서 감사해요. 오늘 온종일 돌보아 드려야 하는데 너무 피곤하지는 않게 해주실 거죠 ?

오늘, 나와 마주치는 모든 분들에게 하나님의 사랑과 평화와 위로가 있기를!

1 1

나는 돈이 좋다

나는 돈이 좋다. 좋아죽겠다. 내가 이렇게 돈을 좋아하는지 이제야 알게 되다니.

돈이 있어야 돈에 무관심해진다는 것을 뒤늦게 깨달았다. 요즘의 나의 하루하루를 돌아 보건데 그것은 진리다. 잘못하면 하나님보다 돈을 더 좋아하게 될지도 모른다. 이전에는 돈이 얼마나 좋은지 미처 몰라서 멀리했다지만 이제 그 맛을 알게 되었으니 나로서도 장담하지 못하겠다.

나는 지갑을 가지고 다니지 않는다. 카드도 없고 돈도 없는데 부피 큰 지갑을 군이 가방에 넣을 필요가 없지 않은가. 양쪽으로 척 벌어지는 지갑을 열면 각종 카드가 칸칸이 빽빽하게 들어있는 분들의 지갑을 곁눈질 하면 놀랍기도 하고 신기하기도 하다. 지갑이 있으면 뭐해? 그 촘촘한 카드 칸에 주민등록증, 운전면허증, 그리고 멤버십카드 한 장(빵집 전용이다)과 도서관 회원카드만 덩그러니 꽂으면 그래도 넘쳐나는 공허한 빈칸에는 무엇을 집어넣어야 한단 말인가. 신사임당과 배춧잎을 구분하여 넣을 수 있을 만큼 지폐가 있는 것도 아니고. 그러므로 나에게 지갑은 불필요한 생필품 중의 하나에 불과하다.

대신, 지갑 대용으로 손바닥 2/3만한 얇고 가볍고 작은 헝겊주머니를 가지고 다닌 지 4, 5년은 족히 되는 것 같다. 이제는 모서리가 나달나달해진 헝겊주머니에 만원 안짝의 돈을 달랑거리면서 지낸 시절도 딱 그만큼이다.

작년 내내 토요 성경모임을 가는 날이 다가오면 하나님께 기도했다.

"하나님, 안국역 빠리크라상에서 우리 목사님이 좋아하시는 뮌헨 브레드 사 갈 수 있게 해주세요. 많이도 필요 없고요. 차비 포함 2만원이면 떡을 칩니다. 만약 지갑에 내 소원인 액수만큼 금액을 넣어주신다면 저는 세상에서 가장 행복해 보이는 얼굴로 종로로 달려갈 겁니다."

인색하기로는 자린고비 찜 쪄 먹는 하나님도 주의 종님을 먹이고 싶다는 갸륵한 나의 심정을 어여삐 보아주셨음인지는 알 수 없으나 어쨌든 돈이 없어서 뮌헨 브레드 못 사간 적은 없었다.

그러구러 세월이 흘러 기적보다 더 기적 같은 기적들이 일어났다. 깜짝 놀랄만한 일들이, 매주 토요일 스타킹 방영시간에 놀라는 것보다 더한 놀라게 했다. 한번에 그치는 것이 아니라 연쇄적으로 일어나는 바람에 요즘은 아주 살맛난다. 그렇게 해서, 그 놀라운 일의 결과로, 나에게는 지갑임에 분명한 그 작은 헝겊주머니에 교통카드와 지폐 몇 장이 상주(?)하게 된 것이다. 언제 열어보아도 그것들은 얌전히 자리를 지키고 있다. 아무리 생각해도 참 신기한 일이다.

작고 네모난 헝겊주머니를 챙겨 가방 속에 넣으면서도 구태여 헝겊주머니를 뒤져 대체 얼마나 있는지, 과연 빵은 살 수 있는지, 커피 값을 낼 수는 있는지, 예기치 않은 일이 벌어져 목돈(나에게 3만 원 이상 지출되는 금액을 말한다)이 빠져나갈 때 당황할 일은 없는지, 뭐 그런 세세하고도 심각한 고민을 하지 않으면서 보낸 나날이 어언 두 달이 다 되어간다. 히야~~

언제까지 그렇게 그분들이 나의 헝겊주머니 속에 상주하실지 알 수 없으나, 일단 기회를 포착한 이상 이제까지와는 다른 모습으로 살기로 했다.

아는 인간을 만나서 그 인간의 등을 툭툭 두드리면서 '나도 밥 한번 사보자' 하면서 그 알량한 지갑을 열고 밥값 계산했을 때, 내 입은 귀까지 걸렸을 것이 분명하다.

또 다른 아는 인간을 만나서 주위를 두리번거리다가 멋진 카페를 발견하고, 냉큼 들어가서 (지갑을 열고 금액을 확인하지 않아도 되는 기분이라니), 수십 종류의 커피를 고르는데, 순전히 맛으로만 고를 수 있다는 사실에 감격했다. 이전에는 아메리카노만 고를 수밖에 없었다. 아는 인간의 대부분은 다이어트 때문에 아메리카노를 고르지만 나는 무슨 얼어 죽을 다이어트, 하면서 800킬로칼로리를 훨 넘어가지만 죽도록 맛있는 카페모카, 카푸치노에 뜨거운 눈길을 보내면서도 아메리카노 주세요, 레귤러로요 라고 주문해야했다. 아는 인간이 밥도 사주고 커피도 사주는데 과용하게 할 수는 없었기에 그때는 필연적인 선택이었다.

하지만 요즘은 달라졌다. 나는 변했다.

메뉴판을 훑으면서 휘핑크림 끝내주게 얹어주는 커피 (커피 값은 눈이 튀어나올 만큼 비싸다)를 골라내어 호기롭게 주문하면서 후렴구처럼 꼭 갖다 붙인다.

"휘핑크림 왕창 얹어주세요."

이때 나의 얼굴은 엘리자베스여왕처럼 빛이 났을 것이다. 다이어트 때문에 아메리카노를 선택하는 인간의 등을 또 툭, 치면서 '커피 내가 쏜다!' 하고 윙크 한 방 날릴 수 있다는 사실이 꿈같기만 했다.

그뿐인가.

절대 눈길도 주지 않았던 과일 코너를 기웃거리면서 (과일은 임금님이나 먹는 것이라면서 식구들에게 얼씬도 못하게 했다. 고로 과일 맛을 알지 못하고 수십 년을 함께한 식구들은 과일 먹으라는 말을 고문에 가깝게 해석하곤 한다) 요즘 한창 덤핑공세인 오렌지 더미에서 신중한 표정으로 8개에 3980원하는 오렌지를 오래도록 골라 담는 재미며, 외식금지 명령을 해제하고 한 달 사이에 세 번이나 칡 냉면도 먹고(비쌌다! 어떻게 이토록 허름한 외곽에서 7000원씩이나 할까), 칼국수도 먹고(가격대비 끝내주는 곳을 발견했다), 친구를 꼬

드겨 까르보나라도 먹었다. 와, 세상에!

　하루 지출 만원이 넘어가면 가슴팍에 말기암 환자 같은 고통이 왔었는데 그 증상도 말끔히 사라져버렸다. 며칠 전에는 친구의 쇼핑을 쫓아다니다가 바람 결에 날아갈 것처럼 아름다운 윗도리(왜색이 짙은 단어를 써서 매우 죄송하다 하지만 검색결과 한국어로 판명되었다)에 지름신이 꽂혀 결국 충동구매를 했다. 어느 정신과 전문의에 따르면 가끔 지름신이 강림할 때 저지르는 것이 정신 건강에 좋다고.

　같이 동행했던, 가산이 넉넉한 친구는 눈 하나 깜빡하지 않고 나의 끔찍한 과용보다 열배는 넘는 금액을 지불하고 아주 섹시해 보이는 샌들을 샀다. 친구의 샌들은 고혹스러웠고 나는 그 매혹에 빠졌다. 샌들의 미학이 이만큼이나 진보되었구나하며 감탄했지만, 사랑하는 나의 하나님께서 이웃의 것을 탐하지 말라고 하셨으므로 매력적인 샌들을 신고 좋아하는 친구에게 축하를 보냈다. 이뻐, 이뻐, 너무 이뻐!

　그 마음의 여유가 나의 헝겊주머니 속의 여유 때문 만이라고는 생각하지 않는다. 어쨌든. 꽃이 피고 그 꽃이 지고 봄이 오고 그 봄이 가는 시간동안 고지서를 보고도 가슴이 철렁 내려앉지 않는 의연한 삶을 허락해주셨다. 누가? 나의 하나님이!

　아, 돈도 좋고 하나님도 좋다. 정확하게 말한다면 돈을 주신 하나님이 참 좋다. 더 솔직하게 말한다면 돈을 주실 줄 아는 하나님의 배포에 감사드린다. 그동안 나는 하나님이 굉장히 쪼잔한 줄로 오해하고 있었다. 그동안의 '그동안'은 짧게 말하면 5년, 길게 말하면 나의 평생이다. 그래도 나름 하나님이 좋아할만한 일도 했건만, 하면서 김영랑도 아닌 주제에 삼백 예순 날 하나님이 '하냥 섭섭해 우옵네다' 한 적도 부지기수였는데.

　그러고 보니 나의 왼손이 한 일이 기억나는군. 며칠 전 아는 인간 하나가 전화 통화 중 펑펑 눈물을 쏟기에 나의 작은 헝겊주머니를 털었다. 책갈피에 낑겨두었던 비상금도 털었다. '가난한 사람들이 가난한 사람들의 마음을 안다'였다. 왼손이 한 일을 이렇게 오른손이 밝히면 하나님께 칭찬 못 받는다는데 내가 지금 왜 이러지?

아, 돈이 좋다. 정말 사랑스럽다.

그런데 그 돈을 관장하시는 분이 바로 하나님이시니 이를 어떡한담. 아무리 돈 주세요 돈 주세요 해도 돈 주시는 분은 아닌 것 같고. 애교떨거나 협박하거나 사정한다고 해서 돈 주시는 분도 아닌 것 같고. 기도 많이 한다고 돈 주시는 분도 아닌 것 같고.

온 천하가 다 당신 것이면서도 정작 당신의 사랑하는 딸(바로 나다)에게는 지폐 몇 장 주시는데도 침 발라서 (혹시 더 갈까 싶어) 몇 번씩 헤어보시고 계신 것 같은 하나님의 지갑.

그래도 하나님, 돈 좀 주세요. 누군가 또 펑펑 울면 얼마만큼의 사랑을 슬쩍 꺼내줄 만큼. 지름신이 왔을 때 매혹적인 샌들도 꿰어찰 만큼. 누군가에게 위로나 축하가 필요할 때 넉넉한 마음으로 봉투를 준비할 만큼. 매주 토요일 저녁, 동네 식당을 즐겁게 순례할 만큼.

한바탕 기도를 올려드린 후, 지난 성경공부 프린트 물을 들추는데 이런 글이 눈에 띈다.

나보다 남이 보이기 시작할 때 그때 비로소 크리스천이 된 것이다.

하나님의 트렁크

1 2

옛날 사진을 보았다

운전면허를 갱신하라는 통지가 온지 꽤 오래되었다.

혹 적성검사 날짜가 지났나 싶어 신새벽에 운전면허증을 꺼내고 통지서를 뜯어보고 준비물인 사진을 찾기 시작했다. 사진들은, 작고 얇은 상자 속에 뒤엉켜 있었다. 오래된 사진 수십 장과 함께 사진관에서 찍은 명함, 반명함 사진들이 우르르 쏟아졌다. 그중에는 사십 년 전 (허걱), 고등학교 졸업 직후 찍은 명함판 사진도 있었다.

그 사진을 발견했을 때, 나는 눈을 의심해야 했다. 나는 마치 투명인간처럼, 아니 죽은 자처럼, 생명이 없어보였다. 분명 눈에 힘을 주고 입매도 야무지게 올라가있고 꽤나 당당해보였지만 영혼은 없었다.

희망 없이 살던 시절이었다. 꿈만 없었던 것이 아니라 하루하루의 삶이 혼돈 그 자체였다. 겨우 열아홉, 아니 만으로는 열여덟이 채 안 되는 소녀였는데! 그 이후의 사진들을 몇 장 골라 연도별로 늘어놓고 가만히 바라보았다. 저 시절에는, 저 시절에는, 저 시절에는…

서툰 화장을 한 퉁퉁한 얼굴에 두꺼운 안경을 끼고 남편의 티셔츠나 남편의 윈드재킷을 입고 어디든 가던 시절이었다. 옷은 거의 사 입지 않았다. 신발이나 가방, 화장품도 없었다. 오직 하나님만으로 모든 결핍이 사라진 시절이었다. 밀레니엄 전까지 그러했다.

그러했을 것이다. 그렇게 살았을 것이다.

그 전환점은 소설을 본격적으로 쓰기 시작한 때부터였다. 매일 출근길 전철에 시달리며 무거운 노트북을 들고 종로의 정독도서관에서 장편소설을 이어갔던, 행복한 시간이 떠오른다. 그 후에도 몇 개의 전환점은 있었다. 생각해 보니 5년 단위로군. 참으로 은혜로운 것은 시간이 흐를수록 나는 참 많이 충만해졌고 깊어졌고 행복해졌다는 것이다.

옛날 사진을 보며 새삼 하나님께 감사드렸다. 하나님, 지금 현재를 나의 생에서 가장 행복하게 만들어주시니 정말 감사해요. 아무리 떠올려도 지금만큼 행복한 시절은 없었네요. 앞으로 제가 가끔 정신머리 없이 주제파악 못하고 징징거려도 그것은 행복에 겨워하는 투정 정도로 받아주세요.

늘 나를 감격시키는 나의 하나님이여, 이 평안을 누리게 하여주심을 감사드리며 이제 일어서야겠어요. 모처럼 일찍 일어난 울 남편을 위하여 따스한 밥상 올려드리고 집을 나서야겠기에. 아무리 생각해도 기똥찬 나의 하나님께 오늘도 뽀뽀!

하나님의 트렁크

1 3

시 읽는 오후

 나의 하나님, 모처럼 주일 평안하시죠?

 하루 종일 자녀들의 기도를 들어주시느라 좀은 피곤하시죠? 나의 예상대
로라면 하나님도 피곤하셔서 나처럼 (아시잖아요, 오늘 너무 일찍, 4시 반에 눈
을 뜬 거요) 낮잠 한 숨 주무시고 일어나셨을 겁니다만.

 오늘도 저는 변함없이, 아, '변함없이'라는 말은 얼마나 소중한지요, 그 말은
사건사고 없는 아주 평안한 날이었다는 말이잖아요, 아들과 남편과 함께 예배
도 드리고 엊그제 심방오신 목사님과 악수도 하고, 설날 먹을 떡도 사고, 고등
학교 시절에는 꽤 친했던 일 년 선배 장로님으로부터 모모 행사기획에 함께 하
자는 제의도 받았고 (그런 것을 스카우트라고도 할 수 있겠죠), 집으로 돌아와
땅콩호도조림을 완벽하게 완성하고, 즐겨찾기 되어 있는 교회에 들어가 11시
예배 라이브도 시청하고, 어제 독서회에서 3월의 도서로 간택된 '일본의 내면
풍경 (매우 속독력 있고 매우 잘 넘어가고 매우 글자도 큰, 헐렁헐렁한) 을 몇
장 넘기고, 모디아노의 어두운 상점의 거리 2부 중에서 못들은 부분을 틀어놓
고 듣다가 슬며시 잠이 들었다가 (하긴 잠이 올만도 한 것이 따뜻한 이불 속에
서 남편 베개위에 휴대폰을 놓고 들었으니) 눈을 뜨니, 어머나 시간이 꽤나 흘
렀네요. 아, 이토록 평안한 주일 오후라니요!

잠이 깼는데도 그 아늑함이 너무 좋아 누운 채 휴대폰으로 네이버 검색질을 하다가, 고만 詩를 읽게 되었지 뭡니까.

하나님, 요즘, 약간 우울했어요.

던킨 도너츠처럼 가슴 한 구석이 휑하니 뚫려 있는 느낌이랄까요. 그 빈 공간은, 음, 무엇인가 하면요, 하나님은 머리카락 한 올까지 다 세고 계시니 물론 아시겠지만서두, 미래에 대한 약간의 막막함이랄까요?

아니, 그렇게 거창하게 말고, 진도가 진도라고 말하기 힘들 정도로 제 자리걸음인 나의 작업에 관해서인데, 요만큼 애를 썼으면 조만큼은 나와 줘야 하는 게 아닌가 하는 그 열매의 덩어리가 깨알만하니 참 많이 실망이 되는 것을 어찌할 수가 없었던 겁니다.

이쯤에서는 책이 한 권 나와 줘야 하는 건 아닌가 하는 마음도 없지는 않고요. 하여튼. 그런, 가슴 한 쪽이 스멀스멀한 상태에서 만나게 된 詩 한 편이 그만 내 마음을 완전히 녹여버렸지 않았겠습니까.

하나님, 왜 그런 詩를 읽게 해 주셔서 저녁나절 한쪽 어깨를 맥 빠지게 하시는 겁니까.

내 고통은 자막이 없다
읽히지 않는다

이런 구절은 또 왜 눈에 번쩍 뜨인답니까!

내가 살았던 시간은 아무도 맛본 적 없는 密酒였다
나는 그 시간의 이름으로 쉽게 취했다

이런 구절은 또 어떻구요. 하는 수없이 고장이 나려고 발버둥치는 프린터를 살살 달래어 그 길고 긴 詩 (단편소설 한 편 정도는 될 것 같은 길이)를 인쇄하고 말았어요. 읽으면서 고통스럽기는 하겠지만 고통 못지않은 희열 또한 있는 것을 알기에 지금 옆에서 팔랑거리고 있는 장장 A4 용지 일곱 장 분량의 詩 한 편을 혀끝에 녹이면서 심장 끝까지 쿵쿵거릴 그 감동을, 전율을 기대하고 있습니다.

하나님, 사람마다 달란트가 있다고 하셨는데 나에게 있는 것은 대체 뭐란 말입니까?

어제 독서회에서 두 분 멘토께서 농담반 진담반으로 언급하신 걸리버 여행기 5편을 교회 편으로 쓰라는 말인가요? (어제 스무 명이 넘는 독서회원 앞에서 멘토님은 '그 책 쓰면 내가 천 권 산다' 하고 호언장담하시기까지 하셨죠. 하긴 그 분은 능히 그럴 수도 있는 분이시긴 하시죠)

어떻게 써요?

현장에서 붙잡힌 여인이 가로되, 하고 써요? 몰라요. 오늘은 일단 하나님의 자녀답게 주일을 잘 누리고, 저 길고 긴 詩에 열심히 빠져들면서 황홀감을 맛본 후에 내일 다시 생각해 보겠어요.

배고프다.

나의 하나님, 밥도 좀 주시궁~

14

커피 한 잔 같은 예수님

예수님 굿모닝이시죠?

저는 커피 한 잔 마시고 있어요. 서영훈 목사님의 따끔따끔한 기초 신앙 강좌 2강을 듣다가 잠시 멈추고 이곳으로 들어왔네요. 이, 가슴속에 스멀거리는 반짝이는 기쁨을 어떻게든 표현하고 싶어서요. 백 뮤직으로 틀어놓은 차이코프스키 피아노협주곡 1번은 또 얼마나 마음을 상쾌하게 하는지!

어제 가볍게 술 한 잔 했기로 결코 가볍게 보이지 않는 (약간 퉁퉁 부은) 얼굴에 이것저것 덧칠하면서 생각했어요. 새해 첫 달이 이렇게 흘러가는구나. 많은 시간 집중했던 나의 노력과 상관없이 쭈글쭈글하고 빈약한 열매 비슷한 어떤 것이 슬프게 매달려 있지만 그것 역시 나의 하나님이 기꺼이 나에게 주신 은혜의 선물이로구나, 하면서 눈썹 그리고.

내가 열심히 구상했던 그런 글이 앞으로 어떤 방향으로 흘러갈지 모르지만 나의 하나님이 어련히 알아서 하실라구…… 아서라 말어라 하시면 그만 둘 것이고 깜냥껏 해 보아라 하시면 기어기어 갈 것이고 됐다마 그마 해라 하시면 넵할 것이고…… 그러면서 마스카라 칠했어요.

내가 보기에는 변장이 그럴 듯하게 되어 '예뻐'졌네요. 점점 기술이 느는가 봐요. 감사.

커피, 식어가지만 정말 맛있어요. 실은 이번에 커피가 떨어졌을 때 안 사려고 기를 썼는데 커피와 담배가 낙인 울 서방님이 비상금을 털어 사가지고 온 덕분에 오늘도 편안하게 커피 마시네요. 남의 돈으로 마시니까 더 맛있는 거겠지만.

그러면서 생각해요.

와, 커피 한 잔 같은 나의 예수님.

내 돈 안들이고 거저 주시는 커피처럼 모든 은혜와 사랑을 거저 주시는 나의 예수님.

이토록 맛있는 커피처럼 말씀도 달고 오묘하게 그토록 맛있게 해주시는 나의 예수님.

겨울의 아침을 이토록 포근하게 보낼 수 있게 하여 주시는 나의 예수님.

내게 주어진 하루의 일과를 스트레스 하나도 받지 않고 즐거이 할 수 있도록 하여 주시는 나의 예수님.

매 순간마다 커피처럼 맛있는 생각을, 느낌을, 그런 벅찬 사랑을 아낌없이 주시는 나의 예수님.

오늘도 감사해요. 그리고 참 많이 사랑해요!

15

지옥에 갔다 왔어염

하나님 아시죠? 어제 저녁 지옥에 갔다 온 거요.

하마터면 오늘까지 지옥에 머물러 있을 뻔 했는데 하나님께서 재빨리 지옥에서 건져주셔서 간신히 살았어요. 감사해요, 나의 하나님이여.

한 끗 차이로 오늘부터 인생이 완전 달라질 뻔 했는데 정말 감사 감사 감사 감사해요!

하도 세상이 어수선하여 나만큼이라도 '갑질'은 안하고 싶었는데 어제는 비장의 무기를 꺼내고야 말았어요. 너무 화가 나서 책상 앞에 앉아 있는데 빤히 보이는 새해 다짐 글귀, 〈스스로를 책망하고 다른 사람을 용서하라〉 때문에 더 미쳐 돌아가시는 줄 알았어요! 하필, 왜, 그런 것으로 새해 표어를 삼았더란 말인가 하면서 나까지 미워졌어요.

그래도 어떡해요. 하나님이 열흘 후의 나의 사정을 미리 간파하시고 요런 진부한 글에 필이 꽂히게 하셔서 일 년 내내 그렇게 살아라, 하시면서 명령하셨으니. 솔직하게 말한다면 어제는 붙여놓은 쪽지를 떼어버리고 싶었어요.

구구절절 늘어놓기 너무 민망하여 자세한 말씀을 올려드리지는 못하겠지만 어쨌든 본의 아닌 잠깐의 '갑질'로 오히려 전화위복이 된 것도 사실이니, 살다보면 그런 완장 낀 행세도 필요한 가 봐요. (그래도 다시 하지는 않을 생각이어요.)

　근데 고백할 일은, 너무 화가 나니까 글쎄 술 생각이 굴뚝같더라고요. 아직 나는 술에 의지하는 면이 완전히 사라지지는 않았나 봐요. 그래서 결국 집안을 뒤져서 고기 잴 때 쓰고 남은 소주 한 모금, 작년 크리스마스 때 선물 받은 뱅쑈 1/4 남은 것, 그래도 모자라 나중에는 클라우드 한 병까지 다 따라 마셨지만 모자라도 한참 모자랐네요. 그래도, 야밤에 뛰쳐나가지 않은 의지가 있었다는 것만으로 위안을 삼고, 저 혼자 큰소리치고 저 혼자 기절하고 저 혼자 자학하고 저 혼자 반성하고 저 혼자 납작 엎드리는 울 남편님의 소행을 암말도 안 하고 보면서, 아이구야, 했어요.

　미움지수 90까지는 수직으로 뻗었는데 술과 함께 머릿속이 부들부들해지면서 에이 몰라, 하는 심정이 되어버리게 하신 것도 정말 감사드려요. 술과 함께 머릿속에서 폭발하는 방향으로 갈 수도 있었거든요.

　딱 두 마디 말하고 입을 다물고 있는데 시간이 흐를수록 울 남편님은 때 아닌 사랑타령이네요. 턱없이 모자라는 술인데 그것도 짬뽕이라고 머리가 살살 아파 와서 그냥 자버렸는데요. 꿈속은 또 왜 그렇게 어수선한지. 실은 저도 반성은 했어요. 저도 알긴 알아요. 대체 어떻게 사는 것이 하나님이 기뻐하시는 삶인지.

　결국 스스로를 책망하지도 않고 다른 사람을 용서하지도 않았지만 아침에 눈을 뜨니 그만 어제 지옥 사건이 싹 머릿속에서 사라져버린 거 있죠? 일어나서 내 자신이 신기해서 한참 앉아 있었답니다. 이렇게 지워질 수가 있다니. 어제의 생각으로 말한다면 오늘 나는 이집에서 사라져버려야 하는 것인데! 정말 신기하고도 이상했어요. 내 마음을 내가 알 수 없으니 내 마음은 내 마음이 아닌가 봐요.

　울 남편이 저를 살짝 무서워하는데, 제가 혹시 일하러 간다고 하고 홀짝 가출 (두 번의 전적이 있으므로) 해 버릴까봐 노심초사하는 줄 아는지라 잠자는 남편 깨워서 이렇게 말했어요.

"나, 일하러 가. 순두부찌개 잘 데워먹고, 알았지?"

눈을 번쩍 뜬 남편의 안도의 표정이라니.

일하고 돌아오니, 개떡같이 성질부리던 울 남편님은 귤을 예쁘게 까서 마치 꽃처럼 펼쳐 놓았더구만요. 암말도 안했어요. 어제의 일은 그렇게 우야무야되었네요. 하지만 남편은 혼쭐은 났을 걸요? 하도 말도 안 되는 난리를 치길래 '갑질'을 했거든요. 여러 말도 필요 없었어요. 딱 두 마디 말.

"싫어."

"내가 나갈게."

결혼 삼십 몇 년 만에 처음 듣는 소리에 남편은 거의 기절 수준! 하하하. 지금이야 웃지만 어제는 진심이었어요. 실없는 협박 같은 거 안 하는 성격인 거 아는 남편님이 그 후로 한 시간 넘게 혼자 떠들어댄 애원 협박 간청 고백. 정말 닭살 돋지만.

하나님, 어제 잠시 지옥에 가서 있으면서도 생각은 했어요. 나의 의지로는 절대 천국을 누릴만한 자격도 안 되는구나. 날마다 매 순간마다 누렸던 충만함과 기쁨의 모든 것은 하나님의 은혜로 비롯된 것이로구나 하는 거요. 정말 절감했고요, 그리고 다시 감사했어요. 앞으로는 저도 더욱 예쁘게 성실하게 아름답게 살도록 노력할게요, 나의 하나님.

그리고, 스스로를 책망하고 다른 사람을 용서하라, 일 년 동안 계속 마음에 품겠어요. 24시간 전의 상황과 정 반대로 평안을 누리게 하여주시는 나의 하나님을 진심으로 찬양합니다!

하나님의 트렁크

1 6

예기치 못한 기쁨

　C. S. 루이스가 아니더라도 누구에게나 예기치 못한 기쁨은 예기치 않게 올 것이다. 전혀 예기치 않았으므로 그 기쁨은 더욱 배가되고 그 충격적인 격렬한 기쁨에 젖어 온 세상이 핑크빛으로 변하기도 할 것이다.

　오늘 새벽, 알람에 눈을 뜨면서 꿈을 떠올렸다. 뭐야. 깨어난 당시에는 선명하게 떠올랐는데 지금 막상 쓰려고 하니 도무지 떠오르지 않는다.

　빛나는 5월을 허락하신 나의 하나님께 감사의 기도를 드리고 방정맞게 벌떡 일어나서 좁디좁은 방을 서성거리기 시작했다. 남편의 고요한 숨소리, 낡고 더럽고 작은 창 (너무 오래되어 비틀어졌는지 열리지 않는다. 이사 올 때부터 그 모양이었다) 너머 희부윰하게 아침이 서서히 다가오고 있는 모습이 보였다. 아늑하고 평화로웠다.

　장장 닷새 만에 샴푸를 하고, 그 개운함에 다시 감사를 드리고 어제 밤 끓여 놓았던 소고기 무국을 다시 끓여놓고 커피 물을 올려놓았다.

　꼭 월요일 같은 수요일이다. 늘 펼쳐져 있는 노트에 오늘의 날짜를 기록하는데 5월 4일자에 써놓은 몇 단어가 눈에 들어왔다.

　"남편과 백병원 갔다. 같이 손잡고 걸었다."

　작은 메모 한 구절에 마음이 벌써 그때로 흘러간다. 오랜만에 남편 옆에 앉아

진료시간을 기다리면서 생각했다. 매달 남편은 이 자리에 혼자 앉아서 몇 군데의 진료를 기다렸겠구나. 가슴이 알싸해졌다.

돌아오는 길에 흐드러지게 피어있는 꽃 더미에 남편을 앉혀놓고 사진을 찍어주었다. 웬일인지 남편이 먼저 사진 한 장 찍어달라고 했던 것이다. 그럴 때 남편은 참 애잔하기도 하다.

노트에는 이런 메모도 있다.

"삶은 계란 만들어보았다. 요플레는 만드는 중. 오후 5시에 시작, 내일 새벽 5시에 열어볼 것."

그것은 일상이었다. 친구가 선물한 삶은 계란 만드는 작은 기구를 이용하여 처음 시도해 보았던 것이다. 계란은 반숙도 되고 완숙도 되었다. 계란 광인 나에게는 정말 좋은 선물이었다. 요플레 만드는 기구도 누군가의 선물이다. 우유와 불가리스 두 병을 넣어 잘 저은 후 12시간 정도 전기를 꽂아두면 숟가락으로 푹푹 퍼먹을만한 양의 요플레가 완성된다. 변비에 시달리는 나에게는 정말 좋은 선물이었다. 내 주변의 모든 사람들은 나의 상황에 맞는 선물 하는 것이 취미인 것 같다.

그리고 다시 그 밑에 적혀있는 메모.

"유시민의 〈나의 한국 현대사〉와 성석제의 〈투명인간〉 아무래도 읽어봐야 할 것 같다. 다음 주 중에 서점에 갈 것."라고 덧붙였다.

이렇게 고요한 삶이 있을까. 이처럼 평화로운 삶이 있을까. 하늘의 평화를 나에게도 누리게 하여 주시는 나의 하나님께 감사, 다시 감사.

오늘 아침의 〈예기치 않은 기쁨〉은 지금부터이다. 서영훈 목사님의 기초신학강좌를 듣던 중, 산책하면서도 들으면 좋겠다는 기특한 생각이 들었다. 그리하여 휴대폰으로 검색을 하고 즐겨찾기를 하고 클릭만 하면 목사님의 강의가 줄줄 흘러나오게 휴대폰을 작동시켜 놓았다. 평생 기계치인 내가 이룬 위대한 업적 중의 하나가 바로 오늘 일일 것이다. 그렇게 해놓고 나니 온몸에서 마치 향기가 뿜어져 나오는 것처럼 기가 막힌 희열이 용솟음쳐 올랐다. 그 순간 나는 꽃이 되었나 보다. 말씀과 함께 하는 산책길 (실은 일하러 가는 길이지만)을 떠올리니 그야말로 〈예기치 않은 기쁨〉이 내 영혼으로부터 흘러나온 것이다.

나의 하나님께 오늘의 기쁨을 허락하심을 찬양하고 감사드립니다! 아, 이제는 일어서야 할 시간. 귀엽고 소박하며 수줍은 아흔이 넘으신 할머니를 꼭 안아드리기 위해 밖으로 나서야 할 시간이다. 오는 길에 너무 피곤하지 않다면 서점에 들를지도 모르겠다.

1 7

크리스마스 자랑질

메리크리스마스!

예수님 탄생을 축하드립니다!

예수님께옵서는 한국 태생이 아니어서 미역국은 아니 드셨을 것 같고, 아랍에서는 생일상 차림이 어떠한지 알지 못하는 고로 거하게 차려 올리지는 못하옵니다. 한국의 성탄절은 믿는 자와 안 믿는 자가 확연히 구분되었는데 요즘 들어서는 딱 그렇지도 않은 것 같네요.

어제 밤 이브를 맞이하여 냉장고 안쪽에 모셔져 있는, 지난 크리스마스에 선물 받은 뱅쑈가 삼분지 일은 너끈히 남아있지만, 클라우드 맥주 한 병도 얌전히 모셔져 있었지만, 열 받았을 때 편의점에서 산 앙증맞은 휴대용 소주가 두 개나 냉장고 야채박스 안쪽에 숨겨져 있었지만, 모두 사양하였나이다. 대신 지난 토요일 바이블스터디에서 성찬식용으로 썼던 패스추리와 진한 원두커피로 야참을 대신하였습지요.

모처럼의 조신 모드가 싫지는 않았어요. 아니 공연히 신이 나서 좋았더랬습니다. 내가 변하기는 변했어, 하면서 말이죠. 커피를 홀짝거리면서 숙제처럼 남겨진 리포트를 넘겼고 잔액이 말끔하게 제로 상태가 되어버린 가계부를 정리했고 (내일이 월급날이므로 빈털털이랍니다. 오늘 성탄 헌금은 남편에게 미루려고 작전을 짜놓았습죠) 새해 들어 꼭 하고 싶은 일과 해야 할 일을 몇 가지 생각해 보았고, 캐럴과 클래식을 즐겁게 들었습니다.

예전에는 아무리 힘들어도 케이크 하나는 구비한 크리스마스였던 것 같은데 이번은 그것조차 없었네요. 특별한 저녁식사는 내년으로 미루고 계속 조신 모드로 가기로 결정했거든요. 바로 코앞에 24시 대형마트가 있지만 발걸음도 못 옮기고 냉장고를 탈탈 털어 돼지고기를 듬뿍 넣은 김치찌개를 만들었답니다.

졸라 맛있는 찌개와 장조림에 푹 빠진 삶은 계란 뽀개서 모처럼 밥을 먹었네요. 남편은 넘 좋아하구요.

(돼지고기 김치찌개 무지하게 좋아하는 아들에게 전화했더니 득달같이 달려와서 냄비 째 들고 가는데 껌딱지처럼 아들 옆에 딱 붙어서 오는 예쁜 우리 하나를 보니 너무 사랑스러워 그녀의 차가운 뺨을 살며시 만져 보았더랬슴다. 하나야, 우리 영원히 같이 살자!)

나는 커피분쇄기를 다리 사이에 꽉 끼고 앉아 드르륵드르륵 커피를 갈았어요. 아, 그 소리, 아, 그 아찔한 냄새!

정말 어제는 원두커피 한 잔 만으로도 충분히 행복했어요. 그러면서도 내년 이브에는 반드시 칠면조 대신 오리 훈제와 크림 파스타, 치즈 케이크를 앞에 놓고 촛불을 불 결심을 단단히 하고 있습니다. 들어주실 거죠? 내년 이브의 소원?

그렇게 이브를 보내고 좀 두서없는 꿈속을 헤매다 눈을 뜨니 여섯 시! 알람을 꺼놓았더니 실컷 잠을 잤네요. 메리크리스마스, 하면서 하늘을 향해 예쁜 목소리로 인사를 한 후, 집 앞 길거리에서 펼쳐놓고 팔던 5000원짜리 내복 차림 (그거 엄청 따뜻하다는 거! 가만히 보니 무늬와 길이에 약간의 하자만 있을 뿐이라는 거! 대박~~ 같이 산, 역시 5000원짜리 남편 내복도 정말 따뜻하다네요) 으로 한 뼘 남짓한 집안을 어슬렁거리다가 아, 글쎄 약간 얼룩이 진 가스 레인지를 발견했지 뭡니까.

그리하여, 헨델의 메시아 중 할렐루야가 흘러나오는 클래식 FM을 좀 크게 틀어놓고, 소프라노 파트를 완벽하게 따라 부르면서 (테너 파트가 나올 때는 발로 박자를 맞춰주었습죠) 가스레인지를 닦았다는 거 아닙니까!

　그런데, 나의 예수님이여.

　약 십 분에 걸친, 가스레인지를 닦는 그 시간을 어쩌면 그렇게도 행복하게 만들어 주신답니까! 이토록 편안한, 기분 좋은, 아늑한, 평화로운, 사랑스러운 크리스마스 아침을 허락해주신 나의 하나님을 와락 껴안고 여기 뽀뽀, 저기 뽀뽀, 완전 뽀뽀로 도배해 버릴랍니다. 아침부터 자랑질 하였으나, 나의 하나님이여, 저의 즐거움에 동참하시겠죠? 아무쪼록 좀 이따 남편 손잡고 동네 교회에 가서 (아들 차가 고장이구, 그리고 날씨도 장난 아니게 춥다 하구, 해서 24킬로 떨어진 우리 교회는 안갈 생각이거든요) 크리스마스 칸타타 예배에 참석하려고 하는데 그 시간도 행복하게 해 주실 거죠? 당근 믿고 감사드려요!

하나님의 트렁크

18

십 분의 막간

조금 신기한 것 하나.

아침의 일상이 한 차례 마무리 되는 9시 20분. 그 때 알람이 울리면서 일하러 갈 시간을 알려준다. 현관에서 신을 찾아 신을 시간인 것이다.

무의식적으로 그 시간에 맞추어서 무엇인가 하게 되는데 늘 약 10분의 시간이 남는다. 그 짧은 시간이 오면 나는 무엇인가 (글의 족적)을 남기고 싶어 하는 욕망을 느낀다.

아침 산책길은 초등학교에서부터 시작되어 저 멀리 병원을 바라보면서 유턴을 한다. 싱그런 바람과 날마다 두 배로 꽃이 피는 듯한 코스모스와 맑게 흐르는 물을 보면서 그리고 건강에 열을 올리느라 부지런히 걷는 인간들의 군상을 보면서 (보고 싶지 않은데 마주치니까) 대개는 말씀을 듣는다. 참, 좋은, 시간. 중간에 마음이 다른 곳으로 달아나면 말씀은 저 혼자 떠들기도 한다. 그럴 때는 그런대로 내버려둔다.

나의 마음을 옥죄어 한곳에 가두고 싶지 않다. 설령 그것이 꿀보다 더 단 말씀이라 할지라도. 그 순간 말씀이 꿀맛이면 내 마음이 다른 곳으로 갈 리도 없잖아?

어제부터 유턴 지점에서 병원을 물끄러미 보게 된다. 그 병원 중환자실에는 내가 무척 좋아하고 존경하고 사랑하는 선배언니가 혼수상태로 누워있기 때문이다. 어제 오빠(선배언니는 고등학교 1학년 때부터 아는데 교회커플이어서 남편 되는 분과도 친하다)가 문자를 보냈다.

"혜영 의식 없지만 만지면 반응 보임 감사"

가슴이 울컥했다. 그러면서 나는 새벽에 교회에 가서 예배를 드리고 언니를 위하여 간구하고 천변의 바람을 즐기면서 가을의 아침을 맞이한다. 나는 나의 평안함이 행복과 충만함이 미안했다. 그리고 기도했다. 하나님, 저 예쁜 언니를 어떻게 좀 해주세요. 의식이 없는 아내를 안타까이 바라보면서 만지면 반응이 있다고 감사하다는 저 오빠에게 더욱 감사할 거리를 주세요.

이제 나는 일하러 간다.

오늘은 할아버지에게 더욱 잘해드려야지.

하나님의 트렁크

19

(가장)행복한 부활절이 지나고 있어염

사랑하는 나의 아버지, 나의 하나님이여
이토록 평안한 주일을 주시고
이토록 행복한 부활절을 주시니 감사합니다.

온 식구가 교회에 가서 예배 잘 드리고
부활 계란 두 개 잘 먹고
100주년 기념교회 11시 예배도 잘 드리고
루이스 강해도 잘 듣게 하시고
성석제 단편 하나도 잘 듣게 하시고 (정말 생각이 많아졌어요)
달고 단 낮잠 잘 자게 해 주시고
맛있는 오징어볶음도 만들게 해 주시고
편안한 마음으로 K. POP 잘 보게 해 주시고
게다가 오늘은 가족들과 고스톱에서 만 사천 원이나 땄어요!
이제는 지겨울 정도인 존 스토트 목사님의 그리스도의 십자가도 결국 다 읽어
치우게 하시고
아침에는 불현듯 詩 (그것을 詩라고 해도 되나 잘 모르지만) 한 편 쓰게 하신

것도 감사 합니다.
조금 전, 동영상 틀어놓고 〈약한 나로 강하게〉 불렀는데
저도 모르게 두 손이 올라가데요.
찬양을 하나님께!

자정이 되기 전에 자려고요.
내일부터 다시 시작하려고요
날마다 새롭게 시작하는 마음을 주신 것도 감사드립니다.
그리고
나의 하나님을 진심으로 사랑해요.
그렇게 가장 행복했던 부활절이 지나고 있어염.
내년에도 올해처럼 행복하게 해 주시는 거죠?

하나님의 트렁크

20

협찬품들. 어느 해 10월의 일기.

어제부터 오늘까지 단 이틀 동안의 협찬품을 공개한다. 협찬품은 구호물자로 명칭이 가끔 바뀌기도 하지만 용도는 같다.

점점 예뻐지는 친구가 교회에서 만난 우리 남편에게 슬쩍 쥐어준 신사임당 (담배 사 피우세요 하면서). 그 친구는 울 남편을 보기만 하면 지갑을 연다. 어지간히 고집 세고 자신만 아는데다가 심통도 장난 아닌 여러 모습이 마치 자신의 아버지 닮았다나? 하여튼. 오후에 다시 호프집에서 만난 친구가 각 일병씩 하자고 한다.

"뭐, 각 일 병?"

공개적으로 금주선언을 한 내가 놀라서 되묻자 친구가 말했다.

"넌 콜라 한 병, 나는 소주 한 병."

그렇게 해서 안주를 질펀하게 늘어놓고 주거니 받거니 술과 콜라를 마셨다. 술 마시는 인간 앞에서 콜라를 마시자니 어쩐지 나도 취하는 것 같았다. 잔에 따를 때마다 빼놓지 않고 건배를 하면서. 그런데 필 받은 친구는 다시 각일 병씩 하잔다. 그리하여 나는 다시 콜라 한 병, 친구는 소주 한 병을 말끔하게 비웠다. (맨 처음 기분이라면서 나에게 따라준 소주 한 잔은 어찌나 쓰던지 한 시간에 한 방울씩 겨우겨우 마신 것 같다. 아무리 생각해도 믿을 수 없는 사실!)

친구의 비통한, 슬픈, 애잔한 고백을 몇 시간 들어주었다. 가슴 아픈 진실이었다. 나도 꽤 슬퍼졌다. 사는 게 뭔지 모르겠다는 생각만 들었다. 소주 한 병이 주량인 친구가 취해버렸다. 친구가 내 뺨에 마구 뽀뽀를 하면서 말했다.

진정한 친구 한 명만 있으면 그 사람은 인생에서 성공한 사람이래! 그러니까 나는 성공한 사람이야, 너 같은 친구가 있으니, 완전 행복해!

난 뭐라고 할 말이 없었다. 그래 친구야. 내가 아니더라도 제발, 성공했고, 행복하다는 생각을 늘 하고 살거라.

비틀거리면서도 잊지 않고 큼직한 보따리를 안겨주는 친구. 주면서도 (오히려 나에게) 고맙다고 입이 닳도록 말하는 이상한 현상이. 하여튼 그 속에는 남편이 좋아하는 누룽지 네 보따리에 내가 좋아하는 카놀라유 두 병, 그리고 럭셔리한 외양을 자랑하는 외제 화장품 두 통이 들어있었다. 영양크림 샘플 몇 개 가져오라는 내 협박을 들은 바로 그 다음날, 제법 윗자리에 계시는 사회적 위치상 선물이 들어왔는데 그것이 바로 영양크림이었단다. 하나님 심부름하기 힘들다며 엄살을 떠는 친구는 주면서도 받는 나보다 더 신이 났다.

매일 남이 얻어다주는 샘플 쓰지 말고 정품 한 번 써보란다. 이제껏 만져보지도 못했던 무슨 나이트크림 (그것도 영양크림의 일종이라고 완전 무식한 나에게 자분자분 설명도 해주었다)과 젤 영양크림이었는데 바르는 감촉이 장난 아니었다. 솔직히 말해 나로서는 대형마트에서 파는 큼직한 덕용 크림이 훨씬 필요했지만 주는 것이니 주는 대로 받을 수밖에. 그래도 속으로는 생각했다. 분명 이 크림 한 통 값이면 마트에서 파는 크림 다섯 통은 너끈히 살 텐데.

그렇게 오늘.

오후에 다시 이비인후과에 들렀다. 또 다시 지루하게 기다리고 기다린 끝에 이, 비, 인후, 모두 의사의 손을 봐야 했다. 그러구러 잠깐 틈을 내어 들린 또 한 친구의 집. 그 맛있는 더치커피를 살곰살곰 마시면서 친구의 하소연을 삼십 분 넘게 들어주었다.

그런데 약봉지 하나 달랑 들고 일어서는 나를 친구가 불러 세운다. 여기 뒤지고 저기 뒤지면서 친구가 혼자 중얼거렸다. 뭐, 또 줄 거 없나? 그렇게 해서 친구가 알뜰하게 챙겨준 협찬품이란.

택배로 주문한 호박 고구마 한 보따리, 싱싱하고 앙증맞은 귤 한 보따리, 하다못해 식탁에 놓여있던 바나나 무더기까지 아낌없이 반으로 뚝 잘라 넣어주면서 친구가 하는 말.

"너, 이런 거, 절대 안사잖아?"

그렇긴 하지. 우리 형편에 그런 건 사치품이걸랑.

보따리를 들어보니 팔이 축 늘어질 정도로 완전 무거웠다. 집으로 돌아와 낑낑거리며 들고 온 협찬품을 남편 앞에 펼쳐 보이면서 입이 찢어지도록 좋아하는데 띵동.

친구 부부가 들이닥쳤다. 멀리 사는 터라 차를 가져왔으므로 오늘 우리 집은 잠시 카페가 될 조짐이 보였다. 그런데 친구의 손에 들려진 것은? 내가 좋아하는 모카 롤 케이크, 남편이 좋아하는 단팥빵, 그리고 나의 주식임을 알고 챙겨온 부드러운 우유식빵 한 봉지.

얼마 전, 교회에서 만난 선배언니에게 이렇게 말한 적이 있다.

내가 요즘은 완전 협찬품으로 산다니깐. 목사급은 아니어도 전도사급 정도는 되는 것 같아.

여기저기 쌓여있는 협찬품들을 보면서 마음속으로 친구들에게 한마디 했다. 하나님 심부름을 하느라 힘들었겠다. 이것들아.

2 1

섣달 그믐의 코람데오

소주 석잔 마시고 이런 말하기 쫌 뭐하지만 올해는 완전 하나님 빽으로 살았다. 하나님은 나에게 일상의 천국을 경험하게 해 주셨고 나의 죄인의 속성을 낱낱이 파헤쳐 주셨으며 그러므로 입 벙긋도 못하게 하셨으므로 나는 꼼짝 못하고 납작 엎드려 항복해야 했다.

처음에는 반항도 했지만 하나님의 팔 힘이 장난 아니어서 손목이 꽉 잡힌 채 질질 끌려가야 했다.

이제 다시 코람데오. 하나님의 따뜻한 손에 잡힌 것에 군소리 없이 감사하기로 했고 가끔 딴청하기도 했지만 여전히 나를 예뻐하시는 하나님을 새해에는 더욱 많이 사랑하기로 맘먹었다.

근데, 하나님은 나를 아주 죽이려고 작정하시는 거 같다. 그렇지 않으면 세상에 이럴 수가 없다. 하나님이니까 참지 만약 어느 한 인간이 나에게 그랬다면 (?) 나, 가만히 안 있었을 것이다. 올해의 마지막 날, 마지막 시간까지 우악스럽게 내 손목을 잡아끌고 가는 곳이 대체 왜 그렇게 험난한 아골 골짝인지 하나님의 심통은 가히 타의 추종을 불허한다.

그런 하나님을 내가 믿어야 하나 말아야 하나 그런 갈등조차 이제는 포기했다. 포기할 수밖에. 결국 하나님만 나를 끝까지 사랑하실 것을 알기 땜에 내,

올해 참은 것처럼 내년에도 잘 참아낼 수 있을 것 같다. 맷집이 생겼걸랑~~ 아니 올해 참은 것 보다 두 배 더 참을 자신 있다.

하나님, 하나님 보시기에 아직도 팔팔한 것 같으신가요? 제가요? 할리우드 액션이 안 통할 것 같아 맨가슴으로 험한 세상을 견디는 것이 안보이시나요? 우리 집 앞에 안경점 하나 생겼는데 그곳에라도 모시고 가야 할까요?

마지막 남은 몇 시간동안 나의 마음자리 한 가운데 오셔서 횡설수설 왔다갔다하는 혼란스러운 내 마음을 하나님의 그 우악스런 손으로 꽉 잡아주셔서 단번에 아주 훅, 가게 해 주세요. 다시는 헤매지 않도록 손 발 머리 가슴에 차꼬도 확실하게 채워주세요.

존심 상해서 이런 말은 정말 하기 싫지만 어쩔 수 없이 고백합니다.

사랑해요, 나의 하나님.

22

스스로를 책망하고 다른 사람을 용서하라

〈그리스도를 본받아〉에서 새해 나의 목표를 뽑아냈다.

"스스로를 책망하고 다른 사람을 용서하라"

너무도 좋은 말씀이 많았다. 거의 한 페이지마다 서너 문장씩 포진해 있는데 정작 나는 이렇게 소박하고 단순하고 다소 진부한 문장을 골라냈다. 어쩔 수 없었다. 그냥 그 문장에서 나의 눈이 떠나지를 않았기 때문이다. 아마도 나의 하나님은 올해의 내가 그렇게 살기를 강력하게 원하시는가보다…그렇게 생각하기로 했다.

책을 다 읽고 덮기 전, 무척 재미있는 구절이 있어서 필사해 두려고 들어왔다. 시공을 초월한 말씀이 너무 웃기기도 하고. 한국이나 아랍이나 중년 아줌마의 펑퍼짐한 삶이나 수도원의 수사의 삶이나 현재나 14세기나 사람이 하는 짓은 다 똑같다는.

…때가 되면 악한 욕정에서 비롯된 모든 잘못된 것을 하나님께 은밀하게 고백하라.
계속해서 육적이고 세상적인 것을 뉘우치고 슬퍼하라.

정욕을 절제하지 못하는 것,

욕심으로 가득 차서 행동하는 것,

외적인 것에만 몰두하고 내적인 것을 소홀히 하는 것,

여러 가지 쓸모없는 상상을 떨쳐내지 못하는 것,

내면적인 일에는 무관심하고 외적인 일에 빠져드는 것,

쉽게 웃고 떠들면서 눈물과 참회를 잊고 사는 것,

육신의 안일과 즐거움에는 신속하고 열정적이고 엄격한 삶에는 둔감한 것,

새로운 것을 듣고 아름다운 것을 보는 일에는 관심을 갖지만 겸손하고 낮아지는 것에는 굼뜬 것,

많이 받는 것에는 탐욕스럽지만 주는 데는 인색하고 자기 것은 악착스럽게 지키는 것,

함부로 말하고 침묵하지 못하는 것,

행동을 조심하지 않는 것,

늘 지나치게 서두르고 음식을 탐하는 것,

주님의 말씀을 듣지 않는 것,

쉬는 데는 빠르고 일하는 데는 느린 것,

남의 이야기에는 눈을 번쩍 뜨고 거룩한 예배 때는 조는 것,

예배를 급히 끝맺는 것,

떠돌아다니고 부주의한 것,

기도 시간을 지키는 데 관심을 갖지 않는 것,

마음이 냉랭하고 성찬 때 경건하지 못한 것,

정신이 너무 쉽게 산만해지는 것,

철저히 정신을 집중하지 못하는 것,

갑자기 분을 발하는 것,

다른 사람에 대해 화를 내는 것,

판단하려고 드는 것,

혹독하게 비판하는 것,

잘 될 때는 좋아하다가 역경 때는 나약하게 구는 것,

괜찮은 결정을 내리지만 끝에 가서는 별로 결과가 없는 것이 그것이다…

(읽으면서 얼마나 웃었는지 모르겠어라)

2 3

신년 주일, 평안하십니까?

입가에 저절로 미소를 번지게 하는 호주 민요 〈워칭 마틸다〉를 들으며 나의 마음을 하나님께 올려드립니다. 신년 주일을 이토록 평안하게 보내게 하시는 나의 하나님께 감사드려요.

나의 하나님도 평안하십니까? 나만큼요?

나를 알고 내가 아는 이웃들도 평안하십니까? 나만큼요?

오늘따라 노곤노곤한 몸으로 알람 없이 눈을 뜨니 7시. 아직 어둠이 걷히지 않은 좁고 작은 창에서 스멀스멀 기어오는 한기에 정신이 번뜩 났더랬어요. 바로 외벽이어서인지 벽에 붙여놓은 매트리스 가장자리에 똑바로 누우면 나의 왼쪽은 사뭇 지나치게 산뜻한 (가끔은 맵싸하기까지 한) 한기가 느껴진답니다. 뭐, 좋아요 하나님. 그래서 아침에 더 빨리 눈을 뜰 수 있으니까요.

내가 굳건하게 온몸으로 방의 한기를 막아주므로 안쪽으로 모셔놓으신 옆자리의 남편님은 아주 편안하게 골아 떨어져 계시데요. 왜 저 인간은 잠잘 때만 천사 같은지 (이건 정말 비밀).

보일러 난방을 켜려다 꾹 참고 (요금 폭탄 맞은 가스요금 고지서의 어마무시한 액수가 떠올라) 가디건을 주워 입고 목까지 착실하게 단추를 채운 후 부엌에서 알짱거리기 시작했어요.

오늘 교회 다녀오면 아들과 예쁜 하나에게 오므라이스를 만들어주기로 약속했거든요. 오므라이스는 내 특별 요리 중 하나. 마치 식당처럼 동그랗게 모양을 낼 줄도 안답니다.

랩에 씌워놓은 소고기 덩어리 (아, 마지막 남은 것을!) 을 녹여 잘게 자르고, 감자와 양파와 홍당무를 작은 네모로 잘 썰어놓고, 내친 김에 주먹보다 큰 감자를 다섯 개나 깎아서 야채박스 안에 쟁여놓았죠. 마치 김장 한 것 같은 뿌듯함. 이제 감자조림이나 감자국 감자볶음, 감자 샐러드, 어묵감자 조림 등등을 아주 편하게 만들 수 있게 되었답니다. 와, 이 준비성이 정말 기특하지 않나요?

밥이 질지 않도록 밥물을 좀 적게 붓고 밥통을 산 후 처음으로 (실은 난생처음이라고 해야겠죠) 예약버튼을 눌러보았어요. 이게 잘 되려나, 기계치인 내가 잘 하려나 걱정은 되지만 올해부터는 모든 일을 고민하지 말고 그냥 밀고 나가면 해결사인 하나님이 뒤처리 잘 해주실 것이라는 믿음 (설마 이러겠어요, 내 믿음에? 그냥 하는 소리죠)으로 우리가 집으로 돌아오는 11시에 밥이 완성되도록 나름 설정해놓았어요. 이 기쁨.

밤새도록 난방을 틀지 않았으니 아침에라도 조금 틀어놓을까 망설이다가 역시 머릿속에서 가스요금가스요금하고 비명을 지르기에 하는 수 없이 난방은 말고 온수만 틀어놓고 설거지도 하고 남편 머리도 감겨주고 (혼자서도 잘 해요는 일곱 살 안짝에만 통용되는 말인가 봐요? 일흔두 살은 안 되나 봐요? 헹) 배추된장국에 돼지고기 고추장볶음과 봄동 겉절이 김 등으로 남편 아침도 차려주고 (저야 물론 블랙커피 두 잔) 김영하의 팟 캐스트에서 낭독해주는 단편 〈악어〉를 아주 흥미 있게 들으면서 변장인지 위장인지 하고요, 8시에 잠자는 아들을 콜 해서 깨우고요, 아무 옷이나 마구 걸치려는 남편 단속해서 1월의 아침에 걸 맞는 외투를 입혀주고, 짬마다 내 옷도 한 가지씩 주워 입고 가방 속에 졸음방지용 키세스, 스니커즈, 커피캔디 등속을 잘 챙겨 넣고, 아 바빠 바빠하면서…… (열거하는데도 숨이 차는 군요) 교회 갔다 왔잖아요.

교회에서 돌아오자마자 내가 좋아하는 교회로 들어가 11시 예배 실황 틀어놓고 들으면서 오므라이스 만들고 아들과 하나에게 주고 간만에 남은 오므라이스 몇 수저 뜨고 토마스 아 캠피스의 마치 성서 같은 책을 밑줄 그으며 읽다가 나른하고 행복한 단잠을 자고 일어났어요. 하나님도 이렇게 긴 문장들은 숨이 차시죠? 끝없이 이어지는 문장들은 제가 기분 좋을 때 나타나는 현상이오니 그런대로 이해해 주세요. 긴 수다 계속합니다.

눈 비비고 앉으니 사뭇 몸도 개운하고 기분도 다시 업이 되고, 해서 접어놓은 성서 비슷한 저 책을 다시 읽다가, 내일부터 음식 조절 좀 하겠다는 아들과 하나가 떠올라 식사 다이어리를 쓰라고 할 요량으로 얇은 노트 두 권을 찾았고, 그렇게 찾다보니 한 달 스터디 플래너를 두 권이나 발견했다는 거죠. 물론 앞의 몇 장은 쓴 것이지만. 가만 보니 뭐, 아주 거창한 목표를 세우고 여기저기 왕고민 하면서 나름 소설 구상도 하고, 결심도 하고 하루 몇 장 썼네 하면서 적어도 놓은 빨강노트였네요. 그 노트의 여백이 아까워서 건출지로 다시 정리하고 틀어막고 (옛날 노트한 것을 보면 왜 화가 나는지) 새것처럼 개비해 놓았답니다.

그런데, 마침

FM에서 〈워칭마틸다〉가 흘러나오지 않겠어요. 그 따스하기 짝이 없는 호주 민요를 듣자니, 그 노래를 듣는 모두가 그런 생각을 하겠지만, 도둑은 밤에 도둑질하려던 생각을 좀 접을 것 같고, 왕짜증 나던 아줌마는 인상을 좀 펼 것 같고, 사기꾼은 새해의 원대한 사기 계획을 축소 조정할 것 같고, 목사님들은 탁상공론 같던 설교를 반성하고 순진하게 동화처럼 하지만 깊고 진실된 설교로 방향전환을 할 것 같지 않겠어요?

그러면서 생각했네요, 하나님.

저 짧은 노래 하나도 들으면 마음이 5월의 잔디밭처럼 따사로워지는데 30분이 넘는 설교는 왜 그만큼의 감동도 없나 하고요. 아, 이건 저의 생각은 아닌 거 같아요. 그냥 내 손이 맘대로 움직여서 제멋대로 (손이) 말하는 거지 제가 하는 말은 절대 아니랍니다. 하여튼 그럼에도 불구하고 신년 주일, 이렇게 평안하게 누리고 있다는 사실에 정말 감격하고요

새삼 나의 하나님께 찬양과 영광 (말로만 해서 미안하긴 하지만) 돌려드리고요, 낮잠을 좀 징하게 자느라 가스펠을 칠 시간이 없어져버린 것은 좀 그렇지만 그래도 얼마나, 얼마나 얼마나 아름답고 충만한 주일인지 원더풀이고요, 어메이징그레이스입니다!

부디, 이 세상 모든 사람들이 이 평화안에서 안식하는 시간이 되었으면 해요. 진심. 하나님께 올려드리는 수다 (차마 기도라고 할 수는 없고, 애교라고 하고 싶지만 나이도 있고 해설랑) 는 여기까지입니다. 아, 손 아파.

2 4

코앞의 하나님

"아니, 뭘 이렇게까지⋯⋯"

지난 토요일, 내가 하나님께 한 속엣 말이다.

"하나님. 굳이 이렇게 하지 않으셔도 제가 다 알고 있거든요."

이 말은 약간 면구스러진 내가 다시 하나님께 드린 속엣 말이다.

사연은 수요일로 거슬러 올라간다.

수요일 수필 모임에서 어떤 예쁜 분(!)이 이것저것 챙겨주면서 아무도 모르게 봉투 하나를 내밀었다. 하트가 그려진 새빨간 카드였다. 카드의 내용.

"자기야. 원두커피 분쇄기 갖고 싶다고 했지? 커피 마실 때 가끔 생각이 났어. 내가 골라보려고 했는데 자기 취향에 맞는 거 고르라고."

카드 사이에 끼어있는 신사임당 두 장.

"와, 진짜 멋진 크리스마스 선물이네! 왕 감사!"

나는 거의 입이 찢어질 지경이었다. 정말 갖고 싶었던 것이다. 아침마다 드르륵드르륵 커피를 갈고 그 향내를 맡으며 드립 커피를 내려서 마시고 싶었던 것. 신이 나서 인터넷을 검색해보았는데 마음에 드는 커피 분쇄기 고르기도 보통 힘든 게 아니었다. 올해 안에 꼭 살 결심을 하고, 그리고 토요일 아침. 성경공부 가려고 꽃단장하면서, 쯔쯔 했다.

일주일부터 선크림이 떨어졌는데 아직도 리필이 안 된 것이다. 할인코너에 가면 비싸지 않게 살 수 있는데 그런 곳은 왜 그렇게 발길이 안 가는지 모르겠다. 선크림 과정을 건너뛰면서 생각했다. 이것은 화장품 회사의 상술이야. 옛날 선크림이 존재하지 않았을 때는 대체 어떻게 살았느냐고요!

전날 준비해 놓은 굴과 오징어와 조갯살을 듬뿍 넣은 김치부침개를 열심히 만들면서 진짜 행복했다. 크리스마스 송년 파티 겸 종강 파티였다. 선물 교환이 있다기에 소중하게 보관하고 있던 더치커피 한통을 골랐다. 올해는 더치커피 실컷 마셨기에 커피 좋아하는 누군가에게 그것이 전해지기를 바라면서 말이다. 따끈한 김치전 한 보따리 싸들고 성경공부 크리스마스 파티장으로 고고씽.

과연. 대단히 파티스러운 파티를 끝내고 선물을 나누는데 나에게 돌아온 것은?

누구나 받는 공통 선물 '무한도전' 달력 (M본부에 계신 이 감독님의 선물. 대체 이런 유치한 달력을, 하면서 억지로 고마운 표정을 지으면서 받았다. 혹시나 해서 아들에게 이런 달력 가질 거야? 하고 전화했더니 뛸 듯이 기뻐한다. 알고 보니 우리 하나가 무한도전 광팬이라는군. 어제 고스톱 칠 때 가져갔더니 한 장 한 장 넘기면서 '대~박'이라는 것이다. 정말 세대 차이 느끼는 순간이었다) 을 받은 후에 나에게 전해진 랜덤 선물은 50도 선크림!

마음속으로 으악, 즐거운 비명을 질렀다.

하나님은 자상하기도 하셔라.

내가 준비한 더치커피를 받은 분은 거의 죽음이었다. 아내가 무지하게 좋아할 거라는 즐거운 비명.

그렇게 신나는 파티의 끝 무렵, 한 분이 은근히 나를 구석으로 부르더니 쇼핑봉투 하나를 내민다. 그 봉투 안에는 일제 커피분쇄기, 커피 거름종이, 블루마운틴 원두 알갱이 커피, 커피 내리는 받침대까지 세트로 구비되어 있었다.

이게…

이게…

이게 뭐지?

입에 헤 벌어진 채 집으로 돌아왔다.

커피분쇄기를 사려던 빨간 카드 속에 있던 신사임당 두 장은 다음 주일로 다가온 남편 생일날 축하금으로 고스란히 남겨놓기로 했다. 그러면서 공연히 하늘을 흘낏거리며 절로 흘러나오는 미소를 감추지 못하는 나.

"아니 하나님, 뭐 이렇게까지?"

즐거운 월요일 아침. 하나님이 주신 아름답고 신비스러운 클래식을 들으며 하나님이 주신 선크림 바르고 하나님이 주신 원두커피를 갈아서 드립 커피 내려서 한 잔 마시고 그렇게 코앞에 계신 나의 하나님과 어깨동무 하면서 하루를 시작한다.

좋은 아침.

2 5

내 감히

하나님은 참으로 놀라우신 분, 그야말로 나를 깜놀하게 만드시는 분!
매일 맘속으로만 하나님께 편지 쓰다가 오늘은 맘 잡고 한 글 올려드리나이다.
지금 울 서방님 아침 식사 중이서요.

새벽에 일어나 얼룩이 몇 개 생긴 가스레인지를 즐거운 마음으로 빡빡 닦고
내친 김에 소고기 조금 넣고 무국을 끓였는데 시원하시다네요. 역시 시원한 서
울 김치와 김, 아들 생일 선물로 만들어준 장조림을 (다 줄 리가 있나요 우리
것도 조금은 챙겼죠) 렌지에 살짝 덥히고, 내장 뺀 멸치와 함께 상에 올렸는데
울 서방님 아주 맛나게 잡숫고 계십니다.

감사해요 하나님이여.

이렇게 추운 겨울, 따스한 집에 앉아서 클래식 FM에서 흘러나오는 '사랑의
기쁨'에 빠져들면서 얼굴에 뭐시기 뭐시기 찍어 바르고요 (화장품 앞에서 또
다시 감사 인사드리지 않을 수 없는 것이, 엊그제 아이크림 그런 거 나도 바르
고 싶다고 일초 쯤 생각했는데 그날 오후 내가 케어 하는 어르신 집의 따님이
홈쇼핑에서 샀다고 품질 좋은 아이크림 맞춤으로 주신 거 그거 하나님의 작전
이었죠? 아이크림 바를 때마다 하나님과 어르신 따님께 감사드린답니다. 세
심하기도 하서라, 나의 하나님은!) 커피는 벌써 두 잔째 리필해서 마시는 중

인데요. 나, 이렇게 평안해도 되는 건지, 그냥 마구 누려도 되는 것인지 잘 모르지만 하나님의 선물이 대단하시다 생각하고 그냥 마구 감사 인사만 올려드리나이다.

게다가 놀라운 것은, 엊그제는 몇 년 만에 갈치까지 구워 먹었어요, 하나님. 아, 물론 저는 안 먹었고 울 남편만 고스란히 구워 주었지만 마치 내가 먹은 것처럼 뿌듯 했답니다. 그 며칠 전 울 서방님의 애청하는 6시 내 고향에서 제주 갈치를 보여주는데 늘 그러하듯 방송에서 아주 먹음직하게 구워도 먹고 무 넣고 조려도 먹는 모습에 입을 헤 벌리고 구경만 하는 남편이 안쓰러워 세상에 한 마리에 만원이나 주고 제주산(이라고 주장하는) 갈치를 고민 고민하다가 사지 않았겠습니까. 단 네 토막 나오는 갈치 (비닐봉지에 담으니 너무 작았어요) 를 보면서 어휴, 이거 한 토막이 울 서방님 이틀 피울 수 있는 럭키 스트라이크 한 갑이구나 생각하니 후회막급이었습니다. 하지만 이미 토막 난 갈치를 어쩌겠어요. 한 끼에 두 토막씩 인심 쓰고 두 끼에 나누어 구워주었더니 울 서방님 꿀 보다 더 달게 잡수셨다는!

그 아까운 갈치 혹시 잘못 될까봐 가스레인지 앞에 지키고 서서 은빛 갈치가 노릇노릇하게 구워져가는 실황을 눈 똥그랗게 뜨고 감시하지 않았겠습니까! 그러면서도 약간 가슴 아픈 것은 울 아들에게도 몇 토막 구워주었으면 참 좋겠지만 올해 내 가계부에 더 이상 갈치 명목의 지출은 허하지 않기로 굳게 결심 하였는바, 아들은 구정 즈음에 만원에 두 마리 하는 가늘고 길기만 한 냉동 갈치를 바싹하게 튀겨줄 요량을 하고 있어요.

하여튼, 요즘 생활비에 이전보다 투자를 좀 하는 편이어서 식탁이 그럴 듯합니다. 냉장 칸에는 김치와 장조림 딱 두 개밖에 존재하지는 않는 텅 빈 공간이긴 하지만 제 지갑에 있는 약간의 현금이 오늘 점심때라도 슈퍼에 가서 몇 가지 먹을거리를 갈등 때리지 않고 살 수 있는 '능력' 이 있다는 사실에 감격하고 있어요. 그것 역시 하나님께 감사드립니다!

이렇게 쓰다 보니 약간 면구스럽기는 하네요. 하지만 나의 하나님이여.

나의 감사거리가 설마 누군가 아이크림 주었다고, 갈치 구워먹었다는 일차원적인 감사가 아니라는 것은 하나님도 이미 알고 계시겠죠. 모르신다면 하나님이 아니지~~

열라 쓰다 보니 커피가 식어가고 있네요. 시계를 보니 옷을 단단히 입고 일하러 갈 시간이 가까워 옵니다.

하나님, 어찌 되었든, 뭐라 뭐라 이곳에 유치찬란하게 반찬 이야기를 올렸든 간에 내, 감히 하나님께 참 많이 사랑받고 있구나 하는 생각에 새삼 감사인사 드리려고 이 바쁜 아침 시간 잠시 들렀나이다.

내가 사랑하고 나를 사랑하시는 나의 하나님. 이제 후딱 준비하고 엊그제 올라온, 박영선 목사님의 쌈빡하고도 명쾌한 강의 '한국 교회 설교자의 길'을 마저 듣고 아멘 열 번쯤 더 하고 찬 바람을 가르며 열라 일하러 갈 생각이옵나이다.

오늘도 잠들 때까지, 비록 내 어리석음과 못남과 여전히 악함으로 별 볼일 없는 하루를 살더라도 하나님의 눈길을 나에게 고정시키시고 사랑으로 보살펴주시기를 감히 간구 드리나이다.

하나님, 오늘은 하나님 볼 딱지에 살짝 뽀뽀해 드립니다, 사랑해요!

$$26$$

불로소득

.

어제 새벽 산책길을 나섰다가 뜻밖의 불로소득을 했다. 6시 즈음, 아직은 어둑어둑한 길을 막 걷기 시작하는데 후드득, 하면서 무엇인가 하늘에서(?) 떨어졌다. 노르스름하고 탱탱한 은행이었다. 그러고 보니 가로수 나무 아래는 온통 은행 천지다.

문득 며칠 전 어느 할머니가 나무 아래를 서성이며 은행 몇 개를 나무 꼬치에 꿰고 계셨던 장면이 떠올랐다. 지금 은행이 마구 떨어지는 때인가? 떨어진 것을 주워도 되는가? 주우면 어떻게 먹지? 저것을 벗기면 뭐가 나오나?

그런 무식하고도 한심한 의문을 가득 품고 은행나무 아래서 한참 서 있었다. 일단, 줍고 보자. 하긴, 너무 탐스럽게, 많이도 떨어져 있었고, 심심치 않게 계속 은행이 떨어지는 상황이었다. 참 살다보니 길에서 은행도 줍고.

내 자신이 너무 웃겨서 여전히 귓전을 카랑카랑하게 울리는 mp3 속의 목사님 말씀을 건성으로 들으면서 앉은걸음으로 나무 주변을 꼼꼼히 돌았다. 어느덧 양 주머니 (말간 콧물이 나올 때를 대비한 휴지 두 장이 들어있는 오른쪽 주머니와 산책 할 때 비상시를 대비한 만 원짜리 한 장─늘 이천 원 정도 지니고 가는데 어제는 잔돈이 없어서 만 원짜리를 챙겼다─은 왼쪽 주머니까지) 다 채웠는데 나무 밑 은행은 아직도 짱짱하게 널려있다. 그 주머니 속에 냄새 고약

하고 뭉클한 은행이 듬뿍 들어간 것이다.

그냥 산책을 가려다가 생각이 바뀌었다. 집으로 다시 들어가서 주머니 속의 은행을 꺼내 쟁반에 널려놓고, 이번에는 큰 비닐봉지를 들고, 아예 가벼운 쌕까지 짊어졌다. 본격적으로 은행을 다 줍고 산책까지 다녀올 생각이었다. 이제 밖은 제법 밝아졌고 차들도 많아졌고 행인들도 간간이 눈에 띄었지만 개의치 않고 쭈그리고 앉아 열심히 은행을 주웠다. 와, 꽤 많았다. 쌕에 넣으니 등이 묵직했다. 돌아오는 길에 다시 주워 담으면 너무 많아 어떡하지, 즐거운 고민을 하며 산책을 하고 돌아오는 길.

금화처럼 은행이 수북하니 떨어졌을 거라는 기대와 달리 몇 알 떨어져 있지 않다. 이건 또 웬일? 혹시 부지런한 동네 할머니 손을 탄 건가? 어쨌든 서툰 은행털이범은 신이 나서 집으로 왔고, 큼큼한 냄새가 나는 옷을 벗어던지면서 더듬었더니 왼쪽 주머니에 있던 비상금 만원이 보이질 않는다. 이렇게 저렇게 잘 찾아봐도 역시 없다. 첫 번째 은행털이 때 분명 주머니에 은행을 넣으면서 축축해진 배춧잎을 보았는데 이상하다.

곰곰 생각한 끝에 내린 결론.

은행에 눈이 어두워 이 주머니에 넣고 저 주머니에 넣으면서 아마도 쓸려 나와서 길거리에 흘린 모양이렷다? 묵직한 은행 보따리를 보았다. 저것이 만원어치란 말이군. 그렇게 일, 이분쯤 지났을까, 약간 어두웠던 마음이 화사해졌다. 누군가, 새벽길에 떨어진 만 원 짜리 한 장을 발견하고 얼마나 기분 좋았을까, 특히 나처럼 빈한한 인간이 주웠다면. 부디 그러기를, 아마도 그랬으리라. 새벽길을 걷는 주머니 속이 헐렁한, 허전한 ─우리 동네처럼 확실한 서민 동네도 없으니 더더욱 확실한─ 사람에게 나는 기분 좋은 하루를 선물했구나. 새벽 길거리에서 만원의 불로소득을 즐거워할 사람을 떠올리니 내 입가에 미소가 떠나질 않았다. 이 아침에 불로소득을 한 두 사람이 행복하군.

그렇게 어제 아침을 마무리하고 오늘은 아예 커다란 비닐봉지까지 준비해서

5시 50분에 은행털이를 하러 나갔는데 어머나? 나무 아래가 깨~끗 했다. 한참 헤맨 끝에 겨우 서너 알 주었다. 초범이라 몰랐는데 아마, 어제는 밤새 비가 와서 은행이 집중적으로 떨어진 것 같다. 고개를 갸우뚱거리며 길 끝까지 걸었는데 누군가 빗자루로 쓸어버린 것처럼 나무 아래가 깨끗했다.

그리하여 기다린다. 며칠 후에 비소식이 있으니 어둑한 새벽, 단단히 무장하고 본격적인 은행털이를 나설 결심이다. 끝없이 늘어선 우리 동네 은행나무 가로수 길은 내가 접수했다.

27

하나님이 주시겠다는데!

나는 지금 미친 게 틀림없다. 아니면 이제야 제정신으로 돌아왔던지. 조금 전 부엌에서 우렁 된장찌개 끓이면서 깨끗하기 그지없는 가스레인지를 아주 희미한 작은 얼룩 하나 발견하고 닦고 있는 내 자신을 발견하고 놀라고 있다. 어머, 나 미쳤나봐!

욕실 바닥 청소하는 재미

내 방 비질 하는 재미

얇은 티셔츠 세면대에서 사부작사부작 손빨래 하는 재미

책상 위 정리하는 재미

슬리퍼 끌고 바로 앞 마트 가는 재미

가계부 적는 재미

냉장고를 뒤지면서 무슨 음식을 만들까 하면서 즐거운 고민하는 재미

맛있게 만들어서 남편 공양하고 맛나게 드시는 얼굴 바라보는 재미

남편 어깨 주물러주는 재미

드립 커피 내려 마시면서 감사 기도하는 재미……

아, 정말 끝이 없다.

어제 새벽, 아들이 운전하는 차를 타고 가면서

아들에게는 통영에서 사온 특산품 꿀빵을 먹여주고

뒷자리에 앉은 남편에게는 신탄진 휴게소에서 사온 호두과자를 주고

냠냠 맛나게 먹는 두 남자에게

물병 열고 한 입씩 먹여주고

비트 강한 음악 같이 흥얼거리면서 교회 가는 그 시간도 죽여줬는데.

교회 예배당에 오른쪽에는 남편, 왼쪽에는 아들이 앉아 (난 그 모습을 늘 좌청룡 우백호라고 한다) 7시 반에 시작하는 1부 예배를 드리면서 정말 완전하게 행복했다.

집에 돌아와

달콤한 낮잠 자는 재미

또 슬리퍼 끌고 슈퍼 가서 우유사는 재미

밤 아홉시, 친구와 천변에서 만나 산책하는 재미……에 이르러서는 엑스타시!

사는 게 이렇게 재미있어도 되는 건가, 하는 이상한 죄책감은 대체 왜 드는 것이람??

하여, 오늘도 빵긋 웃으며 5시에 일어났다.

그리하여 지금 이 시각까지 완전 행복하다.

몇 달 째 누리는 이 행복을 뭐 그냥 누려야지!

어쩌겠나, 하나님이 주시겠다는데!

2 8

푸른 초장에 누워

점심 겸 저녁으로 짜장면 시켜먹었다.

이사하는 날 맛나게 먹었던 기억으로 배달시켰는데 그 때만 못하다. 그래도 싹싹 그릇을 비웠다. 미련한 포만감 때문에 잠깐 정신이 얼얼했지만 무딘 식욕의 충만함을 견디기로 했다. 노트북을 들고 거실인지 안방인지 구별하기 어려운 장소로 옮겼다. 이전에 이곳에 사시던 분들이 문짝을 떼어내고 거실의 용도로 사용한 것 같다. 장롱을 버리고 왔으므로 우리도 거실이라 부르기로 했다.

남편 옆에 일부러 엉덩이를 비집고 앉았다. 남편 혼자 TV를 보는 것이 좀 미안스러워서, 자리를 함께 하기 위함이었다.

헤드폰으로 올드팝을 들으면서 가끔 화면에서 흘러가는 장면을 힐끗거리면서 두 시간짜리 동영상 강의를 듣는데 자꾸 영상이 끊어지는 바람에 집어치웠다.

평화로운 주일 저녁이 가고 있다.

늘 그렇듯 새벽 (요즘은 날이 하도 일찍 밝아져서 새벽이라고 말하기 좀 그렇지만)에 일어나 꽃단장하고, 늘 약속시간보다 십분 쯤 늦게 대기하는 바람에 매 주일마다 필수적으로 애간장을 녹이는 아드님의 차를 얻어 타고, 일주일에 한 번 양복을 입어 모처럼 때깔 나는 남편을 뒷좌석에 모시고, 그렇게 교회를 갔다.

차안에서 주전부리할 간식을 미처 준비하지 못했더니 오늘따라 남편이 마치 어린아이처럼 뭔가 먹고 싶다고 보챈다. 가방을 뒤져 '자유시간' 두 개 손에 쥐어주었다. 냠냠. 남편이 아주 맛있게 먹는 소리가 재밌게 들렸다.

7시 반에 시작하는 1부 예배를 잘 드리고 집에 오면 9시가 겨우 넘은 시각이다. 부지런히 노트북을 켜고 내가 좋아하는 목사님이 계신 교회의 9시 실황예배를 찾아 들어갔다.

참 좋은 시간.

스타벅스 프레스로 커피를 내려 마시면서.

그러고 보니 엊그제 이상한 일이 있었다. 신기한 일이라고 해야 할까 모르지만. 십년 전 지인에게 이사 기념으로 선물해준 스타벅스 커피 프레스-그때나 이제나 극빈 축에 드는 재정상태로는 정말 거금을 주고 샀다-가 십년 만에 나에게 되돌아 온 사건이다.

나는 얼마 전부터 커피 프레스를 갖고 싶어 했다. 원두커피를 손쉽게 내려 마실 수 있으니 얼마나 좋아. 커다란 커피메이커를 좁은 집안에 떡하니 펼쳐놓지 않아도 되니까 말이다. 비상금 봉투를 몇 번이나 열어보면서 요즘은 얼마나 할까, 너무 비싸지 않을까 통박을 재던 중이었다. 그런데 그저께 그 지인의 집을 방문하여 맛있는 드립 커피를 마시던 중 지인에게 커피프레스에 대해 말하게 되었다. 그러자 그 지인은 갑자기 일어나 찬장을 뒤지는 것이다. 내가 선물한 커피프레스를 딱 한 번 사용하고 그대로 가지고만 있다나. 쓰지는 않지만 선물이기 때문에 누구를 주거나 버리지 않고 십년 째 보관만 하고 있었다나. 그 자리에서 지인은 얌전히 포장을 해서 다시 나에게 선물(^^)했다.

와, 하나님은 대단하시다. 지인에게는 쓸모없게 된 것을 가장 적절한 때 나에게 돌려주시다니!

이미 중독이 된, 땅콩 캐러멜 사탕 한 알에 볶은 땅콩 다섯 알을 잘 세어 우물거리는 반복행위를 열두 번 (양으로 따져도, 칼로리로 따져도 어마어마하면서 불경스러운 폼으로 예배도 드리고, 그리고 똑똑한 여성학자의 두 시간 꽉 채우는 인문학 강의를 (커피 프레스를 선물한 지인이 정보를 주어서) 매우 흥미롭게 들었다. 완전 내 취향이었다. 삐딱선 타는 (듯한) 나의 여러 성향은 실은, 참으로 바람직한 행위와 생각이었다는 기쁜 결론에 이르게 하여준 학자에게 경의를 표했다. 그리고 독서.

내가 책을 사랑하는 방법 중 하나는 연필을 들고 밑줄을 짝짝 긋는 것이다. 페이지를 접는 일은 삼가는 편이지만 책갈피가 없을 때는 어쩔 수 없이 '독 이어 (dog ear)' 짓거리를 한다. 요즘 화양연화의 시절을 만끽하면서 느끼는 것인데 예전에는 정말 집중을 잘했구나 하는 생각이다. 책을 한 권 집으면 이틀을 넘기는 법이 거의 없었는데 요즘 '배부른 돼지의 형상'으로 살다보니 독서의 시간도 서너 배는 느려진 것 같다. 집중도는 예전의 반도 되지 않는 것 같고, 안광이 책을 뚫기는커녕 활자의 의미 언저리를 희미하게 맴도는 기분이 드는 것이다.

하지만 지난 성경 모임에 함께 했던 분들의 조언 (그동안 힘들었으니 어깨에 힘 빼고 즐기시라) 에 힘입어 느러터진 독서도 그냥 누리기로 했다. 게으름이 그다지 마음이 편한 것은 아니어서 그것 또한 조언을 구했더니만 '더욱 즐겨도 괜찮다' 는 즐거운 조언을 해주시는 바람에 요즘 화양연화의 시절이 깊어지고 있는 것 같다.

한 시간도 채 되지 않는 시간 동안 책과 놀다가 작심하고 낮잠을 자러 이불을 들추는 나의 모습은 (루저의 삶은 과연 이러한가) 하나님이 허락하신 주일을 푸른 초장에서 즐기는 모습으로 비춰질까, 아니면, 백수의 대책 없는 킬링타임 작태로 비춰질까, 아주 잠깐 머리를 굴리다가 한 시간을 푹 주무셨다. 그리고 나서 앞에서 거론한 짜장면을 드신 것이다.

지금은 다시 커피타임. 커피프레스로 두 잔 커피를 내려 마시면서 즐거운 밤을 맞이하고 있다. 가장 바람직한 다음 일과는 운동화 끈 조이고 밤 산책을 나서는 것이겠지만 이사한 이후 한 번도 밤 산책을 나간 적이 없다. 아직 낯선 것이다. 그냥 오늘은 꽤 두껍지만 한 페이지 한 페이지마다 페로몬을 몇 방울씩 뿌려놓은 것 같은 끔찍하게도 매혹적인 책을 끌어안고 영혼의 쾌락을 만끽할까 한다. 아니면 내가 좋아하는 또다른 교회의 주일 예배를 틀어놓고 영혼의 충만함을 만끽하든지. 과연 화양연화다. 흘러가는 것이 아깝다. 아름다운 봄날, 아름다운 봄밤.

29

맛있는 하루

열대야를 힘들게 보내고 새벽 말씀으로 다시 힘을 얻어 산책을 나갔다. 비가 올 듯도 했지만 그냥 나간 것은 중간에 비가 오면 옳다구나 하면서 실컷 맞고 싶었기 때문이다. 과연 십 분쯤 걸었는데 제법 굵은 빗줄기가 쏟아졌다. 하나님의 물세례(︶︶)에 뜨겁던 몸이 식는 기분은 정말 상쾌했다. 소나기성 비는 겨우 십 분 쯤 오다 그쳐버린 것이 너무 아쉬웠다.

KBS 콩으로 '위풍당당 행진곡'이 힘차게 들려오는 월요일 아침. 모든 사람이 월요병에서 벗어나 신나게 하루를 시작하라는 방송국의 배려 넘치는 선곡이리라. 하긴 아침부터 파두 같은 처량하고 멜랑콜리한 노래를 들으면 하루 종일 우울할 테지?

산책하면서 남포교회 박영선 목사님의 빌립보서 강해를 두 개 들었다. 30분짜리 두 개가 또 나를 수렁에서 건져주었다. 요즘 설교는 어느 목사님이 어떤 설교를 하던 간에 한결같은 주제를 놓고 나를 에워싸면서 마음의 항복을 요구하고 있다. 하나님은 진짜 질기다! 짜고 치는 고스톱처럼 나를 완전히 손 털게 만들고 있다. 이럴 때 감사해야 하나요? 나의 하나님?

이은국의 소설 〈순교자〉를 짬을 내어 잠시 진도를 나갔는데, 신앙적이고도 신학적인 고뇌를 깊게 풀어나가고 있다. 그런 묵직한 내용의 소설이 당시 미국에서 베스트셀러였다니 신기한 일이다. 하긴 60년대 초반이므로 미국에서는 신앙의 열기가 그다지 식지 않았던 시절이었겠지.

오늘의 바람은, 오전에는 숙제를 마치고 오후에는 순교자나 들뢰즈 가타리를 들고 놀고 싶은데 제대로 되려나 모르겠네? 다 식어빠진 커피 한 잔이 제법 맛있다. 저 커피처럼 달달한, 나의 맛있는 하루를 기대한다.

3 0

고스톱과 하나

먼 후일, 2013년 이후의 일요일을 떠올린다면 고스톱일 것이다. 주일 예배는 너무 당연하므로 그렇다.

일요일은 오전과 오후로 나뉘는데 오전은 아들과 남편과 함께 장장 25킬로미터나 떨어진 교회에 가는 것이었고 (교회의 위치는 내가 태어난 곳과 몇 백 미터 오차 범위 안에 있다. 그러므로 나는 교회에 가는 것이 마치 친정에 가는 것 같은 기분이 들 때가 많다. 하긴 하나님 아버지도 계시고, 초등학교를 같이 다니던 친구들도 있고, 어릴 때의 나를 기억하는 어르신들도 계시니 교회를 친정이라고 해도 무방하겠지?) 오후 6시 무렵부터 10시 어귀까지는 남편과 아들과 아들의 여자 친구인 하나와 같이 고스톱을 치는 것이었다.

나에게는 둘 다 매우 중요했다.

교회를 가고 오는 동부간선도로는 환상의 드라이브 코스였고 운전하는 아들과 음악, 영화, 소소한 일상 등을 수다 떠는 시간은 행복했다. 일주일 동안 전화 한 통 문자 한 번 안하다가 일요일만 되면 엄마 아들의 끈끈한 관계를 확인하게 되는 셈이다.

우리는 모자지간이라기보다는 오래된 친구 같은 우정을 공유하고 있었는데 그럴 수밖에 없는 것이, 아들이 서른여섯 살이 되도록 별다른 훈계를 한 적이 없기 때문이다. 도대체 위아래가 없어 보이기는 하지만 그런 교류가 나에게는 맞았다.

몇 년 전 아들과 함께 미국 캐나다 패키지여행을 했을 때 우리 둘이 어찌나 친구처럼 다정한지 (더 솔직하게 말한다면 뭔가 부적절한 관계가 아닐까 의심했다고 두 딸과 여행하던 동갑내기 여인이 나중에 말해주었다) 여행 일주일이 지나도록 우리 사이가 설마 모자지간이라고 짐작도 못했다는 전설(ㅋㅋ)이 있다.

이곳으로 이사하기 전인, 작년 8월 이전까지 한 단지 안에 앞 동 뒤 동에 딱 붙어서 살았다. 우리 집 작은 방 창문과 아들 아파트 현관이 20도 각도로, 한눈에 보였다. 우리는 사이좋게 서로의 집을 오가며 고스톱 판을 벌였다. 같이 식사를 하는 경우는 드물었고 두어 차례 배달 음식을 먹은 거 외에는 커피와 약간의 다과로 충분했다. 하나 (아들과 같이 사는 여자 친구의 이름이다. 이렇게 공개해도 괜찮은지, 혹시 하나가 싫어하지는 않을지 모르겠지만 하여튼, 나는 '하나'를 '하나'라고 부를 때 너무 기쁘고 쓸 때는 더 기분이 좋아지므로 어쩔 수 없이 그냥 쓰기로 한다) 의 집으로 가서 고스톱 판을 벌이면 하나가 주로 냉커피를 만들어 놓았고 우리 집일 때는 내가 만들었다. 진하고 달착지근하게 먹는 냉커피 취향이 네 사람 모두 동일했으므로 냉커피 제조는 아주 쉽고 편했다. 고스톱을 시작하기 전에 꼭 해야 할 일은 자신의 판돈을 공개하는 것이다. 정확하게 세어 여기 봐, 맞지? 맞지? 나 이만오천원이다, 이렇게 말이다.

늦은 밤 누군가는 실컷 잃고 누군가는 쫌 따고 누군가는 막판에 잃고 이런 식으로 희비가 엇갈리면서도 마지막으로 꼭 하는 일은 수익 계산이었다. 나 이번에 팔천 육백 원 잃었네, 나는 이천 삼백 원 땄네, 하는 식의 결산 말이다.

판돈은 일인당 이만 오천 원에서 삼만 원 사이인데 몇 주 연짝으로 누군가 기세등등하게 딸 때도 있지만 실력도 비등비등하고 가끔씩 명청기가 도는 것도 비슷하고 어이없이 고를 해버리는 것도 비슷하고 흔들고 쓰리고라고 좋아라하면서도 정작 계산 안하고 후회하는 일이 균등하게 있는 수준이어서 환상의 고스톱 패였다.

요즘은 고스톱을 시작하는 시간과 K-pop 방영시간이 맞물려 있어서 고스톱과 노래 평가를 같이 하느라 남편 빼고 세 사람은 좀 혼돈스러운 한 시간을 보내는데 그 때를 놓치지 않고 남편이 따버리는 경우가 많다. '열고'가 별명이 될 만큼 약발을 많이 타던 남편은 요즘 뒤늦게 약아져서 웬만해서는 고를 안 하고 안전 빵 위주로 가는 바람에 야유를 한 몸에 받기도 한다. 막판에 돈을 좀 딴 것 같으면 패가 좋은 것 같은데도 또이또이라는 둥 흔든다는 둥 쌀집 (홍싸리 흑싸리가 많다는 뜻)이라는 둥 하면서 죽어버리고 뒤돌아서서 동전을 세느라 여념이 없는 것이다.

그 시간은 정말 좋았다.

내 인생에 고스톱이 그렇게 많은 시간을 차지할 줄은 정말 몰랐다.

아들 어릴 때 테트리스 몇 달 같이 해본 것이 전부일 정도로 게임 혐오증이 있는 나이지만 남편의 유일한 낙이고, 아들에게 고스톱을 배운 하나의 취미생활이기도 한지라 도저히 고스톱을 막을 도리가 없는 것이다. 나는 남편에게 늘 지는 편이고 아들은 하나에게 꼼짝도 못하니 말이다.

두어 달 전, 허리디스크 때문에 응급실까지 끌려갔던 남편이 아이고 아이고 앓는 소리를 내며 누워 있기에 오늘 고스톱은 못하겠네, 했더니 벌떡 일어나 할 수 있다고, 오히려 신경을 다른 곳에 쓰면 된다는 것이었다. 하도 보채기에 아들에게 전화했다.

전화를 받은 아들이 놀라서 되물었다.

"아빠가 고스톱을 치자고?"

그런데, 휴대폰너머로 얏호, 하는 하나의 목소리가 들렸다. 아빠가 아파서 오늘은 못하겠거니 했는데 고스톱 치자고 호출이 오니까 옆에 있던 하나가 듣고 너무 좋았던 것이다.

허리 아픈 사람이 고스톱이라니 하면서 속으로 보통 걱정한 게 아니지만 세상에, 남편은 쌩쌩하게 자그마치 세 시간이나 고스톱 판에 앉아 있었다. 놀라워라. 하지만 끝나고 아들이 가자마자 다시 앓는 소리를 하며 밤새 앓았다. 그런 것을 보고 정신력이라고 하는 것일까?

한 달에 한 번 정도는 고스톱을 치고 돌아가는 아들에게 반찬을 싸주기도 한다. 얼마 전에는 비지찌개가 먹고 싶다고 해서 서리태를 불려 갈아서 토요일에 맛있게 익어가는 비지찌개를 찍어 보냈더니 당장 받으러 온다는 것이다. 그렇게 해서 아들과 하나가 (둘은 껌딱지처럼 붙어 다닌다) 받으러 오는 김에 또 고스톱 한 판이 벌어졌다.

그런 경우가 가끔 있는데 추석 연휴이거나 설 연휴 (올해도 연짝으로 사흘은 고스톱 판을 벌이지 않을까 싶다), 아니면 하나의 여름휴가 기간에는 며칠씩 연짝으로 판을 벌린다. 비지찌개 덕택에 고스톱을 하게 된 남편은 로또 맞은 표정이었다. 늘 심심해하는 남편은 가장 재미있는 시간인 셈이다. 그렇게 해서 토요일 밤도 떠들썩하게 보냈다. 겨우 몇 천원밖에 안 잃었으니 나도 선방을 한 셈이었다.

그런데.

추운 밤 다시 차를 타고 가야하는 아들과 하나에게 비지찌개 냄비를 들려 보내고 차까지 배웅을 하고 돌아왔더니 남편 입이 십리는 나와 있는 것이 아닌가. 이 말을 하기 위하여 지금까지 서론을 늘어놓았다. 난 말이 너무 많다.

도대체 하나는 집에서 하는 일이 없다, 는 것이다. 가끔 보면 설거지도 밥도 빨래도 아들이 하는 것 같다는 것이다. 하나가 집에서 음식을 전혀 만들지 않는다는 것이다. 그래서 늘 밖에서 사먹거나 시켜먹는다는 것이다. 그래서 하나랑 아들이랑 통통, 에서 뚱뚱 을 지나 왕뚱보들이 되어가고 있다는 것이다.

맞는 말이었다.

내가 보기에도 하나는 집에서 아무 일도 하지 않았다. 부모와 함께 사는 젊은 여자가 그렇듯 차려주는 밥이 있으면 먹고, 게임하고, 놀고, 자기가 하고 싶은 것만 하는 눈치였다. 식사 때가 되어도 무엇을 만들어서 먹어야 한다는 개념이 없는지도 모른다.

덩달아 나까지 욕을 먹었다. 가르치지도 않고 훈계도 안하고.

그 역시 맞는 말이었다.

남편이 맘대로 하는 말을 그냥 듣기만 했다. 나도 할 말은 있었지만 내 경험에 비추어 보건대 해봤자였다. 사람은 일흔 살이 넘으면 남의 말은 듣지 않는다. 예순 살이 내일 모레인 나도 마찬가지다. 그리고 사람들은 다 자기가 옳다고 생각한다. 나도 마찬가지다. 그리고 시간이 흐르고 나면 자신이 옳지 않았다는 것과 자신이 침 튀기며 주장한 것이 그다지 중요한 것이 아니었다는 것을 알게 되는데 그것은 슬프게도 너무 늦어버린 시간이다. 상대방이 떠났거나, 사라졌거나, 죽었거나.

나는 남편에게 이렇게 말하고 싶었다.

여보, 나는 하나가 좋아. 하나가 예뻐. 하나가 하는 짓은 다 예뻐. 하다못해 아들에게 화를 내는 모습도 정말 귀여워. 고스톱에서 박을 쓰고 열 받아서 베란다에 나가 새빨간, 그 독한 말보로를 빡빡 피워대는 모습도 예뻐. 하나의 앙증맞은 새끼발가락까지 예뻐. 천진스럽게 웃는 모습은 말할 것도 없고 과자를 아삭거리는 입술도 예뻐. 고를 할까 말까 눈을 반짝이며 고민하는 표정도 너무너무 예뻐.

여보, 나는 아들과 하나가 같이 있는 게 좋아. 하나가 없는 집에 아들이 혼자 산다는 것을 상상할 수도 없어. 음식을 못한다거나 안한다거나 하는 것은 별로 나에게 중요하지 않아. 하나도 성인이고 아들도 성인인데 누가 옆에서 말한다고 듣지 않아. 그 나이 때의 나 역시 그 누구의 말을 듣지 않았던 것처럼. 나는 하나와 함께 보내는 시간이 행복해. 하나도 그랬으면 좋겠어. 아마 그럴 거야. 그렇지 않다면 삼 년 가까이 매주일 마다 와서 몇 시간이나 놀지는 않을 거야.

나는 그것을 평생 하나에게 감사하고 싶어. 아빠를 즐겁게 해주어서 고맙다고 늘 마음속으로 감사해. 무엇인가 작은 어떤 것들이 하나 마음에 들지 않는 것도 있겠지만 그럼에도 불구하고 변함없이 일요일 저녁마다 집에 와서 몇 시간 동안 같이 노는 그 시간은 천국 같아.

아들이나 하나나 어느 순간 새로운 자각이 오면 다이어트도 할 것이고 집에서 음식도 만들 것이고 좀 더 가정적인 서포트를 할 수도 있겠지만 그것은 그들의 문제가 아닐까. 우리는 그냥 우리 예쁜 하나와 아들을 힘껏 사랑해주면 안될까?

아들이 모처럼 나에게 동태찌개를 미리 주문했다. 다음 주 고스톱 치러 오면서 갖고 가겠다는 것. 식당에서 동태찌개를 사먹으면 밤톨만한 게 두 토막 겨우 있는 것이 감질났다는 것이다. 한 삼십 마리 사다 줄까 엄마? 아들은 정말 동태찌개가 먹고 싶은 모양이었다. 두 마리만 사서 찌개를 만들어도 큰 냄비에 가득 찰 텐데.

오후에 햇볕이 좋으면 시장에 가서 동태를 사올까?

"난 동태는 싫은데 국물은 좋아."

동태 타령을 하는 아들 옆에서 조그만 목소리로 말하던 하나의 얼굴이 떠오른다. 이번에는 좀 시원하게 국물을 많이 넣어야겠다. 우리 하나가 맛있게 먹을 수 있도록.

하나님의 트렁크

3 1

행복한 밤

이토록 아름다운 밤, 나의 하나님께 감사인사를 포함하여 굿나잇 인사드리나이다.

어느새 3월이 시작되었고, 어느새 5일이 지나는군요. 실수투성이 어리석은 나에게 하나님께서 허락하여주신 새로운 날들을 충만하게 누리는 하루하루를 허락하여주신 하나님의 사랑과 은혜에 감사드립니다.

글쎄요 세상적으로 일반적으로 말한다면 변변하게 내세울 것이 무엇이 있겠습니까마는 파리바게트 벌꿀 스폰지 케이크 하나에도 기절을 할 듯이 기뻐하게 만드신 나의 하나님은 정말 재주도 좋으셔라. 보름이라고 선물 받은 땅콩 껍데기 모두 까느라고 우리 남편 손이 많이 상해버렸네요. 그래도 지금 나의 책상 앞에 예쁜 유리병에 가득 담은 땅콩을 놓고 갔습니다. 공부할 때 (노트북만 열어놓으면 열심히 공부한다고 생각하는 참으로 순진하신 우리 남편님) 하나씩 꺼내먹으라고요.

슬픔이 가득한 시집을 읽어도 감사하고 권태와 쾌락이 가득한 소설을 읽어도 감사하고 이문세를 들어도 감사하고 커피를 마셔도 감사하고 우리 아들 의료보험비 안 내어 밀린 총액을 (아아, 천문학적인 숫자에 순간 가슴이 철렁했지만), 암말도 안하고 대신 내줄 수 있게 해주신 은혜도 감사드리나이다. 그 녀석이 설날이라고 지 애비에게 십만 원 지 에미 (바로 저 아닙니까)에게 십만 원 준 것만 대견해서 그 몇 배의 금액을 대신 내주고도 큰소리 한 번 안 칠 수 있게 해주신 아량을 주신 것도 왕창 감사드려요.

하나님이여.

요즘 인문학 바람이 대차게도 불어서 아침방송에서도 이제는 삶의 가치니 질이니 행복이란 뭐시냐 하면서 생각할 여지를 주는 프로그램을 하는데, 너무도 당연한 이야기를 깜짝 놀라면서 듣는 사람들이 많은 것을 보고 저 또한 깜짝 놀랐습니다. 아니, 진작 배운 것들 아닌가? 교양학부에서! 아니면 어릴 적 윤리 시간에! 아니면 철학개론에서도!

그리하여 하나님, 저는 아침마다 복습하고 있네요. 그런 시간 주신 것도 감사해요. 어머나, 어느새 자정이 훌쩍 지났네요? 그렇게 오늘도 '현장에서 붙들린 년'인 나에게 또 새로운 날을 주셨군요. 이것저것 요것조것 모두모두 하나님께 감사드려요.

아까 몇 년 만에 요플레 8개들이 한 줄 사왔는데 그거 하나 꺼내어 맛나게 먹고 잘까 생각중입니다. 아, 요플레를 사면서 정말 신이 났었던 거 아시죠? 그것도 감사해요. 이제는 자주 사 먹을 생각이랍니다. 그리고 건강해질 겁니다.

이제는 정말 무소의 뿔처럼 혼자 가겠어요 (나의 하나님은, 전지전능하신 나의 하나님은, 이런 불교적 용어에 거부감을 느끼실 정도로 편협하신 사고방식을 갖고 계시진 않겠죠?) 온종일 입에서 뱅뱅 돌았던 가스펠 한 소절 불러드리고 굿나잇 인사로 마감하렵니다. 밤새 울부짖는 어리광쟁이 자녀들 기도에 너무 힘 빼시지 마시고 걍 푹 주무세염~~

나의 힘이 되신 여호와여

내가 주님을 사랑합니다

주는 나의 반석이시며

나의 방패시라

32

소주 한 병을 반성함

하나님.

어제의 음주 행각을 반성합니다. 그다지 술이 땡기지 않은데도 계속 홀짝거린 후유증으로 어제 밤, 오늘 새벽 두통으로 개고생하고 있네요.

생일 축하한다고 누군가 사준 그 맛있는 티라미슈 케이크를 절반 가까이 먹어치우고, 수육에 부대찌개에 잡동사니 먹거리로 배 만땅 술 만땅. 밤에 몇 번이나 깨어서 지끈거리는 머리님을 감싸 안고 반성 많이 했어요. 불필요한 술은 마시지 말아야겠다는 거죠.

그저 나에게는 맥주 한 캔이나 500cc 그 정도가 한계가 되어버렸네요. 히야, 신기하다, 나 같은 술고래가! 휘황찬란한 음주의 기억이 이제 모두 지난 옛일로 되어버린 것에 대하여 하나님께 진심으로 감사드립니다.

하나님도 생각해보세요.

저, 정말 많이 얌전해졌죠? 담배도 끊은 지 어언 2년이나 되었죠. 술은 일주일에 한 번 겨우 마실까 말까인데 어제처럼 소주 한 병 마신 적이 언제였는지 가물가물. 아, 생각났다. 지난 연말 출판기념회 때였네요.

하나님.

이제는 정말 골 때리는 후유증으로 다음날까지 어질어질한 술은 될 수 있으면 최대한 안마실려구요. 반성문이어요, 이 글은요.

그래도

오늘 새벽에는 정신 차리고 샤워도 하고 사흘이 지난 샴푸질도 하고 화장실도 청소하고 가재미도 튀기고 (어르신 갖다드릴 가운데 토막이 참 토실하네요), 역시 어르신 갖다드릴 맛난 김치(어르신 댁의 김치는 뭐가 잘못되었는지 군내가 엄청 나더라고요, 그래서 잎사귀 쪽으로 작게 썰어놓았죠)도 준비해놓고, 아, 물론 새벽 기도회 라이브 드리고, 서영훈 목사님의 갈라디아서 둘째 날 강의도 듣고, 신시내티에 사는 친구와 카톡질도 몇 번 오가고, 남편 깰까봐 드라이기로 머리를 말리지는 않아 아직도 젖은 채로 있는 이 머리를 어떻게 하고 나갈까 고민은 좀 되지만 그냥 집개로 집어 올려버렸고, 그리고 파헬벨의 캐논도 듣고, 아, 물론 시도 한 바닥 필사하고 소설도 한 대목 필사하고, 그리고, 그리고 커피도 두 잔이나 마시고.

그리고, 말할까 안할까 하다가 하는 말인데, 잠결에 말씀을 주워듣던 울 남편님이 뒤척이셔서 열심히 안마해드리면서 여기저기 매만져주었더니, 남편 왈, 장애인 성추행하면 특정범죄가중처벌 받는다나 뭐라나. 아무튼 아침부터 성추행가해자가 되는 상황까지 연출이 되고요.

이렇게 새벽의 시간을 자알 보내고 있어요. 오늘은 좀 일찍 가서 은행일도 좀 보고 난 후에 어르신 댁으로 가려고요. 그러니 나의 하나님, 오늘도 시간 시간마다 그 시간을 충분히 누리게 하여주시는 거죠? 목욕도우미 하는 날이니 그 할아버지 댁에 갈 때도 함께 해주시는 거죠?

설마 어제 술 한 잔 했다고 이상스레 나를 뺑뺑이 돌릴 생각은 아니시죠?

설마 고렇게 소갈딱지 없는, 밴댕이 소가지 하나님은 아니신 거 맞죠?

헤헤, 그렇게 믿고 오늘도 기쁜 마음으로 일어섭니다.

하나님, 오늘도 굿모닝이어요.

$$\boxed{3\ 3}$$

다시 듣기 하면서 다시 읽기

새해 들어 나를 행복하게 만들어주는 것 중의 하나가 KBS Classic FM에서 오후 6시부터 8시까지 매일 두 시간씩 들려주는 〈세상의 모든 음악〉이다. 십 년 이상 된 장수프로그램인데 세음 (세상의 모든 음악의 애청자들은 모두 이 렇게 말한다) 때문에 저녁 시간을 행복하게 보낸다는 시청자들의 사연에 공감 한다.

저녁만 즐거운 것이 아니다. 거창하게 말한다면 문명의 발달로 그 시간에 듣지 못했더라도 '다시 듣기'를 통해 들을 수 있으니 마음만 먹으면 눈을 뜨고 있는 모든 시간 세음을 들을 수 있게 되었다.

오래 전부터 나의 작업은 세음과 함께 이루어져왔다.

오늘의 날짜와 일어난 시간(난 왜 꼭 일어난 시간을 적는 것일까. 성실할 때는 체중계에 올라가서 한숨을 쉬던 기록과 혈압 측정 기록까지 노트 위에 적었다. 나는 나도 모르는 어떤 강박이 있는 게 틀림없다)을 적고 그 밑에는 거의 언제나 세음의 날짜를 깍두기 모양의 칸 속에 넣고 화살표를 죽 그었다.

그 화살표는 다음 세음의 날짜, 다음 화살표 끝으로는 다른 날의 세음 날짜를 적었다. 밤늦게 노트를 덮을 때 세음의 깍두기 칸이 여러 개이면 성취도에 관계없이 내가 무엇인가 열심히 했다는 기분이 들어 스스로 위안을 삼곤 했다.

비록 글의 진도는 미미했지만 오늘은 그래도 책상 앞에 세타임을 들을 때까지 장장 여섯 시간은 앉아있었던 말이지, 하면서.

하지만 어느 땐 똑같은 이유로 스스로 자학의 길로 들어서기도 했다. 책상 앞에 세음 세타임을 들을 때까지 장장 여섯 시간을 앉아서 대체 무엇을 했단 말이지? 두 문장 쓰기가 그렇게 어려워? 하면서. 하지만 어떤 결론에 이르러도 마지막은 감사의 기도로 끝나게 되어 있는 것이, 그만큼 세음은 마음의 위로와 평안을 주었다. 또 안할 소리를 하고야 마는데, 세음은 분명 무생물이지만 예전의 내가 말보로 라이트를 친구 이상이라고 했던 것과 비슷한 강도의 애정으로 나에게는 다가온다.

세음을 나는 사랑했고, 세음과 함께 하는 시간을 기다렸고 그 시간은 참 많이 행복했으니 가끔 밥맛없는 친구보다 낫지 않은가 말이다. 가장 좋은 시간은 세음이 순수하게 백 뮤직으로 존재했을 때이다. 세음에게 미안한 말이기만 사실이 그렇다. 가끔 집중의 강도가 안광이 지배를 철할 정도가 되고 내가 지금 무엇을 쓰고 있는지 '무엇'이 나를 쓰게 하고 있는지 모를 정도일 때, 어느 순간 정신을 차려보면 세음이 끝나 있는 것이다.

어제 뉴스에서 본, 송유관으로 몰래 기름을 빼내기 위하여 길고긴 땅굴을 파고 작업했을 인부의 집중도와 비슷하다고 하면 좀 이상한 비유일까 모르겠다. 하여튼 어제 그 장면을 보고 나는 감동했다. 오로지 송유관을 향한 집념, 뭐 그런 거 말이다.

사실 이상한 비유이기는 하지만 글을 쓴다는 것도 어쩌면 아무것도 보이지 않고 어둡고 흙이 가득 찬 땅속을 뚫고 들어가서 공포와 두려움을 포함한 일말의 희망을 가지고 날마다 조금씩 뚫고 들어가서 송유관 같은 영감의 줄기를 드디어 찾아내서 그곳에 빨대를 꽂아 나의 뇌 저장창고로 운반하는 것이 아닐까 하고 어제 TV 앞에서 나는 생각했다.

세음을 듣고 있었으나 들을 수 없었던 시간이 길면 그만큼 내 글속에 함몰되었다는 의미이므로 그럴 때 정말 행복했다. 세음을 다시듣기로 듣고 있는 지금은 너무도 선명하게 음악이 들려오는 것을 볼 때 나의 집중도의 현재상태는 중하 정도일 것이다.

돌아오라, 소렌토로 같은 명곡은 나를 중학교 음악시간으로 돌아가게 만들어서 즐거운 것이고, one more cup of coffee 같은 음악은 암울하고도 찬란했던 십대 후반으로 나를 몰고 가니 나는 지금 글을 쓰고 있는지 음악을 듣고 있는지 헷갈리기는 한다.

오늘 오전의 몇 시간은 책을 읽었다. 끝이 얼마 남지 않아 마저 읽느라 다른 날보다 좀 더 독서의 시간이 길었다. 그 책은 두어 번 읽었는데, 한 번은 소스라치게 놀라면서 읽었고, 두 번째 읽었을 때는 웃음을 참으며 읽었다. 요 며칠 동안 세 번 째인지 네 번째인지 하여튼 또다시 읽은 감상은 말할 수 없는 감격이다. 독서의 후폭풍이 그럴 줄 알고 있었지만 알고 있는 것보다 더욱 강도가 센 감동이었다. 하나님 감사합니다.

책에 밑줄 긋기가 취미인 나는 두어 번 독서의 후유증으로 물음표, 느낌표, 아멘, 물결무늬 밑줄, 형광펜 밑줄, 굵은 두 줄의 밑줄 등 다양한 표식이 문장에 그려져 있었는데 내가 왜 이전의 독서에서 이 문장에 밑줄을 쳤을까를 유추해보는 재미도 쏠쏠했다.

그러한 나를 스스로 판단해 보건데 나는 좀 얄팍하고 싸구려틱한 B급 정서의 소유자인 것이 확실하다. 나를 아는 친구들의 증언에 의하면 나는 웬만하면 감동하려고 준비운동을 늘 단단히 하고 있다는 것이다. 친구들은 내가 맛있다고 하는 것은 코웃음치고 (네가 맛없는 것이 뭐가 있겠니? 이런 물음을 친구들은 눈빛으로 잘 전달한다) 내가 멋지다고 하는 여행지는 자신들의 여행목록에서 지워버리고 내가 좋다고 하는 책은 반쯤만 믿고 내가 좋다고 하는 영화는 아예 제쳐둔다.

그러거나 말거나 나는 여전히 친구들을 만나면 bhc 치킨 중에서 맛초킹의 날개를 확보하고 남편 몰래 시킨 생맥주 500을 앞에 놓고 감격의 기도를 드릴 것이다. 사우나 매점을 하던 친구가 치킨 집 주방 보조로 들어가게 된 것은 오로지 나에게 맛있는 치맥의 시간을 즐기라고 하나님이 예비하신 것이라고 주장하는 나를 친구들은 이해하는 눈치였다. 그러니까 친구는 오랜 친구가 최고라고 하는 것이다. 어쨌든 독서의 시간은 행복했고, 책을 다 읽고 덮은 지금은 더 행복해져 버렸다.

내 인생에서 한 번의 독서로는 성에 차지 않아서 몇 번씩 되풀이해서 읽는 책이 몇 권 있다. 더 나이 먹고 기운 빠지기 전에 내가 좋아하는 책을 몇 번은 더 읽고 싶다. 아무리 되풀이해서 읽어도 첫 감동으로 울던 장면이 나오면 여지없이 울게 되고, 그동안 모르고 지나쳤던 또 다른 감동의 장면, 문장을 발견하면 거의 죽음에 가까운 희열을 느낀다.

누가 말했는지 기억나지 않는데 이렇게 말한 사람도 있다. 여러 권 책을 읽는 거 보다 한권의 책을 깊게 읽는 것이 낫다. 혹시 이건 내가 만들어 낸 말일까?

수십 번 이상 읽어도 여전히 경이로움을 선사하는 성경책을 모든 사람에게 추천하고 싶지만 '가까이 하기에는 너무 먼 당신'처럼 누구나 쉽게 접할 수는 없는 분량이고 내용이다. 사람에 따라서는 뻥 투성이라고 할 수도 있고 사기나 거짓말, 그냥 신화나 소설이라고 해도 할 말은 없다.

성경을 넘길 때 성령님이 동행해주시지 않으면 화가 나서 미칠 것 같은 부분이 꽤 있는 것이다. 그래서 며칠 전에 만난 나의 사랑하는 신앙의 동지님께서 어려운 성경을 쉽게 풀어서 소설처럼 써보라고 나에게 조언할 때 하마터면 그 말에 깜빡 넘어갈 뻔 했다.

이 모든 수다를 수습할 길은 없지만 재빨리 결론. 다시 듣기를 하면서 다시 읽기를 하는 시간은 행복할 것입니다. 먼지 쌓인 성경을 탁탁 털고 다시 읽기를 한 번 시도해 보시기 바랍니다. 귓전에 아슴아슴 세상의 모든 음악이 들려온다면 더욱 행복한 시간이 될 것임을 믿어 의심치 마시구요

3 4

내 마음에 주를 향한 사랑이

내가 다니는 교회는 주일 예배가 3부까지 있다. 그 중 9시 반에 시작하는 2부 예배는 이른바 열린 예배이다.

워십 팀이 앞에서 찬양을 인도하고 헌금, 광고가 말씀 전에 배치되어 있어서 말씀이 끝나면서 곧바로 예배가 끝나기 때문에 쓰잘데 없는 광고나 광고성 광고로 마음이 흩어질 위험이 적으므로 말씀 집중도가 높은 편이다. 대신 예배 전후로 다른 예배보다 찬양이 많은데 그 찬양 대부분이 가스펠이다.

요즘 가스펠은 왜 그렇게 어려운지 (붓점 많지, 싱코페이션 많지, 도돌이 많지, 엇박자 많지, 그 짧은 16분 음표들이 난무하지, 에휴) 성가대 짬밥 수십 년을 자랑하는 나도 따라가기 힘들 정도이다. 그런 가스펠을 겨우겨우 따라 부를 때마다 감동 제로에 음악성만 높은 곡을 줄기차게 선별하신 분이 대체 누군지 궁금해진다. 궁금해지면 뭘할 건데.

그런데 모처럼 어제 말씀 후 결단하는 가스펠이 내가 좋아하는 "내 마음에 주를 향한 사랑이"를 부르게 되었다. 이 기쁨. 이 감동. 원제는 "십자가의 길 순교자의 삶"이라는 어마무시한 제목이라고 한다.

예배 후 집에 와서도 가스펠의 감동이 사라지지 않기에 아들과 하나가 고스톱을 치러 온다는 그 짧은 틈을 이용하여 피아노 앞에 앉았다. 정말 좋았다. 두

번째는 노래를 곁들였다. 더 좋았다. 좋다는 단어는 좋다는 의미를 구현하기에
는 부족하다는 생각이지만.

마침내 도착하신 아들과 하나와 함께 제육볶음으로 저녁을 먹고 그 녀석들
이 베란다로 쪼르르 기어나가 아들은 팔리아멘트 하나는 말보로 레드를 한 대
씩 꼬나무는 동안, 그 틈새를 못 참아 또 피아노 뚜껑을 열고 세 번을 거푸 쳤
다. 이렇게 좋을 수가! 그러다가 이 녀석들 디저트로 커피를 만들기 위하여 의
자에서 일어서는데, 그때.

초딩 1학년 때 피아노 학원 안가겠다고 펑펑 울기에 그럼 관두시든지, 하면
서 피아노학원을 끊어주었던 아들이 식후 연초 불로장생을 하고는 느닷없이
피아노 의자를 당겨 앉았다. 그리고는 띵가당 띵가당 건반을 두들기는 것이 아
닌가. 바이엘 초급을 중도하차한 실력 치고는 왼손 오른손이 그럴 듯하게 움
직이고 귀동냥으로 들은 엘리제를 위하여는 무려 네 마디까지(ㅋㅋ) 거침없
이 연주하시는 것이었다. 이 녀석이 흡연의 시간에도 귀를 쫑긋하여 엄마가 은
혜 받는 가스펠에 덩달아 은혜 받았는지도 모르지. 정말 기분이 좋았다. 분위
기 좋았고, 그림 좋았고, 천국이 따로 없었다. 이것이 바로 내가 꿈꾸던 우리
의 스위트 홈!

하지만 꿈은 곧 사라졌다.

고스톱 판에서 또 꼴통 남편이 깽판을 쳐버린 것이었다. 늘 그렇지만 별것도
아니었다. 말도 안 되는 유치찬란한 변명을 일삼는 남편과, 아빠에게 끝없이
정당한 논리를 펼치는 아들과, 되도록 중립을 지키려지만 대화좌절에 평생
시달리며 은근 남편을 얄미워하면서 말리는 나와 하여튼 패싸움 비슷하게 되
어버렸다. 그때부터 11시 너머 끝날 때까지 고스톱 고 자도 모르는 바보 천치
취급당했다. 이 모멸감이여. (하지만 결론은 내가 20600원이라는 거금을 땄고
남편은 27500원이라는 거금을 잃었다는 거) 몇 시간 동안 남편이 나에게 퍼
부은 말이 진실이라면 지금 남편은 정신지체1급 아내와 살고 있는 것이다. 아

니, 바로 전날 토요 성경모임에서 우리 남편 보물이어요, 하면서 입에 침이 마르도록 자랑질 했더니만 이게 뭐람?

그리고 빛나는 월요일 아침.

맛난 6첩 반상을 차려드렸다. 그런데.

밥을 많이 담았다고 그렇게 모질게 야단을 듣는 세상의 아내는 나밖에 없으리.

하여튼 아침 식사 시간이 엉망이 되고 말았다. 오늘 오후에 엊그제 검진 받은 거 결과 보러 가야하는데 이 양반이 지금 정신이 있는 것인지 없는 것인지. 어르고 달래서 비위를 맞춰주어도 시원찮을 판에 스트레스로 나의 뇌 용량이 과부하가 일어날 지경이 되었다. 하여 나도 큰소리. (내 나이도 만만치 않음요! 하면서)

오늘부터 집 앞 카페로 작업하러 간다고 하니까 더 심술을 부리는 남편에게 빠이빠이도 안하고 냅다 카페로 와버렸다.

참 이상하다. 잘 생각해보니 이전에도 그랬군. 성경모임에서 이거 좋아요 저거 좋아요 하고 기뻐 죽을 것 같은 이야기를 은혜 충만하게 나누고 집에 오면 은혜 완전 쏟아지는 이상스런 일이 발생하고 기어이 사단이 난 기억이 몇 번 있다. 하나님 아시잖아요. 제가 원래 왔다갔다 ˙ 해요.

어쨌든 4월 한 달 동안 어르신 케어 열심히 했지만 하나님의 은혜로 실직(당)하고 자유로운 실직자가 되기도 했으니 이제부터는 열라 작업에 몰두해야겠다, 라고 결심하고 있다. 그러면서 문득 떠오르는, 어제 나를 황홀하게 만들었던 저 가스펠. 반성하고 다시 불러봅니다.

별로 그렇진 않지만 남편이 계속 이유 없이 스트레스 주면 아, 이것이 십자가의 길 순교자의 삶(ㅋㅋ)이로구나 하면서 주의 순결한 신부가 되기 위하여 노력할게요. 그리고 하나님. 오전에 작업 끝내고 집에 가서 다시 남편에게 손 내밀고 잘 할게요.

하나님의 트렁크

3 5

황홀한 4월

　나의 하나님, 연인 같은 나의 하나님.

오늘따라 너무 일찍 눈이 떠졌네요. 새벽 3시 반.

그윽하고도 평안하고도 아름다운 시간이 나에게 주어졌더군요.

　누워서 시체놀이 하면서 이런 생각 저런 생각. 그 생각의 결론은 역시 하나님께 대한 감사.

참으로 신비하고도 신기하고도 기이한 방법으로 나를 인도하시는 하나님께 감사인사 드려요.

커피 한 잔 들고 내방으로 들어와 책상 앞에 앉았는데 어머나?

4월이 펼쳐져 있는 탁상달력에 이렇게 씌어 있네요.

　황홀한 4월!

어제일까 그제일까 하여튼 며칠 전에 연필 들고 딴 짓하다가 문득, 그 아름다운 벚꽃들이 내 마음속에서 나부끼며 떨어지는 것 같은, 아찔하고도 짜릿하고도 가슴이 아슴아슴한 기분이 드는 겁니다. 그래서 썼어요. 나도 모르게 입가에 환한 미소를 지으며.

　오늘은 새벽기도를 가지 않고 이곳에 들어와 아침 인사를 드립니다.

그냥 그러고 싶어서요. 그 어디에도 얽매이지 않는 나의 자유가 이렇게 풍요

롭네요.

　하나님. 아무것도 없는 자 같으나 모든 것을 가진 자로 살게 하여 주시니 정말 감사합니다.

아무것도 이룬 것이 없는데도 다 이루었다고 큰소리치게 하여주시니 그것도 정말 감사합니다.

　나의 앞길이 어떠할지 나는 모르지만, 알 필요도 없는 것은 어떻게 살아가든 하나님의 따스한 품속에서 살 것을 완전 믿기 때문입니다. 그 믿음으로 오늘도 하루를 시작하려고요.

황홀한 4월을 주신 나의 하나님께 감사와 영광을 올려드리면서 좋은 아침.

36

새벽의 기쁨

집 앞 교회로 사순절 특별 새벽기도회를 다니면서 새벽예배 가는 기쁨을 되찾게 되었다.

그렇게 좋은 시간을 겨울 내내 게으르게 이불 속에만 꼼지락거리고 있었다니!

집 앞 교회는 5시 반에 시작이다. 시간도 딱 좋다.

5시 알람에 눈을 뜨면 잠시 이불 속에서 꼼지락거린다. 아늑하고 포근한 상태가 정말 좋은데 박차고 일어서야 하는 것이 조금 아쉽기는 하지만 대신 5분여의 시간 동안 눈을 깜박이며 그 시간을 누리는 재미도 쏠쏠하다.

그 때 떠오르는 하루의 계획.

기분이 좋으면 속옷차림으로 체중계에도 올라가보고 진중하니 앉아 혈압을 재어 기록하는 것으로 하루를 시작한다. 혈압약과 타목시펜(항호르몬제인데 이것이 요즘 나를 살찌게 하는 원흉이다)과 비타민을 먹고 가장 빠른 속도로 옷을 입고 현관문을 열면 상쾌한 공기와 함께 부지런한 어느 손길이 문앞에 갖다 놓은 신문이 제일 먼저 눈에 띈다.

엘리베이터 버튼을 누르고 그것이 올라올 동안 11층에서 거의 언제나 교회를 내려다보게 된다. 두어 대의 차량이 주차장에 있고, 교회 이층의 작은 창문에 불이 켜져 있다. 몇 대의 차들이 길 양쪽에서 교회 앞으로 회전하기 위하여 깜빡이를 켜는 모습을 볼 때도 있다.

교회까지 5분여의 시간을 종종 걸음으로 걷는다. 아직 날씨가 풀리지 않아 싸늘하다. 옷깃을 단단히 여미고 머플러로 감고 모자까지 눌러썼는데도 어딘가 한기가 스민다. 나는 생각한다. 단순하게.

그래도 조금만 가면 따스하고 아늑하고 편안한 교회에 가니까. 오 분만 참자. 그렇게 교회를 간다. 희망이 없는 사람들의 삶이 불행하다는 것을 알 수 있다. 단 오 분을 견디는 데도 오 분 후의 장소를 희망하고 있지 않은가.

부활절 특별 새벽기도회에는 대 예배당에서 모였지만 이번 월요일부터는 다시 이층 소 예배당에서 모인다. 그 교회 교인은 아니지만 이제 통박으로 다 알게 되는 사실이다.

작은 예배실의 문을 열면 어둠속에서 작은 기도소리가 들린다. 이삼십 명의 교인들이 기도하고 있는 것이다. 예배는 아무리 길어도 20분을 넘지 않는데 짧은 시간 메시지를 전해주시는 목사님의 말씀이 정말 달고 오묘하시다.

예배 후에는 또 얼마나 좋은 시간인지. 불을 끈 예배실에 앉아 있으면 조금은 크게 틀어놓은 찬송가가 들려온다. 그리고 간곡한 기도소리가 들려오는 것이다. 귀를 기울이면 기도의 내용도 들을 수 있겠지만 나도 기도할 사람이 장난 아니게 많아서 타인의 기도에 귀를 기울일 틈이 없다.

다만, 찬송가는 종종 나의 기도를 멈추게 한다. 너무 좋기 때문이다. 남의 교회임에도 불구하고 찬송가를 혼자 부를 때도 있다. 물론 찬송가 소리에 묻혀서 나의 목소리가 들리지는 않겠지 하는 안도감으로 아주 편안하게 4절까지 부를 때도 있다.

가만히 아무 것도 안하고 그냥 앉아 있을 때도 있다. 그 시간은 너무도 편안하여 마치 하나님의 품속에 있는 것 같은 느낌이 들기 때문이다.

두서없는 기도와 찬양과 묵상과 이런저런 잡념도 끼어들면서 이삼십 분이 후

딱 지난다. 문득 눈을 뜨고 주위를 살핀다. 맨 마지막까지 나 혼자 남게 되면 문을 잠그려고 누군가 기다리게 하는 실례를 범하기 때문에 신경 쓰는 부분이다. 어두운 예배실에 두어 사람이 남을 때 즈음 나는 일어선다. 다시 옷깃을 여미고 모자를 푹 눌러쓰고 신호를 기다리고 길을 건넌다. 교회 바로 앞에 내가 사는 아파트 동이 있다. 세상에. 이런 로또가 있나!

조금 춥지만 단 5분만 견디면 따스하고 아늑하고 편안한 집으로 들어갈 수 있다는 그 희망으로 기분 좋게 길을 걷는다. 집으로 가는 발걸음이 정말 가벼워지는.

힘이 들 때는 시간을 잘라서 생각하기로 했다.

오늘 치과에 들렀을 때도 마찬가지였다. 의료장비에 둘러싸여 누우면서 생각했다. 길어야 몇십 분이겠지. 그 몇십 분만 견디면 끝이 나겠지. 그러면 고통이 사라지는 거야.

만남에서 사소한 트러블이 생겨도 마찬가지였다.

길어야 몇 시간만 같이 있으면 헤어질 텐데 조금만 더 참으면 된다. 하고 싶은 말이 있어도 (대체로 좋지 않은 말이겠지) 참는다. 만약 이 사람을 더 이상 이 세상에서 볼 수 없게 된다면 나중에 후회할거야. 그러니 하지 말자.

그렇게 꾹 참고 돌아와서 말할 것을 그랬다고 후회한 적은 한 번도 없다.

새벽예배를 드리고 뻥 뚫린 상쾌하고도 상쾌한 마음으로 현관문을 열면 또 다른 나의 천국이 있다. 이곳에 사는 것을 감사. 고른 숨소리를 내며 곤한 잠에 빠져 있는 사람에게도 감사.

커피 물을 올려놓으면서도 감사.

나의 앞으로의 생에서 이러한 새벽의 기쁨을 더 이상 놓치고 싶지 않다.

37

하나님께 생일 감사 인사

오늘이 가기 전에 나의 하나님께 감사 인사드리려고 책 읽다 말고 이곳에 기어들어 왔어요. 왜냐하면 오늘은 나의 음력 생일.

나를 세상에 보내주신 나의 하나님께 감사드려요. 이제까지 잘 살도록 보살펴주신 은혜도요.

요란뻑적지근하게 생일상을 차려주시던 부모님은 이미 천국으로 가신지 오래고 양력 생일 날짜에 회 사주고 금일봉 주었다고 진짜 저의 생일인 오늘을 모르쇠 하는 동거인. 치즈케이크까지 다 미리 먹어버린 터라 딱히 할 일도 없는 생일이 되었네요.

그래도 왠지 섭섭하여 나에게 선물을 하기로 맘 먹었답니다. 이른 아침부터 곰곰 생각하다가 책 두 권을 알라딘에 주문하였나이다. 참 좋은 선물이죠?

온종일 책을 설렁설렁 넘기며 지내다가 오후 늦게 남편을 앞세우고 집 앞 산책로를 거닐었는데 쑥이 산책로 주변에 지천으로 깔려 있는 것을 발견한 남편, 아예 털퍼덕 주저앉아 쑥을 캐시고 계시더만요. 물론 나는 눈길 한 번 안 주었지요. 내가 원래 쑥이니 뭐니 땅에 주저앉아 뭔가 캐고 하는 거 싫어하잖아요.

평화롭게 앉아 쑥을 캐는 남편의 모습이 보기는 좋았어요. 이 평화로운 봄날을 주신 하나님께 다시 감사.

얼렁뚱땅 잡채를 만들어 맛있게 먹은 저녁 이후, 갑자기 맛 들린 독서에 눈이 아프도록 책상 앞에 앉아 있네요. 엄허나, 어느새 자정이 가까워졌네.

　생일 기념으로 셀카도 하나 박아놓고 그것으로 카톡 사진도 개비하고, 그렇게 놀면서 생일이 다 가고 있습니다.

　이 감격.

　이 감사.

　말로 형언할 수 없는 평안을 주신 나의 하나님께 감사의 뽀뽀 해드립니다.

　사랑해요, 나의 하나님.

하나님의 트렁크

3 8

시나페 홀로 – 루이스 강의

어찌어찌하다가 〈시나페홀로〉라는 팟 캐스트를 발견했다. 작년 봄 언저리였다. 철학 팟 캐스트였다. 처음에는 니체강의를 듣기 위하여 찾았는데 목록을 살펴보니 루이스 강의가 있었다. 와! 나도 모르게 탄성을 질렀다. 그만큼 반가웠다. 루이스 책에 대한 감상이나 평은 많이 보았지만 루이스의 책을 토대로 강의하는 곳은 처음 보았다.

철학을 전공하지도 않은 청년(우리 아들과 나이가 같은 81년생이었다. 기특! 대견!)이 그야말로 나홀로 철학을 하는 곳이었다. 나는 자신의 생각, 견해를 거리낌 없이 당당하게 밝히는 그의 줏대가 참 좋다. 신앙을 철학적으로 풀어주면서도 청년의 깊은 신앙심으로 그것을 멋지게 승화시키는 모습이 정말 아름다웠다.

야심한 시각에 루이스의 순전한 기독교를 자세히 풀어주는데 그야말로 '시나페 홀로'(신 앞에 홀로. 코람 데오를 소리 나는 대로 쓴 것이라고 본인이 설명했다) 앉아 있는 그 모습을 상상하니 새삼 고맙고도 대견했다.

누구나 신 앞에서는 홀로 서 있다. 외로움이 없을 수 없다. 그 외로움을 평생 걸칠 옷으로 삼고 나와 하나님과의 독대하는 삶이라 생각하면 허술하게 인생을 살 수는 없을 것이다.

읽어도 잘 이해하기 힘든 (물론 대강 읽으면 그 정도의 앎과 지혜는 생기겠지만) 나로서는 정말 루이스의 내면 깊숙한 곳까지 가고 싶었다. 이 양반이 정말 이야기하고 싶은 것이 무엇인가. 늘 궁금했고, 나의 지식이 그에 못 미치는 것에 대한 안타까움이 있었다. 그런데 이 신실한 청년이 나의 궁금증을 많이 해소시켜 주는 것이다. 그러니 얼마나 고마워! 얼마나 사랑스러워!

두어 번 팟 캐스트에 응원의 댓글을 남겼다. 진심으로 격려해 주고 싶었던 것이다. 그런데 오늘 그곳에 들어가 보니 나의 글 아래 이런 댓글이 적혀 있었다.

–네! 님의 응원덕분에 루이스 강의는 끝까지 하겠습니다.

나의 조그만 격려에 루이스 강의를 끝까지 하겠다는 것이다! 너무 감사했다. 감사하고 또 감사하면서 생각했다. 한 사람의 격려가 누군가에게 힘이 되어 그 힘들고 어려운 강의를 끝까지 하게 만드는 원동력이 되기도 하는구나. 이제부터는 더욱 열심히 내가 좋아하는 어떤 곳이든 가서 그냥 나오지 말고 격려를 많이 해주면서 살 결심이다.

3 9

누리게 하시는 하나님

설교를 한 바닥 너무너무 신나게, 하하하 웃으며 (유쾌하고 통쾌한 말씀이어서) 듣고 있는데 11월부터 출근하는 친구로부터 카톡이 왔다. 출근하는 전철 안이라고.

나는 지금 담양에 내려와 있다고 했더니 친구의 답인즉, 그 답을 토씨하나 빼먹지 않고 고대로 옮긴즉슨, 〈그대가 젤로 잘 사는 것 같네. 달란트대로 사는 거겠지만 선택은 자유니까〉

나는 속이 터져 미치겠는 시간인데도 주위의 친구들은 그렇게 말하곤 했다. 나는 분명 지옥에 있는 거야, 하고 비명을 지를 때도 〈그대가 젤로 잘 사는 것 같네~~〉 어느 땐 그 말이 나를 약 올리는 것처럼 느껴질 때도 있었지만 결론적으로 본다면 그 말은 맞는 것 같다.

담양에 내려와서 느낀 것도 바로 그것. 눈앞에 펼쳐진 고즈넉한 가을 풍경, 담배를 피우러 방 밖으로 나갈 때마다 나무 그네에 앉아 흔들거리면서 아름다운 소나무 숲과 마당에서 경중거리는 진돗개들과 가지런한 장독대와 깜찍하게 예쁘고 아늑하고 매력 만점인 내 방의 창문을 밖에서 그윽한 눈초리로 쳐다보면서 느끼는 기분은.

첫째, 이게 꿈일까 생시일까.

둘째, 세상에 내가 웬 복이람.

셋째, 그러므로 너무너무 감사합니다, 앞으로 자알 살겠습니다.

넷째, 다섯째, 여섯째……끝없는 감사와 반성과 결심.

　친구의 말처럼 달란트대로 사는 것이고, 선택은 어차피 자유겠지만 나는 비교적 좋은 선택을 하는 것 같다. 날마다 누리게 하여 주시는 하나님께 감사드리고.

　어제 밤 소맥 넉 잔을 자의반 타의반 마셨는데 첫날처럼 머리가 깨질 것처럼 아프지는 않으니 다행이다. 그래도 진통제를 몇 시간 간격으로 계속 먹어야 하는 상황이다. 반성하고 있다. 진심. 나에게 천국 같은 누림을 허락하여 주신 하나님께 감사하여 오늘, 아름답게 살기를 결심!

　하나님 마음에 쏙 드는 하루를 보내고 싶다.

4 0

예수를 깊이 생각하라

어제 통장을 찍어보고 깜짝 놀랐다. 잔고 0원. 몇 만 원 정도는 남아있겠거니 했는데 이게 뭔일? 가만 내역을 보니 24일에 빠져 나갈 거라고 예상했던 핸폰 요금이 범인이었다. 잔액을 몽땅 빼가고도 부족하니 통신사님은 며칠 후 다시 오셔서 마저 챙겨갈 요량이렸다?

서랍 아래에 감추어 두었던 고스톱용 지갑을 꺼냈다. '내 평생 고스톱은 없다'고 선언하고 가버린 아들이 아직 마음이 돌아서지 않아 삼주 째 유명무실하게 되어버린 고스톱용 지갑에 쟁여져 있던 자본금 27000원을 꺼냈다. 그러구러 가방을 뒤져 백동전까지 세어 확인해 보니 21000원이 되었다. 적지 않은 금액이로군. 흠, 48000원이라…… 25일 연금이 들어올 때까지 잘 살아야지! 할아버지를 나란히 정리해 놓은 지폐를 소중하게 챙겨 다시 가방 안쪽 깊숙이 넣었다.

그리고 저녁.

친구가 준 강냉이를 아삭거리며 이웃집 챨스를 보는데 아프리카 라이베리아 난민 출신 여자가 셋 등장하여 내 가슴을 후벼놓았다. 낯선 한국 땅에서 개고생하고 있는 모습이 보고 있자니 너무 안쓰러웠다. 그래도 흑인 특유의 낙천적 성격으로 참 많이 웃고 많이 즐거워한다.

죽을 때까지 한국을 떠나고 싶지 않다는 세 여자를 한국이, 한국 사람들이 너무 힘들게 하지 않았으면 좋으련만. 내가 만일 저들처럼 난민이 되어 피부색도 문화도 언어도 다른 낯선 나라에서 살아야 한다면… 나는 저 여인들처럼 씩씩하게 살 자신은 없다. 내 그릇은 딱 고만한가 보다.

그리고 다시 오늘 새벽.

예배가 끝난 후 어둑어둑한 예배당에 평안을 누리며 즐겁게 앉아 있는데 갑자기 이런 생각이 드는 것이었다.

나의 파산은 하나님이 빚을 탕감해주신 것이었구나. 가장 좋은 방법으로. 너의 몇천만 원의 빚을 내가 없애주마, 그렇게 된 것이었구나. 그래서 지금의 나는 동그라미가 어마무시하게 달린 고지서, 독촉장, 전화 안 받고 주머니 속의 돈만 잘 세어보면서 살게 되었구나.

있으면 쓰고 없으면 안 쓰고.

꼭 써야할 곳이 있는데 없으면 어느 순간에 하나님이 원격으로 전달해 주시기도 한다. 하나님은 나의 싼타. 내 주변에 있는 하나님의 자녀들을 모두 나의 산타로 만들어버리시는 나의 하나님.

생각할수록 신기하고 신비하다, 그렇게 곰곰 머리를 굴리며 (이런 상황을 기도라고 명명하는지 잘은 모르겠으되 하여튼 너무 좋은 시간이긴 하다. 아는 얼굴 떠올리며 그들의 행복을 빌어주는 것도 기도라면 기도이겠지? 때때로 흘러나오는 찬송가를 흥얼거리기도 하면서) 앉아있는데, 더 기가 막힌 사실이 떠올랐다.

하나님이 돈만 탕감해 주신 것이 아니라는 사실.

나의 죄를 몽땅 대신 짊어진 예수님은 이전의 죄 뿐 아니라 앞으로 내가 지을 죄까지도 '단번에' 탕감해 주셨다는 사실.

죄 속에, 갇힌 자처럼 살던 나에게 해방을 자유를, 그리고 평안을 주셨다는 사실.

  이 기가 막힌 선언은 몇천만 원 빚을 탕감 받은 것과 비교할 수 없다! 예수님
의 사랑. 하나님의 열심. 구원의 능력이 여기에 있었구나. 한 짓거리라고는 죄
밖에 지은 것이 없는 나는 정말이지 말할 수 없이

미안하고

부끄럽고

약간 수치스러웠지만

기쁘고

행복했다.

룰루랄라 하면서 교회계단을 내려오는데 로비 현수막에 이런 글이 적혀 있다.

예수를 깊이 생각하라.

  부활절까지 이렇게 살라는 말씀인가보다.

하나님의 트렁크

4 1

내게 상을 베푸시고

시편 23편을 외우면 어법에 맞지 않는 표현이 더욱 감동적으로 다가온다. 지
금 개정판은 어떻게 달라졌는지 모르겠으나 내가 외우는 구절은 이렇다.
여호와는 나의 목자시니 내가 부족함이 없으리로다.
이 중에서 "내가" 가 나는 좋다.

여호와가 나의 목자라는 것, 그것을 알게 되었으므로, 나의 미래까지 (앞으
로도 계속 좌충우돌 엉망진창 개떡같이 헤매더라도) 확실하게 책임져 주실 것
이므로, 고바가지를 옴팍 뒤집어 쓰실망정 내 손목을 꽉 붙들고 인도하시리
라는 것을 내가 전폭적인 은혜로 완전 파악해버렸으므로 (실은 이 말도 수동
태로 써야 하겠지만, 파악할 수 있게 해주셨으므로, 이렇게) 이제는 내가 부족
함이 없다, 하면서 기죽지 않고 떳떳하게 큰소리 탕탕 칠 수 있게 된 것이다.

오늘, 지금 이 시간 그렇게 큰소리치다가도 에구 하나님, 이러시면 안되죵,
하면서 난리를 칠 사건사고가 한 시간 후에 닥친다하더라도 그땐 그때고 하여
튼 지금 나는 부족함이 없다.

어제 오후, 한 달에 한 번씩 정기적으로 우리 집에 방문하여, 언제처럼 위문
품(어제는 무공해 야채 한 보따리와 그 야채를 쌈 싸먹을 수 있는 쌈장, 그리고
맛이 장난 아닌 인스턴트 베트남 커피였다)을 하사하시고 우리 집에서 가장 가

까운 거리에 있는 이딸리안 레스토랑(일전에 예약했다가 취소한 곳)에 가서 해물 빠에야에서부터 시작하여 크림파스타 빠네, 수제 돈까스에 홍차까징 (주인장이 집에서 직접 담근 포도주 한 잔씩 서비스로 받으면서. 덕택에 공개적으로 술 한 잔) 마구마구 먹어치운 후, 단골 카페까지 진출하여 아래 사진과 같은 카페 앞뜰이랄까 하여튼 그런 야외 장소에서 두 부부가 노닥거렸다. 와, 바람이 산들거리는 곳이 완전 마음에 들어 앞으로 애용하기로 맘먹고 당장 오늘 아침부터 보따리 싸들고 와 자리 잡았다. 역시 기가 막히게 좋다.

읽어야 할 책을 들고 와서 형광펜 그으며 읽으며 가끔씩 고개를 들어 하나님이 지으신 모든 세계를 바라보는데, 아, 이곳이 바로 천국이로군. 천국의 이웃집이 아니고 바로 그 천국 말이다. 카페 주인이 지금 막 와서 새로 개발했다는 청포도차를 시음 겸 갖다 주고 갔는데 맛이 기가 막히다. 지금 제가 천국에서 향기로운 청포도차 마시고 있는 거 맞죠, 하나님?

오늘 새벽, 타고난 아침 형 인간이므로 5시 알람이 울리기 전에 눈을 떴는데, 거참, 집 앞 교회의 기도실이 사무치게 그리워지면서 (어제 밤 한 시 다 되어 잠이 들었기로 오늘은 가지 말까 하는 생각에 알람도 꺼놓고 잤건만) 기어이 교회를 갔다. 어쩔 수 없었다. 나 원 참. 뭐 그렇게 열심히 갈 것까지야. 그래도 가고 싶으니 갔다. 가고 싶다는 마음을 주신 하나님의 속셈이 뭘까 궁금해 하면서.

역시. 가서 말씀 들으니 정말 좋았고, 끝나고 찬송가 들으니 더욱 좋았고, 기도 몇 마디 웅얼거리다 가만 생각하니 휴대폰에 에베소서 강의 잔뜩 다운받아 놓은 생각이 났다. 그리하여 발딱 일어나 천변을 걸으며 오부지게 한 시간을 보냈다. 아, 세상은 어쩌면 그렇게도 아름답단 말인가. 자연을 별로 좋아하지 않는 타고난 까도녀임에도 원더풀 월드를 흥얼거리게 만드셨으니. 하나님이 나에게 오월을 선물하신 것이 틀림없다.

아침부터 전복죽 (내가 얼마나 맛있게 만들었는지 남편은 제주도 바닷가에서 먹은 것보다 낫다고 나를 추켜세웠다. 고맙네, 나의 남편이여. 요즘은 칭찬도 제법 하시는 것이 꿈속에서 하나님이 코치한 것 같기도 하고) 실컷 먹고 책가방 챙겨들고 이곳에 와서 앉아 있으니 부자가 따로 없지, 뭐

내게 상을 베푸시는 나의 하나님이 너무 감사해서 어쩌면 좋을까요.

내가 무엇을 하리이까, 나의 하나님. 그걸 좀 알려 주세요. 웬만하면 따라할 게요. 웬만하면.

$$\boxed{42}$$

Good Friday, 다 이루었다

오늘은 성 금요일, 예수님께서 우리의 모든 죄를 대속하기 위해 십자가에 달려 돌아가신 날이다. "다 이루었다!" 십자가에서 예수님이 마지막으로 하신 말씀이다.

참 이상하게도 며칠 전부터 나의 입에서도 이 말이 자주 튀어나왔다. 다 이루었다.

예수님도 아닌 내가 왜 자꾸 이런 생각을 하는지 나도 모른다. 하지만 오늘 새벽에도 예배당에 앉아 있는데 또 이런 생각이 드는 것이었다. 다 이루었다.

다 이루기는커녕 내가 정작 쓰고 싶었던 글은 시작조차 하지 못한 채 오늘 이 시각까지 왔는데 내가 어떻게 다 이루었다고 말할 수 있는가 말이다.

그래도 자꾸 입속에서 마음속에서 이 말이 나온다.

"다 이루었다."

하나님을 만났고
예수님을 사랑을 온전히 느끼고
나의 죄 사함을 감격하고
자유와 평안을 주신 나의 하나님께 감사하고

그리고 내가 만나는 모든 인간들에게 사랑을 전하고(전하려고 노력하고)

간장종지만한 나의 질그릇도 참 많이 감사하고

매일 잠에서 깨어나면 미소와 함께 감사의 기도를 드리게 하여 주시니

다 이루었다, 가 맞는 말이지 않은가?

더 이상 무엇을 더 이루어야 할지 나는 모르겠다.

오늘 새벽에는 이런 저런 기도 끝에 하나님께 이렇게 속삭였다.

6월 22일까지 내가 하나님께 감사할 수 있는 방법이 무언지 떠오르게 하시고

그것을 잘 할 수 있도록 도와주세요.

하지만 그것의 성패 여부와 전혀 관계없이

나는

다 이루었다.

사순절 묵상집에도 이렇게 적혀 있군.

우리는 완벽하지 못하지만,

예수님께서 당신의 완전함으로 우리의 삶을 완성해 가십니다.

4 3

숨어계신 하나님과 즐거운 절망

지난 토요일 독서회에서 존 스토트의 그리스도의 십자가를 다루면서 곁가지로 채택된 책 중에서 『루터의 십자가 신학』(알리스터 맥그라스 저, 컨콜디아 사) 이 있었다. 그 책을 채택할 안목이 계신 선생님을 다시금 존경해마지 않으며 그 책을 읽을 수 있는 것에 감사했다. 조금 딱딱한 것 같지만 '오직 십자가만이 신학의 규범이다' 는 명제가 나의 눈을 끌었다. 1518년 (와, 이렇게도 오래된 이야기라니) 4월 26일 루터는 하이델베르크에서 열린 어거스틴 교단의 수도사외의 개회 토론을 주최했다고 한다. 그곳에서 다루어진 십자가 신학과 관련한 가장 중요한 진술인 명제 19와 명제 20을 옮겨 적을 수 있는 영광이!

19. 하나님의 보이지 않는 것들을 피조물 안에서 인식될 수 있는 것으로 여기는 사람은 신학자로 불리어져서는 안 된다.
이런 명약관화한 선언이 일찍이 선포되었음에도 아직도 헤매는 한국 교회는 '아아 불쌍해 (어제 밤 고스톱에서 완전 박살이 난 아들을 보고 하나가 약간 약 올리는 뉘앙스를 담고 일부러 혀 짧은 소리로 한 말)' 이다.

20. 그러나 볼 수 있는 하나님의 뒷모습을 고난과 십자가 안에서 보여진 것으

로 인식하는 사람은 신학자로 불려질만하다.

하나님의 뒷모습에 대한 루터의 언급은 모세와 마찬가지로, 우리가 오직 뒤에서만 하나님을 볼 수 있다는 사실을 강조하고 있었다. (좋았다. 하나님이 보인다면 그건 하나님이 아니다. 하나님은 영이므로 보이지 않는다.)

숨어계신 하나님에 대한 지식은 믿음의 문제이다 하나님의 뒷모습에 대한 계시는 그것을 하나님에 대한 계시로서 홀로 인식할 수 있는 믿음에 관련된 것이다. 예수는 빌립에게 하나님에 대한 지식은 예수 자신의 인격 안에서 발견될 수 있는 것 이외는 다른 방법이 없다고 설명하신다.

"나를 본 사람은 하나님을 보았다."(요한복음 14:9)

루터에게 있어서 '십자가의 신학자'는 믿음을 통하여 그리스도와 그의 고난과 십자가 안에 나타난 그의 계시 안에 숨어 계신 하나님의 현존을 인식하는 사람이다. 그러므로 이사야의 진술인 '참으로 당신은 숨어계신 하나님 이십니다'의 진리를 인지할 수 있는 사람이다. 즉 숨어계신 하나님의 개념이 십자가 신학의 중점에 놓여있다.

(이하 내가 밑줄 친 부분 중에서 몇 문장)

하나님은 특별히 고난을 통하여 알려진다.

어떤 사람이 의롭다 여겨질 수 있기 위해서는, 그는 먼저 그가 죄인임을 인식하고 하나님 앞에서 그 자신을 낮추어야만 한다.

고난이나 악을 세상 안으로 침투해 들어오는 넌센스의 침입으로 간주하는 것과는 달리, 십자가의 신학자는 그와 같은 고난을 자신의 가장 소중한 보배로서 간주한다.

(허걱, 아무리 그래도 고난을 가장 소중한 보배라고 하시다니)

여기에서 내가 별표, 그리고 줄 쳐놓은 포인트는 바로 이것이다.

시험의 즐거운 절망을 경험함으로써 죄인은 오직 하나님만 의지할 것을 배우게 되고, 그리스도의 십자가 안에서 알려진 바와 같이, 그리하여 의롭다함을 받게 된다.

시험은 그것이 우리로부터. 모든 것을 빼앗아 간다는 점에서, 우리에게 오직 하나님만을 남겨둔다 ……

조만간에 〈즐거운 절망〉의 제목으로 글을 써야지, 하고 결심하는 아침.

$\boxed{4\ 4}$

평화를 너에게 주노라

지난 토요 성경 모임에 〈평안을 너에게 주노라〉를 프린트해서 가지고 갔다. 그 가스펠은 내가 피아노 앞에 앉아서 가장 먼저 펼치는 곡이었다. 그 노래는 평안하지 않을 때 그러므로 평안을 갈망할 때 더욱 많이 부르던 곡이었다. 검색해서 보니 마침 내가 가지고 있던 그 악보가 아직 있어서 몇 장 복사했다.

참 이상한 경험이기는 한데, 나는 그 모임에서 유독 찬양을 많이 불렀다. 잘 부르지 못한다는 것이, 성량은 가늘기만 하고 자주 목소리가 떨리고 숨이 가빠 다음 음을 잇지 못한다는 것이 정말 이상하게도 그다지 부끄럽지 않았다. 그래서 자주 자리에서 일어나 '이 곡을 부르고 싶어요' 하고 말했다.

함께 하시는 분들의 평균 연세가 장난 아니게 높아서 복음성가를 잘 모르는 분위기였고 몇 년 동안 찬송가만 불렀다. 나는 몇 년 동안 나를 살리게 해 준 '복음성가 500곡' 책에 있는 수많은 가스펠을 소개해 드리고 싶었다. 그 중 가장 나의 마음을 적신 곡이 바로 〈평안을 너에게 주노라〉이다. 이 곡은 하나님의 사랑의 선언이 아닌가. 나에게 평안을 주겠다는 것이다. 세상이 줄 수도 없고 세상이 알 수도 없는 그런 평안을 나에게 주신다는 것이다!

결코 평안할 수 없을 때 피아노 앞에 앉아 이 노래를 부르면서 생각했다.

'하나님, 정말 평안을 주실 생각이 있으시기는 한 건가요? 지금 이런 고통과

절망과 불안을 덮어버릴 수 있는 그런 메가톤 급 평안을 정말 나에게 주신다는 약속이 맞나요?'

울면서도 부르고, 기도하면서도 불렀다. 노래하면서 마음이 평안해졌느냐고? 천만에. 나는 다만 하나님의 약속을 거의 미친듯이 붙잡고 있을 뿐이었다. 준다니까 주세요. 주신다며요. 지금 주세요. 빨리 주세요. 나 죽기 전에 주세요!

몇 번이고 되풀이해서 부르고 나면 속이 좀 시원해졌다. 평안해진 것이 아니라 속풀이를 한 느낌 정도였다. 하나님이 주신다니까 언젠가는 주시겠지, 평안인지 뭔지. 그런 체념으로 피아노 뚜껑을 닫곤 했다. 지금은 그 평안을 느낀다. 누리고 감사한다. 하지만 지금의 평안은 평안을 모를 때의 그 심정을 충분히 겪었으므로 더욱 소중하고 귀한 것이라고 생각한다. 이른바 〈대비〉가 되는 것이겠지.

일주일 전 토요모임에서 나는 그 곡을 가르쳐 드렸다. 먼저 천천히 노래를 불렀다. 생각보다 훨씬 많이 떨었고, 훨씬 못 불렀다. 하지만 나는 개의치 않았다. 내가 들려드리고 싶은 것은 내 목소리가 아니고 하나님의 은혜였으므로. 두 번을 내가 부르고 다음에는 같이 불렀다.

"일곱 번 쯤 불러줘야 할 것 같아요."

어느 분이 조용히 말했다. 일곱 번이라니. 성경공부 중간에 다시 이 찬양을 불렀다. 처음보다 더 좋았다. 다시 또 부르고 또다시 불렀다.

어제 성경 모임에 성경책과 찬송가와 함께 보관해 둔 프린트 물을 다시 펼쳤다. 공부 시작 전에 먼저 이 찬양을 불렀다. 1절 평안을 주노라. 2절 사랑을 주노라.

이어진 성경공부에서 이 찬양을 만들게 한 성경구절을 공부하게 되었다. 이 기쁨! 부활 후 예수님이 제자들에게 나타나셔서 하신 첫마디로 바로 이 말씀이라는 것이다.

평안을 너에게 주노라.

하나님은 우리가 하나님이 주시는 평안 속에서 살기를 원하신다.

　어제 목사님이 나에게 물으셨다.

"세상이 알 수도 없는 평안이란 어떤 것인지, 세상이 줄 수도 없는 평안이란 대체 어떤 것인지 설명 좀 해주세요."

"아……"

나는 바보처럼 입을 헤 벌렸다.

　"그것이야 말로 필설로도 형언할 수 없다, 가 될 것 같아요. 정말 그 평안은 우리가 표현할 수 없는 언어 너머에 있으니까요."

"그래도 작가님이니까 어떡하든 설명 좀 해보세요."

"음…"

그럴 때, 나는 작가가 얼마나 무능력한가를 절감한다. 하지만, 그래도 하면서 말했다.

"그렇다면, 감히 설명한다면, 나에게는, 그러니까 깊은 병에 걸리고 자식들은 엉망이고, 모든 사업은 망하고 친구에게 배신당하고 등등의 고통을 하나님의 평안이 확 덮어버리는 것이죠. 해일처럼 완전히 그 고통을 싸매어 버리는 것이죠. 그래서 하나님의 사랑 밑에서 그 고통이 꼼짝 못하는 것이죠. 모든 눈에 보이는 것이 아무것도 아닌 것이 되어버리는 것이죠. 그래서 사람들이 아니, 저렇게 사는 건 차라리 죽는 게 낫지 않아? 어떻게 그런데 그토록 평안할 수가 있어? 하면서 놀라워하는 거죠. 그것은 하나님이 주시는 평안만이 할 수 있지요. 하늘에서 내려오는 평안은 그러므로 세상 사람들은 절대 알 수 없어요."

대강 그런 의미의 말을 했던 것 같다.

내가 그토록 표현력이 부족한지 몰랐고 그런 내가 너무 한심했다. 나, 작가 맞아? 그런 평안을 깨닫게 해주시는 하나님을 어떡하든 표현하고 싶었지만 역부족이었다. 그렇게 어제도 하나님이 주시는 평안을 누리며 살았는데 오늘도 그러하다. 종려주일을 이토록 평안하게 보내다니 놀라워라.

지금, 나에게 평안을 주시는 나의 하나님께 감사.

4 5

예수님의 침묵과 나의 침묵

어제 성경모임에서 빌라도와 헤롯 앞에 선 예수님이 침묵하신 것에 대한 이야기를 나누던 중, 문득 목사님께서 질문을 던지셨다.

"당신에게 침묵은 어떻게 다가오는가?"

제일 먼저 나에게 질문하셨지만 다른 몇 분이 자신의 이야기를 꺼냈고 나는 들었다. 그들의 이야기 속에서의 침묵과 나의 침묵이 무엇이 다르고 무엇이 같은지는 모르겠다. 이윽고 목사님께서 나에게 눈짓을 하셨다. 나는 말했다.

"침묵은 상황에 따라 여러 가지 의미가 있겠지만 제일 먼저 떠오른 것은 침묵이콜 변명하지 않는다, 대항하지 않는다, 해명하지 않는다, 핑계대지 않는다 입니다. 예수님이 헤롯과 빌라도 앞에서 그러하셨던 것 같아요.

그다음 떠오른 것은 나의 어리석음입니다. 오래 동안, 충동적으로, 침묵하지 못하여 너무도 많은 실수를 했어요. 누구나 마찬가지이겠지만 '말'로 인한 상처와 고통의 저급한 단계를 뛰어넘어서 이제는 많은 순간 침묵하고 싶어요.

어제 문인모임에서 회의가 있어서 여러 문인들과 이야기를 나눌 기회를 가졌는데 그분들이 나에게 이러시는 겁니다. 이전의 당신은 참 무서웠다. 너무 날카로웠고, 싸움이라도 할 듯 날선 비수를 품고 있는 듯 보였고, 가차 없는 말을 많이 했다. 지금은 참 많이 달라졌다. 이토록 사랑스러워지다니!

나는 그들에게 이렇게 대답해주었어요.

사람은 죽을 때까지 자라는 것 같다. 이전의 나는 덜 성숙해서 그러했던 것 같다. 그때는 문학이 나의 생의 전부를 자리하고 있어서 사람이 보이지 않았고 사람들의 소중함을 느끼지 못했다. 하지만 지금은 사람들에게 따뜻한 눈길을 보낼 수 있게 되었다고요."

나는 목사님께, 그리고 모인 분들에게 말했다.

"사람은 타인들에게 특히 가족에게는 말로 무엇인가 보여주는 것은, 가르치는 것은 아닌 것 같습니다. 사실 말은 필요 없는지도 몰라요. 그것은 나의 교육의 방식이기도 합니다. 삶으로 보여주는 것이죠."

그밖에도 침묵에 대하여 많은 이야기를 나누었다. 말은 사랑의 언어, 이해의 언어, 용서의 언어로만 사용할 때 필요할 것 같다. 앞으로는 비수가 꽂힌 말은 하지 않도록 하나님이 도와주시기를. 많은 부분, 침묵으로, 사랑의 눈길로 대신하기를.

4 6

인간은 자기애의 환자들

지난 24일, 크리스마스이브 수요예배에서 서영훈 목사님 가라사대, 인간은 자기애의 환자들이라고 하셨다. (한숨 쉬고) 맞아요, 목사님. 하지만 목사님, 어느 땐요, 자기멸시보다 나을 때도 있어요. 자기애보다 더 못 말리는 상태가 자기멸시인 것 같아요.

올해는 정말 셀카의 여왕으로 마감하는 것 같다. 내가 나를 사랑하기가 너무 힘들어서 나름 마련한 자구책이었다. 좋았다. 돈도 안 들고 만족도도 높았으니. 하지만 올해까지만.

조신하게 두 손 모으고 앉아 계속 목사님의 말씀을 경청했다. 물론 중간 중간 커피 한 모금씩 살짝 마시기는 했다. 아멘을 하도 많이 해서 나중에는 고개만 끄덕였다. 작년 어느 순간부터 내 귀가 열리기 시작했다는 것을 다시금 깨닫는 순간이었다. 예수에 대한 기대가 없었다는 깨달음, 그러므로 불신자임을 자각했던 목사님의 고백이 나에게도 사무치게 들려왔다. 그 절박한 기다림을 나는 안다.

나는 죄인입니다, 저를 불쌍히 여겨주십시오. 매일 기도해야 할 말이다. 이 말은 오강남 교수의 〈기도〉에서도 나오는 부분인 것 같다.

주여, 우리를 불쌍히 여기시고 자비를 베풀어 주옵소서. 결국 하나님께 간구

할 기도는 그 말 뿐인 것을 절감한다. 나는 여전히, 오늘도, 예수의 은혜가 필요하다는 사실을 매 순간 깨달았다. 얼마나 많은 설교 속에서 이런 말씀이 나왔겠는가. 이제 귀가 조금 열려 들을 수 있게 되었으니 감사할 따름이다. 그리고 새삼 자각할 수 있는 기회를 주신 서영훈 목사님께도 감사드리면서, 오후의 티타임에 다시 커피 한 잔.

4 7

인생의 세 시기

만일 크리스천의 축복이 하나님의 축복이라면, 그것이 세상의 표준을 완전히 바꾸어 놓는 것을 발견하는 것은 조금도 놀라운 일이 아니다.

오, 가난한 사람이 복되다!

오, 슬픈 사람이 복되다!

오, 굶주리고 목마른 사람이 복되다!

오, 슬픈 사람이 복되다!

오, 핍박을 받는 사람이 복되다!

이것들은 확실히 세상의 표준과는 모순된다. 이러한 말씀을 처음 듣는 사람은 누구나 놀라움의 충격을 받지 않을 수 없다.

다이스만(Gustav Adolf Deissmann: 독일 신학자)은 여덟 가지 축복에 대하여 다음과 같이 말했다.

"이 여덟 가지 축복은 조용한 별빛이 아니라 놀라움과 경악의 우뢰가 동반하는 번개 불빛이다. 그러나 우리가 이 여덟 가지 축복들을 주의 깊게 살펴 볼 때, 우리는 이것들이 삼중의 지복(threefold bliss)으로 매우 밀접하게 짜여 있다는 것을 알 수 있다. 사람의 자기의 가장 깊은 요구가 무엇이며 또 그 필요를 공급해 주는 곳이 어디 있는지를 발견할 때에 축복이 온다."

어느 누구의 인생에도 세 시기가 있을 수 있다. 사람이 보다 좋은 것을 알지 못하기 때문에 조용하고 따분한 **평범한 생활**을 하는 시기를 가질 수 있다. 사람이 자기에게 부족한 것이 무엇인지 확인할 수는 없으나 막연하게 무엇인가 모자라는 것이 있다는 것을 깨닫게 될 때 그는 불안한 **불만족과 정신적 고뇌의 시기**를 가질 수 있다.

사람이 자기가 필요로 하는 것이 공급되었다는 것을 새롭게 발견했기 때문에 **새로운 기쁨과 새로운 깊이**가 그의 삶 속에 들어오는 시기를 그는 갖게 된다. 자기의 죄를 깨닫고 슬퍼하는 사람은 복이 있다. 자기 속에 의가 없는 것을 알고 의에 주리고 목마른 사람은 복이 있다……

하나님의 트렁크

4 8

집으로 가자

Dear J.

고갱의 마지막 그림의 제목은 꽤 길더군. 사춘기 때 몇 번 써먹었을 법한, 어찌 보면 유치하기도 한 질문이 그 제목이라네.

우리는 어디에서 왔는가? 누구인가? 어디로 가는가?

타이티의 붉은 흙을 밟고 살아온 긴 세월 동안 그가 깨달은 것은 고작 해답 없는 그 물음.

대부분의 사람들은 묻지 않는 질문을 예술가들은 매일 한다네.

예술가로서의 나는 매일 그 질문을 하고

종교가로서의 나는 매일 그 질문에 답을 한다네.

하지만 J

그대는 아직 모를 것이네 질문을 하기에 너무 바쁘니까

그리하여 그대 역시 어디에서 왔는지도 모른 채 살다가 어디로인가 가겠지.

마치 타박네처럼.

햇볕 따스하던 토요일 정오가 가까워 올 무렵, 나는 말문을 그렇게 열었다네.

여러분은 잘 모르시겠지만 김성수 목사라고 있어요. 아니, 있었어요.

작년 3월 이미 돌아가셨으니. 그분은 서울대도 나오고 모모 대학가요제에서 대상도 받고 꽤 똑똑하기도 한 분이었는데 쉰도 안 된 나이에 벌써 가버렸다고요. 근데요, 그분이 만든 가스펠 중에서 〈집으로 가자〉라는 복음성가가 있어요. 작년 오월인가 그 목사님을 알게 된 후, 거의 매일 그 목사님의 유언 같은 설교를 많게는 너댓 편씩 듣고 보고 하는데요, 얼마 전, 그 노래를 다시 듣고 그만 울어버렸다는 거 아닙니까. 제가 가사의 첫 부분을 읽어 드릴게요.

집으로 가자
집으로 가자
이런 눈물 흘리지 않는 곳
집으로 가자
집으로 가자
내 아버지 기다리시는 그곳에.

다들 앉아있고 나만 홀로 서서 그 말을 하는데 모인 사람들이 한 번 불러보라겠지?
… 못 불렀네.
울까봐.
눈물이 쏟아질까봐.
그런 거 있잖나.
이생이 비루하면 저생이 간절해지는 거.

J.
오늘 나의 하루는
진정한 하비루의 표면적 생애 중의 하루는
평온했다네 그러나

진정한 하비루의 이면적 생애 중의 하루의 결론은
집으로 가고 싶다.
이런 눈물 흘리지 않는 곳으로.
그래서 내 영혼에게 이렇게 말하네.

집으로 가자
집으로 가자
내 아버지 기다리시는 그곳에.

49

공자님과 예수

자공이 물었다.

"평생 동안 실천할 만한 한 마디 말이 있습니까?"

공자가 말했다.

"바로 서(恕)다! 자기가 바라지 않는 일은 남에게 행하지 말아야 한다."

호오~~ 지금 책을 읽는데 난데없이 예수님 말씀이 튀어나와서 깜짝 놀랐는데 뭐라고라? 그것은 바로 공자님 말씀? 공자는 내가 하기 싫은 일을 다른 사람에게 하지 말라(己所不欲 勿施於人)는 음의 황금률을 말했다면, 예수님은 남에게 대접을 받고자 하는 대로 먼저 남에게 대접하라는 양의 황금률을 말했다는 이야기다.

사실 칸트의 정언명령(categorical imperative)도 네가 하기 싫은 걸 다른 사람에게 하지 말라는 음의 황금률이다.

구원의 문제를 제외한다면 두 분의 말씀은 다르지 않아 보인다. 국문학적으로 파고들면 할 말이 있기는 하지만, 말꼬리 잡고 늘어지기 같아서 그 정도로 한다. 어쨌든 공자님, 예수님, 덧붙여서 미스터 칸트님께. 부디 불쌍하기 짝이 없는 어리석은 이 중생에게 자비를 베풀어 주십시오.

하나님의 트렁크

5 0

반역은 살아있어도

오늘 새벽, 인터넷 실황 예배에서 하나님의 말씀을 들었다.

믿음은 최악의 상태에서 최상을 꿈꾸는 것이다.

아멘. 최악의 상태에서 최상을 꿈꾸는 일이 어디 그리 쉬운 일이던가. 이제 모든 것이 끝이로구나, 절망밖에 없구나, 할 때 어떻게 마음속으로 최상을 꿈꾸는가 말이다. 절망의 상태라면 희망이 없는 상태인데 최상을 꿈꾸다니 말이 될 법이나 한 소린가!

하지만, 나의 믿음의 연약함을 내 자신보다 더 잘 알고 계시는 하나님은 완전 그로기 상태로 뻗어있는 나에게 손을 내밀어 일으켜 주셨다. 하나님의 작업은 은밀하셔서 당시의 나는 하나님의 손이 내 손을 잡아주고 있는지 일으켜주고 있는지 전혀 깨닫지 못했다. 하나님의 존재, 나 자신의 존재 모두 보이지 않았으므로 불행했고, 어느 순간은 죽고 싶었다. 나에게는 나를 절망 속으로 밀고 들어가는 숱한 문제를 풀 에너지도 없었고, 모든 것을 하나님께 맡기고 찬양할 믿음도 없었다. 나는 단지 그 고통의 수렁에 함몰되어 끝없이 괴로워하는 지옥에서 허우적거리고 있었을 뿐이었다.

최악의 상태를 만만하게 보지 마라. 최악이라는 단어가 설명하고 있는 그 무시무시하고도 공포스러운 마음의 상태를 어떻게 견딜 수 있을까. 그냥 그 속에 널브러진 내 자신을 방치할 수밖에 없었다. 힘들었다. 하나님은 내 편이 아니라고 생각했다. 죄책감과 은혜에 대하여 그토록 열심히 묵상했지만 그 결론은 하나님이 원하시는 방향으로 내리는 것이 아니라, 그러니까 나는 어쩔 수 없어, 영원히 이 죄악의 사슬을 끊지 못할 거야, 하면서 절망적인 자책감에 그냥 내 몸과 영혼을 넘겨주어 버렸던 것이다.

하지만, 바닥을 치고 서서히 올라오는 나를 어느 순간 깨달았을 때, 아, 하나님은 과연 시퍼렇게 살아 계시구나 하는 자각이 왔을 때 (그 자각조차도 하나님의 은혜인 것을 나는 확실히 알고 있다) 나는 비로소 죽은 듯 힘을 못 썼던 영혼이 소생하는 것을 느꼈다. 할렐루야. (감히, 하는 생각에 내 인생에서 몇 번 써보지 못한 단어이다, 할렐루야) 하지만 지금은 당당하게 말할 수 있다. 할렐루야.

정말 이제는 온전히 내 자신을 내려놓을 수 있게 되었다. 누군가에게 죽임을 당한 것이 아니라 십자가의 은혜로 나는 죽고 내 안의 예수님만 살아있게 된 것이다. 아멘.

고백하자면, 최악의 상태에서 최상을 꿈꾸는 분은 내가 아니라 하나님이셨다. 그것은 모두 하나님의 작전 뻑 (죄송)이었다. 나로 하여금 자신의 어리석고 죄가 가득한 그 실체를 처연한 마음으로 직시할 수 있게 해주시고, 그리하여 내 자신의 모든 것을 알게 되었다. 나의 존재성에 담긴, 하나님의 은혜가 아니면 단 하루, 한 시간도 살 수 없는 나를.

그래서 지난 연말 하나님의 도우심으로 다시 살아나게 되었다. 애벌레가 끝이라고 생각할 때 하나님은 나비가 되게 하십니다. 아멘. 끝이라고 생각하는 순간, 하나님은 역사하신다. 이제 모든 것이 끝났다고 절망하면서 나의 모든 것을 내던지는 바로 그 순간, 하나님은 역사하신다. 내 집착, 내 감정, 내 소망, 내 욕망, 그 모든 것에 대해 손을 털고 빈손으로 다가가는 순간, 하나님은 역사하신다. 나는 아무것도 아닙니다. 하나님만이 나를 이끄시고 나를 새롭게 만드십니다. 이것은 진심의 고백이다.

그런데 그 다음 그리스도교회의 새벽예배에서 하나님은 또 나에게 말씀하셨다.

반역은 살아있다.

우리의 죄성은 언제나 남아있다는 것이다. 아마, 우리가 죽을 때까지 그 죄성의 존재로 늘 피 흘리며 싸워야 할 것이다. 맞습니다, 주님. 사도 바울도 오호라, 곤고한 사람이로다, 하면서 한탄했는데요, 뭐. 하나님의 법과 육신의 법은 내가 죽을 때까지 내 마음속에서 서로 우위를 차지하려고 죽을 둥 살 둥 쌈박질을 할 터였다. 이전에는 얼마나 많은 순간 육신의 법이 하나님의 법을 이겨먹었는지 모르겠다. 하지만, 새해는 다르다. 분명히 다르다. 다를 것이라고 믿는다! 나는 이미 하나님 쪽으로 몸을 돌이켰고, 시선을 하나님께로 고정시켰다. 나의 나됨을 만드신 하나님께서 나를 사용하실 것을 믿고 있다. 내가 아무리 안달해도, 내가 아무리 머리 싸매고 노력해도, 내가 아무리 성실하게 책을 읽고 글을 써도, 여호와께서 성을 지키시지 않으면 파수군의 경성함이 허사라고 시편기자가 말한 것처럼 나의 성실함과 인내와 노력에서도 하나님이 함께 하심이 없다면 허사인 것을 안다.

그것을 알기까지 얼마나 많은 시간을 흘려보내야 했던가. 또한 알기는 아는데 몸으로 체험적으로 다가올 때까지는 또 얼마나 많은 시간을 흘려보내야 했는지 모르겠다. 하지만 그 시간 역시 헛되지는 않았을 것이라고 믿는다. 그 시련과 연단의 시간 속에서 한 걸음 한 걸음씩 하나님을 향해 가고 있었던 것이다. 이제는 나를 하나님보다 앞세우지 않을 것이다. 나의 계획 속에 하나님을 집어넣지 않을 것이다. 하나님의 음성에 귀 기울이고, 기쁜 마음으로 하나님의 말씀에 순종할 것이다.

앞으로도 반역의 시간이 많겠지만, 죽을 때까지 두 마음 사이에서 방황하면서 오호라 나는 곤고한 자로다를 수없이 외치면서 가슴을 치겠지만, 그 시간조차 나에게는 귀한 시간이리라 믿고 있다.

왜냐? 하나님이 나를 사랑하신다는 것을 믿을 용기가 이제는 생겼기 때문이다. 그 믿음으로 나는 앞으로 닥칠 최악의 상황에서 최상을 꿈꿀 수 있게 될 것이다. 하나님의 열심이 나를 깨우쳐주실 것을 믿는다.

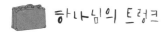 하나님의 트렁크

5 1

예레미아 애가처럼 슬픈 밤

오늘은 그냥 쓸쓸한 마음, 슬픈 마음을 누리기로 했다
예레미야 애가는 슬프다
哀歌여서, 그러니까 공식적으로 명기된 대로, 슬픈 노래여서 그럴까?
필사하면서 작업노트에
한 구절을 받아 적었다

(주님께서는)
길을 잘못 들게 하시며,
내 몸을 찢으시며,
나를 외롭게 하신다.

—예레미야 애가 3장 11절(표준 새번역)

아니, 이렇게 슬픈 구절이 있었다니 놀라울 따름이다!

하나님의 트렁크

5 2

하나님

하나님.
기도가 안 나와요.
아무 생각도 안나요.
술 마시고 싶어요.

5 3

해피 이스터

해피 이스터

아버지

우연히 슬프고 싶어요

어느덧 부활절 이런 거 말고

밤새 매달려 있던 나무에서 내려와

긴 머리를 바다에 헹구는 것처럼

줄줄 흐르는 슬픔 말고

오늘은 부활절! 하고 창을 여니 아직도 블러드 문

아버지 멀리 계시네

끝없이 헤엄쳐 가시네

아버지

집으로 돌아오세요

많이 웃고 조금 울게 해 주세요

우연히 슬프게 해주세요

5 4

현장에서 붙잡힌 여인이 가로되

역시 굿모닝이실 예수님께 오늘도 나의 아침을 변함없이 굿모닝이 되게 하심을 감사드려요.

곰곰 생각해요. 무뇌아인 주제에 생각을 하면 얼마나 하겠어요, 그래도. 감탄에 감탄을 거듭하면서 나의 신앙을 정리하게 해주신 서영훈 목사님의 기초 신앙 강좌를 4편까지 들으면서 이런 생각을 했어요.

과연, 두드리니 열리기는 하는구나.

교회에 다니면서 느꼈던 수많은 의문들이 하나하나 풀리면서 나의 의문은 결코 어리석은 것은 아니었다는, 나의 질문들은 크리스천이면 응당 품어야 할 의문이었다는, 하지만 많은 사람들이 그냥 넘어가는 바람에 홀로 왜 나만 깨닫지 못하는가 하면서 괴로워한 시절이었지만 그 시절조차도 하나님의 계획안에 있었다는.

아, 그 수많은 시간들에 가졌던 나의 (왜 나만 이럴까 하며 불행해 하던) 궁금증, 의혹이 드디어 풀리는 이 상쾌함에 대하여 새삼 하나님께 감사드리나이다.

역시 나의 하나님은 이전부터 예비해두신 그 자리까지 나를 데려가서서 오늘 아침처럼 굿모닝, 하면서 방긋 웃는 시간을 허락해 주셨네요! 나 혼자 고민한다고 생각했던 거의 모든 의구심들은 실은 많은 신학자도 했고 많은 목회자도 했고 그것은 너무도 당연한 의문이었다는 것에 혼자 기분이 좋아 별 다섯 개 주었답니다. 역시 나는 헛된 생각을 한 것은 아니었어, 하면서 말이죠.

기뻤어요. 나의 예수님.

좌충우돌 갈팡질팡 매순간 헤매는 인생이지만 이 어리석은 삶 속에서도 나의 하나님은 나를 홀로 내버려두지 않으시고 백팔번뇌보다 더한 고통(절대 뻥은 아니라고 항변하고 싶어요, 그만큼 힘들었던 거 아시죠)에 시달리던 중생을 이렇게 심포니와 커피와 그리고 달디 단 말씀과 더불어 충만한 아침을 맞이하게 하시잖아요!

그리하여 오늘도 꽤나 당당하게 하루를 시작하게 되었네요.

아참, 이제 '현장에서 붙잡힌 여인이 가로되'라는, 詩라면 詩이고 고백이라면 고백이고 반항이라면 반항인 짧은 글을 발견했는데요, 내가 썼는데도 내가 이렇게 마음을 잘 표현했다니 하면서 놀라웠어요, 새삼 그랬어요. 그래서 이곳에 옮겨드립니다. 정말 詩 같지 않나요? 하하하.

"현장에서 붙잡힌 여인이 가로되"

현장에서 붙잡힌 여인이 가로되
죽어가는 자들이여 머리끝에서 발끝까지 죄를 뒤집어쓴 자들이여 너의 손가락질이 하늘에 향한 자들이여 멸시와 조소와 수치가 명예가 된 자들이여 독단이 검증되기를 바라는 자들이여 미움으로 슬픔을 견디는 자들이여 위로에 침을 뱉는 자들이여 사랑이라는 이름으로 독을 전파하는 자들이여 타인의 눈을 빼앗아 보석처럼 치장하는 자들이여 눈물을 사기의 메신저로 통용하는 자들이여
부디 저에게 돌을 던지시기 바랍니다
예수와 함께 죽을 수 있도록

5 5

〈성모의 보석〉을 듣는 밤

자정이 넘어가자 FM은 사뭇 조용해진다. 조용해지다 못해 경건해지기까지 하는 것 같다. 마치, 밤에는 그렇게 움직임을 자제하고 생각하고 무릎을 꿇을 시간이라는 듯이.

일찍 잠자리에 든 남편이 (자정이면 남편에게는 이른 시각이다) FM에서 〈성모의 보석〉이 흘러나오자 무척 좋아한다. 한때, 클래식에 그토록 심취해 있더니만 지금은 골프와 야구에 미쳐서 쯔쯔…

나는, 가뜩이나 온종일 아씨씨의 프란체스코와 놀았던 터라 성모의 보석이 예사롭게 들리지 않는다. 오늘의 독서에 대한 결론 비슷한 음악인 것이다. 커피를 너무 많이 마셔서 지금은 얌전하게 녹차 티백을 두 개 풀어놓았다.

뭐, 아닌 말로 성자 프란체스코처럼 살고 싶은 마음은 추호도 없거니와 그러므로 성자의 칭호를 받는 많은 분들이 부럽지도 않을 뿐더러 그들의 어록을 들춰볼 마음도 없지만 선생님께서 이런 책은 읽어야한다고 하시니 정말, 정말, 저 두꺼운 카잔차키스의 〈성자 프란체스코〉을 어떻게 해야 할지 모르겠다.

그리스 북부 메테오라 수도원에 갔을 때는 정말 소름이 쫙 돋으면서 감동, 감격, 은혜가 충만했었다. 그래서 그곳 수도사들이 부른 성가 CD와 엽서를 사서 집에서도 몇 번이나 들춰보고 들어보면서 하나님의 신비를 경험하기는 했다.

12세기에 지은 수도원들이었다고 기억하는데 그러면 프란체스코와 동시대의 수도사들이 살던 곳이었군.

세월은 많이 흘렀지만 여전히 건재한 수도원이며 아씨씨의 프란체스코는 결국 종교의 힘이랄까, 더 솔직하게 말한다면 영속적인 하나님의 존재를 말해주는 것이라고 해도 괜찮지 않나?

광화문 뒤쪽의 어느 성당 프란체스코 예배실에서 친구 딸내미가 결혼식을 올렸다. 그래서 가봤는데 마치 그리스 북부 그 수도원의 어느 구석을 보는 것 같은 분위기여서 정말 좋았다. 서울 도심에 저토록 고적한 곳이 있다니 역시 가톨릭은 고요한 경건이 매혹적이다.

이 밤, 나의 인생을 좌지우지하고 계시는 하나님을 생각하고 있다. 눈을 뜨면서부터 꽉 붙잡고 하루를 시작하고, 중간에 손을 놓칠세라 기겁을 하면서도 여전히 허둥지둥 하나님을 쫓아다니며 하루를 보내고, 다시 이 밤 잠들기 전, 다시 하나님을 생각한다. 하나님의 은혜와 사랑과 질투와 분노와 용서…그런 것들을 히든카드로 꽉 쥐고 계시면서 한 장 한 장 내 앞에 풀어놓으시는 하나님. 오늘의 카드는? 눈웃음치는 하나님! 너, 말이다. 꿀밤 맞을래? 하면서 히죽 웃으시는 하나님.

1년 전 오늘은 아마 이천 부악 문원에 있었을 것이다. 그곳에도 또 하나의 세계가 형성되어 있어서, 그 새로운 세계에서 다소 혼란스러운 시간을 보내기도 했었다. 그리고 침묵과 눈물과 한없는 자학도 있었다. 어느 정도의 누림도 있었고, 자유도 있었다.

지금, 이곳, 이 시간은, 그 모든 것이 다 존재하고 있다. 중세 유럽과 21세기가, 성자 프란체스코와 함께 했던 하나님이 내 곁에도 계시며, 그때의 성경이 지금도 역시 읽혀지고, 그때도 기도했고, 지금도 기도한다. 변한 것 같으나 그대로인 채, 그렇게 또 다시 시간은 흘러갈 것이다.

1년 후, 나는 무엇을 하고 있을 것인가. 무엇을 바라고 무엇을 생각하고 어디를 가고 있을까. 알 수 없는 미스테리한 인생을 나는 걷고 있다. 다행인 것은, 정말 다행인 것은 내 발길을 이끄는 하나님을 느끼고 있다는 것이다. 따스한 녹차가 마음도 따스하게 덥혀주고 있다. 남미 남자가 구성지게 부르는 민요풍의 노래가 이 밤과 아주 잘 어울린다. 남편이 조그맣게 코를 골고 있다. 고요하고 평화롭다. 지금 이 시간 행복하다.

5 6

존 스토트, 그리스도 십자가와 어벤져스 500퍼즐

어제, 주일 저녁 K pop 스타를 보면서 틈틈이 부엌(한 칸짜리 싱크대가 있으니 부엌은 부엌이겠지만 부엌이라고 말하기가 좀 그런)으로 뛰어가 뚱뚱 오징어 두 마리를 조각내어 맛난 오징어볶음을 만들었다. 부재료는 냉장고에 있는 것만 사용하였으므로 당근과 양파뿐이었다. 파와 호박 청양고추가 더 들어가면 정말 완벽할 텐데.

이진아가 생각보다 낮은 점수를 받는 것을 통분히 여기면서, 그래도 진정한 아티스트인 진아가 떨어지는 일은 없을 거야 하면서, 과연 내 예상대로 된 것을 기뻐하면서 오징어볶음을 담은 냄비는 내가 들고, 물병과 엊그제 신세계에서 판매원의 감언이설에 넘어가 결국 사버린 짬뽕라면인지 꽃게라면인지 네 봉지와 홈 플러스에서 전시용을 업어온 커피주전자 (싸기도 하여라, 이쁘기도 하여라) 등등은 남편이 이고지고 아들과 예쁜 우리 하나가 살고 있는 앞집으로 갔다.

만들기는 내가 만들었는데 남편이 큰소리를 친다.

"너희들은 말이야 맨날 이렇게 들고 오는데 쥐뿔도 없느냐."

"있어요, 드릴 거."

아들이 내놓은 쥐뿔이 바로 어벤져스 500퍼즐이었다. 둘이 완성하는데 이틀

걸렸다고 한다. 이제 남편은 또 밤 새게 생겼군.

그렇게 해서 주일 저녁의 필수코스인 고스톱이 시작되었다. 28500원을 자본금으로 (전 주일에 나는 13500원이나 잃었던 고로 자본금이 그처럼 줄어들었다) 처음부터 쓰리고를 부르고 피박 광박 씌우고 세 번 뻑으로 2000원씩 받아내는 기염을 토하는 나에게 모두 기가 질려 있어서 한마디 했다. 내가 말이야, 내일부터 사순절 새벽기도에 가기로 잠깐 마음먹었더니 이렇게……

예배당에 앉아서 내일부터 부활절까지 이주일 동안 새벽기도회 합니다, 라는 광고를 보고 있자니 새삼 하나님께 감사한 마음이 들어 이런 생각을 하긴 했다. 작년 사순절의 고통을 생각하면 감사해서라도 새벽에 나와야 할 판이로군. 나올게요. 그러다가 집으로 와서 해가 뉘엿뉘엿 넘어가자 생각이 달라졌다. 어디 갈 때 다르고 나올 때 다르다는 인간이 바로 나다. 하나님과 쇼부(헉)치던 습관은 아직도 펄펄하게 살아있었다.

하나님, 이렇게 합시다. 내가 택시타고 전철타고 교회가려면 4시 10분에 일어나야 하는데 그 시간에 일어날게요. 그리고 저 두꺼운 존 스토트 목사님의 〈그리스도의 십자가〉읽을게요. 그리고 택시 값 전철 값은 모아서 불우이웃돕기 헌금으로 할게요. 만약 그 시간에 안 일어나면 다음날부터 새벽기도에 갈게요.

대체 이런 쇼부를 하나님이 받아주실지 전혀 알 수 없음에도 나는 손을 탁탁 털고 혼자 결정한 것이다. 그렇게 마음속으로 내 맘대로 정해놓고는 자정이 넘어가자 서둘러 잠자리에 들었다. 그런데 가만히 보니 우리 남편, 어벤져스 500 퍼즐을 방안에 깔아놓으셨다. 고통과 인내와 환희의 시간이 시작된 것이다.

나는 잤다.

그리고 4시 10분에 일어났다. 일어나 보니, 불이 환한 안방에서 우리 남편은 퍼즐 맞추기에 여념이 없으셨다. 배도 고프겠다. 밤을 새웠으니. 새벽 4시

반, 크림수프를 맛있게 끓여서 남편과 같이 먹었다. 약속대로 (그런 일방적인 선언도 약속은 약속일까?) 존 스토트 목사님의 두꺼운 책(얼마나 두꺼운지 무려 700쪽에 가깝다. 가격도 24000원이나 한다)을 나름 재미있게 흥미 있게 밑줄도 그어가며 읽었다.

　5시 반에 시작하는 100주년 새벽기도회에도 동참하고, 시도 한 편 필사하고 아침 시간을 너무너무 활기차게 보내는데 7시 반이 넘어가자 우리 남편이 좀비 같은 모습으로 내방으로 들어온다. 푹, 쓰러지는 남편님. 내가 일하고 돌아올 때까지 내내 잠을 잘 것 같으시다. 남편에게 어벤져스 500퍼즐은 어떤 의미인가, 를 잠시 생각하다가 말았다. 어쨌든 좋은 아침이잖나. 노는 수단이야 좀 다르다면 다르겠지만 즐거운 것은 사실이잖나 말이다.

　편안하고 평안하고 그리고 지극히 고요하며 사랑스러운.

하나님의 트렁크

5 7

이외수가 가장 싫어하는 말

진중권의 문화다방 팟 캐스트에서 이외수 편을 들었다. 2회에 걸쳐 세 시간을 넘게 방송하는 고품격 문화토크다. 중반이 넘어가면서 대담이 매우 깊어졌다. 나는 계속 흥미진진하게 듣는 중이었다.

그러던 중 몇 가지 '즉문즉답'을 하는 코너에 이르러 이런 질문이 나왔다.

진중권: 선생님이 가장 싫어하는 말이 무엇입니까.

그러자 0.1초도 되지 않아 명확하게 답을 하는 이외수 소설가

이외수: 예수천당 불신지옥

(어미조차 붙이지 않았다)

가슴이 먹먹하도록 슬펐다. 한동안 아무 생각 없이 앉아 있었던 것 같다.

하나님의 트렁크

5 8

밤에 용서라는 말을 들었다

하나님, 어젯밤 저에게 말씀하셨죠.

나는 용서한다.

우와. 심중에는 그럴 줄 알았지만 뭐 그렇게 도장 찍고 복사까지!

그리하여 행복한 새해, 새날을 맞이하게 하여주신 나의 하나님께 또 뽀뽀해드립니다.

먼저, 십 수 년 전 비 오는 밤 강남을 헤매면서 우산 밑에서 소곤거렸던 55년생 이진명 시인의 시 하나 올려드립니다. 저의 마음이 담뿍 담겨 있네요.

… 작은새 놀란 숨소리 가라앉는 것 지키며 나도 잠들고 싶구나. 누구였을까. 낮고도 느린 목소리. 은은한 향내에 싸여. 고요하게 사라지는 흰 옷자락. 부드러운 노래 남기는. 누구였을까.

이 한밤중에 새는 잠들었구나. 나는 방금 어디에서 놓여 난듯하다. 어디를 갔다 온 것일까. 한기까지 더해 이렇게 묶여있는데. 꿈을 꿨을까. 그 눈동자 맑은 샘물은, 샘물에 엎드려 막 한 모금 떠 마셨을 때, 그 이상한 전언. 용서. 아, 그럼. 내가 그 말을 선명히 기억해내는 순간 나는 나무 기둥에서 천천히 풀려지고 있었다. 새들이 잠에서 깨며 깃을 치기 시작했다. 숲은 새벽빛을 깨닫고 일어설 채비를 하고 있었다.

얼굴 없던 분노여. 사자처럼 포효하던 분노여. 산맥을 넘어 질주하던 증오여. 세상에서 가장 큰 눈을 한 공포여. 강물도 목을 죄던 어둠이여. 허옇고 허옇던 절망이여. 내 너에게로 가노라. 질기고도 억센 밧줄을 풀고. 발등에 깃털을 얹고 꽃을 들고….

밤에 용서라는 말을 들었다 / 이진명

　하나님, 어떻습니까 이 시?
처음 이 시를 접했을 때의 감격과 충격과 놀라움이 아직도 생생합니다. 이처럼 하나님의 구원을 아름답게 표현한 시가 있더란 말입니까! 나무에 묶여 옴짝달싹 못하며 괴로워하는 순간, 그 이상하고도 신비한 전언, 용서라는 말을 듣고 죄의 사슬에서 벗어나는 모습이 눈앞에 선연히 그려지지 않습니까! 아름다워라 시여, 아름다워라 시인이여, 아름다워라 용서한다고 말해주신 나의 하나님이여!
　이진명 시인이 엊그제는요 '눈물 머금은 신이 우리를 바라보신다' 는 가슴 치는 제목의 가슴 치는 시를 써서 나를 눈물깨나 쏟게 만든 장본인이기도 한데요, 그 '눈물 머금은 신' 이라는 어구를 그만 훔쳐왔지 뭡니까. 그냥 제 짐작이지만 이진명 시인은 기독교인인 것 같아요.
　어쨌든 나의 하나님이여, 다시금 하나님의 용서의 선언을 듣고 나니 새날을 맞이하는 이 마음이 깃털처럼 가벼워 날아갈 듯 하나이다. 저의 예감인데요, 새해는 새처럼 훨훨 날아다닐 것 같고요 푸른 초장에서 마음껏 뛰어놀 것 같아요.

　일 년 후의 마지막 날이 기대되는군요. 아름다웠던 해였다고, 기가 막힌 한

해였다고 말 할 수 있을 것 같은 이 행복한 예감. 그래서 오늘 새해 첫날 미리 미리 감사드립니다, 나의 하나님. 지금 마시고 있는 향기로운 허브 차처럼 향기가 넘치는 일 년이 되기를 소망하면서 새해 인사 끝.

5 9

Jouissance

Jouissance는 영어로 '고통스러운 쾌락(painful pleasure)'이란 역설적인 두 단어의 결합으로 이해될 수 있다고 라깡 전문가가 말했다. 나는 그것을 그대로 받아들일 의향이 있다. 기독교식으로 말한다면 아멘이다.

크리스마스이브에 웬 jouissance 냐고? 그 어울리지 않을 것 같은 언어의 조합이 바로 종교이고 인생이고 사람의 속내라는 것을 나는 이제는 안다.

어찌 생각해 보면 고통이 없는 쾌락과 쾌락이 없는 고통은 존재하지 않는지도 모른다. 아마, 그럴 것이다. 두 극점은 멀리 떨어져 있는 것처럼 보이지만 어느 틈엔가 미친 듯한 갈구로 서로에게 접합되어진다. 도저히 떨어뜨릴 수 없는 강렬한 엉김, 혹은 엉킴이 위로 뿜어져 오르면 승화가 될 것이고 한없이 꺼져 들어가면 파멸이 되겠지.

하지만 승화와 파멸 또한 한 끗 차이가 아니던가. 아니, 그것 또한 다른 언어로 명명되지만 결국 하나라는 것을 이제는 안다. 한없이 부드럽고 아늑하고 평안하고 지금 내 앞에 놓인 헤이즐넛처럼 달콤한 이브를 누리는 이 시간도 또다른 의미의 jouissance인 것도 안다. 아, 나는 참 많이 컸군, 일 년 사이에.

감사해요, 나의 하나님. 내년 크리스마스이브도 오늘처럼 아름답기를!

하나님의 트렁크

60

달콤한 시체의 방식

여행의 뒤끝이 꽤 길다. 어제 하루 온종일 고단한 몸을 위하여 릴렉스하게 보냈다. 앞으로는 심사숙고해서 여행지를 골라야 할 것 같다. 일테면 섬은 매우 좋지만 바다낚시는 절대 사양한다거나 하는. 친구들과의 여행은 좋지만 단체 여행의 꼽사리는 내 취향이 아니라거나 하는.

어제 일찍 잠자리에 들었기로 새벽 세시가 채 되기도 전에 눈을 반짝 떴다. 상쾌한 기분을 어제 하루의 소비에 대한 후회로 망치고 싶지 않았기에 빨리 기억을 지웠다.

방법은 간단하다. 감사기도를 하고 머리를 두어 번 흔들면 된다. 내가 좋아하는 차렵이불을 덮고 (아, 나에게 잠자리에서의 행복감을 극대화 시켜준 싸구려 차렵이불! 짙은 밤색의 아름다움과 까실한 감촉과 누빈 간격까지 나의 마음에 쏙 들어 잠잘 때마다 즐거운 마음으로 기어들어갔다) 네 시가 지나도록, 그러니까 자그마치 한 시간 넘게 '시체놀이'를 했다. 정말 오랜만이었다. 달콤한 시체의 방식이 다른 의미로 다가오는 새벽이었다.

여기에서 비문학적인 분들을 위하여 '달콤한 시체의 방식'의 의미를 부언한다.

상징주의와 초현실주의는 시를 난삽(!)하게 만들었다.

왜 육체가 중요시 되는가? 감각은 육체의 언어이기 때문이다.

결국 내 몸의 깊이 속으로 들어갈 수밖에 없는 것이다.

깊이의 확보는 어느 육체적 손상으로 이어진다.

투시자는 다른 것을 보는 사람이다. 시인은 투시자이다. 모든 감각의 착란을 극복한 투시자이다. (아아, 모든 감각의 착란을 극복한!! 감각의 착란이라는 말이 나를 매혹시킨다!)

시인은 이치에 맞게 착란시켜야 한다. (내가 가장 충격 받은 문장이다!)

착란된 감각을 감당할 수 있는 언어가 상징주의의 음악성으로 드러난다.

말라르메는 신이 없는 세계에서 부정의 방법으로 규정의 방법을 사용했다.

이성이 간섭하지 않는 방식이 바로 자동기술적인 방식이다.

이성의 통제가 사라진 영역인 것이다. 이것을 '달콤한 시체의 방식'이라고도 한다…

(황현상 선생의 강의 중에서)

그러니까 새벽의 시체처럼 누워있던 나는 이성이 간섭하지 않은, 이성의 통제가 사라진 영역에서 놀았다는 말씀이다.

그런데도 하나님이 허락하신 이성은 깨어 있어서 이런 생각들을 했다. 나는 과연 무엇을 원하고 있으며 그 원하는 것은 하나님의 뜻에 부합되는 것인가. 내가 지금 이 순간 (현재를 말한다) 가장 하고 싶은 것은 무엇이며 하고 싶은데 하지 못한다면 이유는 무엇인가. 하고 싶은데 할 수 없다면 왜 그러한가. 그것이 하나님이 원하시는 바라면 때가 아직 아닌 것이고 또 다른 이유를 찾자면 내가 너무 게으른 탓인가. 나의 게으름은 생각을 느릿느릿 풀어내고 어느 순간 감각을 동원하여 미친 듯이 발화(글을 쓴다거나 생각을 확장시킨다거나 어떤 일련의 행동을 개시하는 것 포함하여)하기 위함이 아니런가.

내가 누리는 충만함을 결핍되게 만드는 것이 과연 필요한 일인가. 나에게 소용없는 일들을 붙잡고 늘어지지는 않는가.

생각은 하염없이 흐르고 나는 그 생각이 흐르는 대로 몸(영혼까지)을 맡긴 채 명료함과 물안개 자욱한 희미함을 동시에 누리면서 그렇게 시간을 보냈다. 과연, 아름다운 시간이었다.

네 시가 넘어가자 사흘을 굳건하게 견딘, 서해안 어디엔가 있는 작은 섬 풍도의 바람과 햇살과 바닷물의 짠 것들과 땀이 범벅이 된 채로 토요일부터 화요일까지의 시간을 견디어 준 나의 무지막지한 게으름에 찬사를 보내지 않을 수 없다. 머리카락을 정성스레 샴푸했다. 개운했다. 매일 샴푸하는 사람은 절대 알지 못할 희열을 나는 사나흘마다 한 번씩 느낀다. 감격스럽다. 하하.

그리고는 드립커피 한 잔을 앞에 놓고 새벽에 걸맞은 독서, 즉 『하나님 나라 리더십』(한국리더십학교)이라는 다소 진부하되 가슴 새겨 읽어야 할 책을 펼치고 연필과 빨강 펜과 형광펜으로 번갈아 줄을 치면서 읽었다. 행복한 시간이었다. 책을 좀 우습게보았던 것이 무색하리만큼 진중한 내용이어서 더욱 좋았다.

5시가 넘어가자 나는 젖은 머리카락을 대강 집게로 고정시키고 신이 나서 새벽 예배를 갔다.

아, 새벽에 집을 나서는 그 시간은 얼마나 행복한가. 어스름한 사위에 점점 쾌적해지는 바람을 맞으며 아주 천천히 길을 걷는다. 늘 일찍 나서는 편이라 그 느적한 걸음걸이가 나에게 또 다른 여유를 준다.

담임목사님이 휴가여서 젊은 전도사가 설교를 했는데 매 문장이 끝날 때마다 기도해야 했다. 그 버벅거림은 답답함을 넘어서서 연민을 불러일으키기에 충분했다. 오, 하나님, 저 전도사님이 앞으로 설교할 때마다 많이많이 도와주시기를!

예배당에 앉아 있는 시간은 또 얼마나 행복한가. 하나님의 숨결이 나의 온몸을 감싸고 있는 것 같은 포근함이 있다. 절정이다.

오늘은 특별히, 가게를 말아먹고 있는 중인 친구와 조울증에 시달리는 선배와 우리 예쁜 하나의 행복과 친구 아들 녀석의 앞날, 그리고 꼴통의 극치를 보여주는 우리 남편의 마음이 좀 더 평화로워지기를 기도했다. 덧붙여 사랑하는 동생들의 안부를 하나님께 물었다. 지금 잘하고 있게끔 뒤를 봐주시고 계시는 거 맞죠? 하면서 아양도 떨었다.

그렇게 아침을 맞는다.

새가 노래하는 아침이며 나뭇가지의 이파리들이 가볍게 나부끼는 아침이며 커피 내음이 더욱 향기로운 아침이며 『하나님 나라 리더십』이라는 책이 나의 영혼을 살찌우는 아침이며 이 모든 충만함을 주신 나의 하나님께 감사하는 아침이다.

오늘 시체놀이는 참 많이 달콤했네요, 하나님!

61

데오빌로 각하

데오빌로 각하.

가만 보니 지금 공포정치로 체감온도를 급격하게 낮추고 있는 것은 오 필승 코리아의 꼰대뿐 아니라 하나님도 저에게는 공포정치로 일인 왕국체제를 견고히 닦고 계시는 듯 보입니다.

작년부터 새해 벽두까지 저에게 닥쳐온 소름끼치는 불행에의 예감은 오늘 해질 무렵에 이르러서는 저의 체감온도를 빙하기 시대로 몰고 가십니다 그려.

데오빌로 각하께서도 익히 아시는 바와 같이 하나님은 어느 땐 심술궂은 면도 없지는 않으셔서 털 한 가닥도 빳빳하게 서 있는 꼴은 보지 못하시는 것을 지금 이 순간 또 다시 절감하게 만드십니다.

언제부터인가 내 믿음의 동역자에게 하소연하기를 하나님이 나를 아주 죽이려고 작정하셨나보다. 죽이시려면 아예 정신도 잃어버리게 하시지 않고 말기 암 환자 같은 고통은 너무도 극명하게 겪게 하시니 하나님은 무한대의 심통을 가지신 게 틀림없다고 떠들고 다닌 것, 절대 후회하지 않습니다. 맞잖아요. 욥은 아니지만 욥처럼 부르짖을 수밖에 없는 현실은, (욥과 분명 다른 점은 있지요. 욥은 하나님도 인정하는 의인이었고 저는 사도바울의 후손답게 '죄인 중의 괴수'이니) 쓰나미와 허리케인과 폭풍 토네이도를 합친 것 같은 악재들을 고스란히 살려내어 최대한 나쁜 쪽으로만 무지하게 발전시키시는 그 능력을 어찌하여 저에게만 쏟고 계시다는 말씀입니까!

다시는 사랑하지 않으려고 오늘 아침에도 일어나 눈을 부릅뜨고 성경을 뒤적였으되 또 다시 항복하고 납작 엎드려야 하는 신세를 하나님은 '내 자식'이어서 어쩔 수 없다고 시치미를 떼신다지요? 미치겠어요, 정말. 무슨 아버지가 그렇게도 교묘하게 저의 심중의 가장 약하고도 나쁜 쪽을 최대한 부각시켜서 삶의 굴곡을 깊게 알게 하시고 (그런 거 알게 하셔서 대체 뭐할라고. 글 쓰지도 못하게 손목을 꽉 붙들고 계시는 주제(죄송)에!) 걷는 족족 딴지를 걸어 넘어뜨리게 하시는가 하면 숨통을 죄이는 재주 또한 남다르셔서 이제는 정말 제대로 숨도 못 쉬게 되었나이다.

하니, 데오빌로 각하

내, 대놓고 하나님께 대들지는 못하겠고 속으로만 구시렁거리니 입에서 가래톳이 솟아, 어쩔 수 없이 각하를 불러내게 되었으니 깊은 겨울 밤 적적하신 김에 저의 하소연이나 들으시면서 군고구마에 살얼음 낀 동치미 국물이나 들이키심이 어쩌하리잇까? 나쁜 것들은 손에 손을 잡고 다정하게 뭉쳐서 온다고 하는 말은 들었으나 요즘 제 곁으로 살금살금 다가오는 저것들이야말로 아무리 밟아도 죽지 않고 아무리 태워도 죽지 않는 강시나 좀비 같아서 이러다가는 제가 좀비 류가 되게 생겼나이다.

정말이지 미.치.겠.어.욧!

아무리 곱씹어 생각해도 제가 무어 그리 죽을죄를 지었답디까. 아니, 그런 죄를 지었다면, 그런 죄를 짓고 지금 영영 형벌을 받고 있는 중이라면 이미 저의 죄를 태초에 이미 도말하여 주신 나의 형님이자 친구이자 구세주이신 예수님의 보혈은 대체 무슨 영양가랍디까!

이미 오래 전에, 미래의 죄까지 몽땅 짊어지고 십자가에 매달려 돌아가신 주님을 모독해도 분수가 있지, 아니 핏값을 청산한 지가 언젠데 아직까지 죄 부스러기를 질질 끌고 다니면서 저를 괴롭힌답디까. 이미 사해주셨다면서요!

그런데 이런 경우가 어디 있습니까! 찬양과 기도와 말씀으로 날마다 새벽의 서너 시간을 중무장해도 두어 시간도 채 지나지 않아 슬픔과 고통과 괴로움을 겪게 하시니 정말 살맛이 안 납니다. 대체 저를 살라는 겁니까. 아주 죽으라는 겁니까!

이 말은 데오빌로 각하에게 드리는 말씀은 아니라는 거 아시지요? 하나님께 대놓고 삿대질 할 수는 없어서 각하를 불러낸 것도 지레짐작으로 아시고 계시잖습니까! 미워, 미워, 미워! 오늘 같아서는 정말 내, 다시는 하나님을 나의 아버지라고 부르지 않을 테다, 하고 결심하고 싶지만, 그 결심 또한 약하기 그지없어서 이렇게 눈치 보면서 살살 각하에게나 읍소를 하는 이 신세를 정말 '하나님께 영광 돌리는 거 맞다' 그렇게 김성수 목사님을 통해서 말하고 계신데 이런 영광, 저는 싫어요. 저도 마이크 앞에서 방실방실 웃으며, 혹은 감격의 눈물을 흘리면서 애교 섞은 콧소리로 '하나님께 영광 돌립니다.' 이렇게 말할 기회도 좀 줘 보세요. 제가 그런 말 하나, 안하나, 궁금하지도 않으세요?

(커다랗게 한숨 쉰 후)

분질러 버리고 싶은 이 손목과, 중언부언하면서 가지 말아야 할 길로만 갔던 내 발, 향방 없이 악의 정수리를 향하여 달음질치던 마음, 그거 다 내 일부분인 것은 인정합니다, 각하. 하지만. 하지만, 저의 체질을 그렇게 만드신 하나님은 정말 터럭만큼도 잘못이 없다는 말씀이시죠? 지금? 그러니 국으로 가만히 있어서 이참에 아주 훅, 가버려라, 이렇게 하나님이 사인을 보내시는 거라는 거죠, 지금?

내, 못살아요, 그래서. 울며불며 매달려도 귓등으로도 나의 눈물 투성이 기도를 안 들으시는 하나님을 호적에서 파버려야 하나, 어쩌나. 너무 열불 나서 이렇게 한바탕 쏟긴 했는데 슬며시 뒤끝 장난 아니신 하나님이 슬며시 두려워지기는 하오나 각하, 이렇게라도 한 소리 지르지 않으면 오늘 자정이 지나기 전에 자진할 것 같아서 한 말씀 드렸나이다.

고구마 다 드셨나요? 동치미 국물 시원하시죠? 남 속 터지는 모습 보는 재미도 쏠쏠하셨죠? 하나님도 참 재밌다 하셨겠죠? 그만 나갈게요, 배고파요. 우유 한 컵에 호두 파운드케이크 남은 거 죄다 먹고 2킬로 살 쪄버릴 거예요! 하나님이 너 대체 누구냐, 하시면 당신은 모르실거야, 할 거예요.

하여튼, 안녕히 주무세요, 데오빌로 각하.

6 2

나의 가장 나종 지니인 것

 김현승의 〈눈물〉이라는 시의 한 구절을
박완서는 긴 글로 다시 만들어냈고
손숙은 모노드라마로 표현했다고 하는데.
나의 가장 나종 지니인 것. 시, 긴 글, 연극의 내용은 차치하고라도 정말 나에
게 있어서 가장 나종 지니인 것은 무엇일까, 생각한다. 이 아침에.
 마지막까지 소유하게 되는 것이 과연 있을까, 이런 슬픈 생각도 들지만 나의
영혼과 육신의 껍데기를 제외한 그 어떤 것을 내가 지닐 수 있을까, 그런 생각
도 들긴 하지만. 나의 가장 나종 지니인 것이라면 결국 나의 생을 끈질기게 이
어가게 하는 어떤 원동력이라고도 할 수 있겠는데 그것이 무엇일까. 새삼 입
밖으로 꺼내기에는 두려운 것들이다.

 어제, 문학이라는 공통분모를 가지고 이십여 년 간 교류해 온 인간들과 만났
다. 인간이었고 여성이었고 모두 쉰을 훌쩍 넘어선 나이였고 전부 가정의 테두
리 안에 있었고 삶의 큰 굴곡 없이 (일테면 남편이나 자식이 일찍 세상을 떴다
던가 하는) 그냥저냥 살아온 인간들이었다. 나도 나이를 먹을 만큼은 먹었고
작년보다는 조금은 더 자랐으리라 싶은 내적 성장으로 이전보다 더욱 편하게

모임의 시간을 즐길 수 있었다. 나는 그런 나에게 머리를 쓰다듬어 주고 싶다.

의구심에서 불통의 고통에서 관망에서 묵인에서 이해와 관용까지 가기에는 참 많은 세월이 지났다. 물끄러미 그들을 지켜보면서 나는 잠시 생각했던가? 저들의 가장 나종 지니인 것은 무엇일까. 죽을 때까지 손에 쥐고 싶어 하는 것, 놓치고 싶지 않은 것, 그리하여 (영혼이든 몸이든 그 곁에) 지니인 것은?

세상에는 영원한 것도 없고, 내가 품고 죽을만한 진리도 눈에 띄지 않는 것 같고 평생 끌고 가야하는 내 머릿속과 내 육신도 내 마음대로 되는 것은 절대 아니고 이미 형성되어 있는 내 주변의 모든 인간관계나 상황들은 심각하게 변화될 조짐은 없고 (또 변한다한들 그것이 무슨 큰 영향을 주는 것도 아닌 것 같고) 결국 내 심지를 굳게 해야 그럭저럭 살 수 있다는 말인데 내 심지야말로 명주실 한 가닥만하니 이를 어떻게 해야 할지 모르겠고.

나의 가장 나종 지니인 것은, 그러므로 결국 神에게 귀착될 수밖에 없을 것 같다. 영원과 불변이라는, 내가 죽었다 깨나도 도저히 지닐 수 없는 것들을 담고 있는 존재, 게다가 매 순간 나를 매혹시키면서도 절망시키는, 神=사랑이라는 대명제는 오늘도 나를 살아있게 만들 수 있을 것이다.

6 3

나는 어지간히 고독하다

몇 년 전 읽었던 민음사의 『친밀감』이라는 책이 떠오른다. 그 책은 나에게 정말 친밀하게 다가왔다. 사실 그 친밀감의 원제는 영국 사람이 쓴 소설이므로 당연히 정사(intimacy, 情事)다. 생각하기에 따라 대단히 음흉한 단어일 수도 있겠지만 친밀감이라는 것 자체가 살갗을 부빌 정도의 가까움을 의미한다는 정도까지만 거론하겠다.

이곳은 믿음과 연결된 글을 올리는 곳이어서 어쩌면 뭐 이런 단어를? 할지도 모르겠으나, 삶에서 빠질 수 없는 것이 바로 정사 아닌가?

정사가 있어서 모든 인류가 지금까지 멸종되지 않고 종속된 것이거늘 기독교인들은 너무 정결하고 정숙하고 순결하여서 하고도 안한 척하고 아이는 하늘에서 떨어진 것처럼 행동한다. 그들이 생각하는 거룩은 어찌 보면 참으로 얄팍하다. 어떤 때는 적나라하게 물어보고 싶다. 왜 결혼했어요? 결혼의 사전적 의미를 다시 알려줄까요?

[結婚] ①남녀가 정식으로 부부 관계를 맺음 ②정식으로 부부 관계를 맺다

아, 나는 왜 쓸데없는 작은 일에 또 이렇게 흥분하는 것이람?

오늘은, 아침에 일어나 메모해 놓은, 내가 생각한 스케줄과는 다른 방향으로

흘러갔다. 오전에 받은 선배의 긴급문자 때문에 하늘이 무너지는 듯한 놀라움으로 병원으로 달려갔고 기도와 한숨과 위로의 네 시간 여를 보냈다.

하나님의 사랑은 물론이거니와 많은 사람의 사랑을 받는 선배가 위독해서 긴급 수술을 받게 된 것이다. 행동하는 양심으로, 가 아닌 행동하는 기독교인으로서의 모습을 보여주면서 나에게 많은 의문과 감동과 도전을 주었던 선배였다. 고등학교 시절부터 알던 사이였고, 그녀의 바다만한 사랑과 배포와, 너무 치우쳤다 싶을 만큼의 교회사랑은 타의 추종을 불허했기에 정말 많은 분들이 원근각처에서 병원으로 한달음에 달려오셨다.

나는 정말 조용히 그 자리에 함께 했다. 조용히 있을 수밖에 없었지만 내가 조용히 있을 수밖에 없었던 것이 고백컨대 싫지 않았다. 함께 한 자리였지만 어느 면에서는 함께 하지 않은 자리였다고 말할 수 있을 것이다. 몇 시간 동안 함께 하면서 눈으로 보고 마음으로 느낀 것을 쓰라면 단편 소설감이었다. 그만큼 많은 임펙트를 주었다.

할 말은 많지만 그 중 한 가지 각인된 것은 모인 교인들과의 '친밀감'이다. 그 친밀감은 참으로 돈독하여 자발 왕따인 나로서는 또 다른 여러 가지 생각을 하게 만들었던 것이다. 친밀감은 사랑에서 출발하는 것 같다. 그리고 교제. 서로의 사정 형편 고민 꿈을 허심탄회하게 나누는 교제 말이다.

이것이 참 부럽기도 하지만 나에게는 어려운 일이라는 것은 숨김없는 고백이다. 나는 어지간히 고독하다. 그리고 그것이 싫지 않다. 무엇보다 나에게는 사랑의 저장고가 작아서 많은 사람의 사랑을 담기 힘들다. 그러면서도 나는 나의 적은 용량의 사랑의 저장고를 부족하게 생각하지는 않는다. 이게 뭐지?

그렇게 외떨어져서 또 한편 같이 몇 시간을 보낸 후 집으로 돌아와 꿈까지 꾸면서 잠을 잤다. 선배언니의 수술 때문에 정신적으로 너무 힘들었던 탓이었으리. 잠에서 깨어나 커피 한 잔 마시면서 아침에 읽으려고 했던 책 한 권을 폈다. 매혹적인 문장이어서 세 시간만에 다 읽어버린 것이다. 와우, 나의 집중도는 내가 생각해도 놀랍다. 어쨌든 기분이 나아졌다. 세계문학전집 속에 그 책이 끼어있는 이유를 알겠다. 아울러 영화화되어 그토록 많은 관객 수를 동원한 것도!

나의 글쓰기에도 막연하게나마 희미한 길(빛)이 보이는 것 같았다. 하여튼 그 책을 밀어놓고, 지금 다시 만만치 않게 두꺼운 책을 하나 다시 집어 들었다. 조금 전 아들이 일박이일 여행을 돌발적으로 떠나왔다고 내일은 교회 택배 기사역할을 할 수 없다는 전갈이 왔기 때문에 내일은 24킬로 떨어진 교회는 땡치기로 했다. 남편과 손잡고 집에서 백 미터 전방에 있는 은혜 충만한 동네교회에 가서 신실한 마음으로 예배드릴 작정이다. 모 교회(대체 이런 표현이 가당키나 한지 모르겠지만)를 쌩 까는 대신 자그마치 17500원이라는 정가를 자랑하는 『한국교회 미래지도』(최윤식, 생명의말씀사)를 내일까지 성실하게 읽을 결심이다. 아, 내일까지의 시간이 기대되는군!

부디, 그 책을 다 읽으면 나의 친밀감이 좀 더 깊어지기를 바란다.

6 4

영혼의 빈들

갑자기 내 소설책을 펼쳤다. 오늘 따라 이상하게 〈타르〉라는 제목의 소설을 읽고 싶었기 때문이다. 이상한 아침이다. 그 때 어떤 생각으로 썼는지 지금은 그것이 어떻게 나에게 읽히는지 알고 싶어 책을 펼쳤다. 손이 살짝 떨린다. 책이 나온 후 내 책을 제대로 읽은 적이 없다. 두렵고 무섭고 부끄러웠기 때문이다. 나의 최선이었겠지만 그 최선의 수준이 한심하기도 했다.

열심히 소설 쓰던 시절을 마무리하는 마지막 단편소설의 제목이 〈타르〉다. 나의 소설을 한 편 고르라고 한다면 나는 타르를 고를 수밖에 없다. 타르는 바로 나였기 때문이다. 중독이 되어 있는 여자를 그리고 싶었다. 중독에 대하여 사람들이 느끼는 혐오가 나에게는 없다. 나에게 중독이란, 몰입과 미침과 '꼴림'의 동의어이다. 한 번 미쳐봐. 인생에게 어느 것에게, 혹은 누구에게 미쳐보지 않은 사람과는 얼굴을 마주하고 싶지도 않다는 게 나의 지론이었다.

그런데 알고 보니, 미쳐보지 못한 사람이 미쳐 본 사람보다 훨씬 많았다. 내 주위를 보건데 열 명 중 한 사람도 집어내기 힘들 정도다. 어머나. 사람들은 무엇엔가 미치지 않고도 정말 잘 사는구나. 미쳐보지 못하고 인생을 살아내는 사람들이 정말 경이롭다. 이것은 살짝 비꼬는 말.

내가 오랜 시간 중독에 파묻혀 있었던 것은 굳이 그 중독의 '경지'에서 벗어나고 싶지 않았기 때문이다 나에게 교회 가는 것과 성경 읽는 것과 말씀 듣는 것도 중독의 일부이다. 그래서 몇 년 전인가는 어느 목사님의 5년 치 주일 설교, 수요예배 설교를 한 달 동안 몽땅 다 듣기도 했다. 올 봄, 또 다른 어느 목사님의 설교를 하루에 여섯, 일곱 개를 연거푸 들은 것처럼.

그러던 어느 순간, 나의 몸에서, 나의 영혼에서 그 끔찍하게 집요했던 〈중독〉끼가 서서히 사라져 가는 것을 알게 되었다. 내 의지는 아니었다. 나는 내 손끝 하나 스스로 움직이지 못하니까.

작년 어느 시점을 계기로 술에 대한 중독이 단번에 끊어졌고, 올해부터인가는 가벼운 술자리를 즐기게 되었다. 이제, 술에 미치지 못한다. 그 점이 약간 슬프기도 하다. 술에 미쳤던 당시는 일종의 카타르시스를 동반했고, 가히 쾌락적이었으며, 야릇한 퇴폐적 감성이 온몸과 마음에 코팅되어 있었는데. 감성의 극대화를 더할 나위 없이 만끽했던 만취의 순간에 젖었던 시간을 가끔은 그리워하지만 그냥 그리워하기만 할 뿐이라는 것을 나는 안다. 아, 그때는 정말 호시절이었군.

담배는 정말 끊고 싶지 않았는데, 어느 순간, 하나님의 자비와 긍휼이, 사랑이 너무 감사해서 감사의 리엑션을 표현 한다는 것이 오버 되었다. 아, 그때를 생각하면 미치겠다. 아무리 하나님께 감사해도 대체 내가 왜 그런 망발 (죄송)을!

그래도 지금은 담배 생각이 전혀 나질 않으니 그것도 감사한 일이다. 단언컨대 나에게는 나의 가장 가까운 친구보다 담배가 윗길이었는데 끊은 즉시 어떠한 금단 현상 하나 없이 열 달이 지났다. 하나님의 금연학교는 고통이 없답니다. 하하. 담배 중독에서 벗어난 것은 감사할 일이지만, 담배를 찾을 만큼 답답하고 고통스러운 일들이 생기지 않은 것이 더 놀랍도록 감사하다.

타르를 읽으려고 내 책을 펼쳤는데 어쩐지 가슴이 아리아리해지는 바람에 도로 덮었다. 나는 대체 왜 글을 쓰려고 그 오랜 시간동안 영혼을 팔아먹을 만큼 광분하여 미친 듯 빠져들면서 지랄을 했을까. 그 허망한 짓거리를 왜? 왜?

앞으로 한 열흘 동안 몇 개의 수필을 다듬어야 하는데 한숨이 나온다. 이것이야말로 내가 살아오면서 그토록 좋아했던 몇 가지 취미생활의 중독에서 벗어나고 있다는 증거겠지.

중독에서 빠져나오면 무엇이 있을까?

교회를 향해 온 힘을 다해 뛰어가던 그 중독에서도 벗어났고 (그래서 오늘 부흥회 마지막 날인데 이렇게 집에서 놀고 있잖나), 아침에 눈을 뜨면 중보 기도자 명단의 프린트 지를 펼치던 그 중독에서도 벗어났고, 인터넷 성경필사의 중독에서도 벗어났고, 책을 읽지 않으면 하루를 망쳤다고 생각하는, 우라질 독서의 중독에서도 벗어났고, 그 무엇보다 블로그에 들어와 이런 하소연 저런 하소연 늘어놓아야 직성이 풀리던 블로그 중독에서도 벗어났고, 온종일 듣고 또 들었던 음악에의 중독에서도 분명 벗어났다.

그렇게 자유를 찾았다. 그래서 찬송가 가사의 그 깊이를 다시금 깨달았다. 〈죄에서 자유를 얻게 함은 보혈의 능력……〉

죄와 자유가 어째서 그토록 멀리 있는지 알게 된 것이다. 그 의미를 어제 오전, 갑자기 깨달았다. 어메이징 그레이스!

나를 중독에서 벗어나게 해주신 하나님을 찬양합니다. 하나님, 그런데요…… 나의 영혼의 빈들에는 무엇으로 채워주실 건가요?

![하나님의 트렁크]

6 5

향유와 드림

그리스도인들은 '향유'라는 단어를 들으면 반사작용처럼 떠올리는 성경의 한 장면이 있다. 죄 많은 여자가 (분명 성경에 그렇게 기록되어 있다. 그래서 주석가들은 그녀가 창녀였을 거라고 짐작한다. 그녀의 이름이 마리아로 나와 있기도 하다. 그 마리아가 막달라 마리아인지 확실하진 않은 것 같다) 예수님 발에 계속 입을 맞추고 자신의 긴 머리카락으로 발을 씻기고 급기야는 옥합을 깨뜨리고 예수님 머리에 값비싼 향유, 즉 향기로운 기름을 부어 버리는 장면 말이다.

내가 말하려는 향유는 주이상스의 번역이지만 나 역시 그리스도인인지라 주이상스보다 먼저 죄 많은 여자의 향유가 떠오른다.

요즘 나의 향유는 '드림'으로 가득 차 있다. 소박한 드림으로 하루를 향유한다는 사실이 참 경이롭다.

눈을 뜨자마자 짤막한 감사기도를 올려 '드리고'

천변을 걸으면서 이 세상의 고요, 이 세상의 아름다움, 이 세상의 질서에 대하여 감사기도 '드리고'

꿀보다 더 달콤한 말씀을 들으며 걷는 그 시간 내내 '엑스타시' 수준의 놀라운

감동에 대하여 또한 감사기도 '드리고'

느지막히 일어나는 남편이 약 먹을 때 마실 물을 미리 컵에 따라 '드리고'

냉장고를 탈탈 털어 몇 가지 음식을 만들어 '드리고'

식사 중에 옆에 앉아 조잘대면서 식사의 즐거움을 두 배 더 '드리고'

식후 약을 먹기 위한 물을 따라 '드리고'

식후의 커피를 만들어 '드리고'

분이 나는 하지 감자를 간식으로 쪄 '드리고'

또한 심심풀이로 육포를 몇 개 다탁위에 놓아 '드리고'

16곡인지 18곡인지 하여튼 영양만점 미수가루를 우유에 타고 쉐이크로 잘 흔

들어 '드리고'

뉴스 끝의 일기예보를 같이 보아 '드리고'

잠시 수다에 동참하면서 재미있게 시간을 보내 '드리고'

샌드위치를 한 쪽 만들어 '드리고'

점심으로 비빔국수를 만들어 '드리고'

샤워를 시켜 '드리고'

샴푸도 시켜 '드리고'

덧난 부위 이곳저곳 세심하게 찾아서 피부병 약도 발라 '드리고'

등도 긁어 '드리고'

낮잠 자는데 선풍기도 돌려서 틀어 '드리고'

온도차이가 나는 왼쪽 팔도 주물러 '드리고'

세계 여행 프로그램도 같이 보아 '드리고'

담배도 사다 '드리고'

닭죽도 만들어 '드리고'

밥상머리에 앉아 이것저것 반찬도 집어 '드리고'

냉커피 한 잔 만들어 '드리고'

팥 도너츠 해동시켜 '드리고'
저녁 약 드실 물 따라 '드리고'
미드보시는 옆에서 잠시 참견도 해 '드리고'
뉴스 보고 같이 깜짝 놀래 '드리고'
걷어찬 이불 덮어 '드리고'……

　하루에 대체 몇 가지를, 얼마나 많이 '드리는지' 헤아릴 수 없지만 참으로 경
이로운 것은 그 '드리는' 시간이 결코 힘들지 않고, 결코 괴롭지 않고 참, 많이
즐겁다는 것이다. 일상의 기쁨을 이제야 알게 된 것이 좀 억울한 감도 없진 않
지만 모르고 죽을 뻔한 거 이제라도 알았으니 그 또한 감사하여 그래서 어제도
열심히 감사기도 올려 '드렸다'
　이런 것을 향유라고 한다.

66

어느 해의 송구영신 예배

그해 나의 송구영신예배는 서영은의 〈노란 화살표 방향으로 걸었다〉였다.

12월 30일 오전에 배달된 두 권의 책 중 하나였던 그 책은 온종일 급체와 몸살에 시달리느라 펼쳐보지 못했다. 남편이 겉봉을 뜯고 얌전하게 나의 책상 위에 올려놓은 책의 표지를 물끄러미 바라보았다. 노란 화살표 방향으로 걸어갔다.

나에게도 〈하나님〉이라는 정확한 화살표가 있는 것은 사실이지만 그곳을 향해 걸어가기는 했던 것일까. 나름 걷는다고 했지만 얼마나 많은 길을 화살표의 반대방향으로 갔는지 하나님만 아신다.

눈물로 맞이했던 그 해는 극심한 몸살과 급체로 심각한 몸의 고통을 경험하면서 마지막 하루를 맞이해야 했다. 그 년(年)이 그냥 가지는 않는구나, 그렇게 생각했다. 아주 모진 년(?)이었다. 나의 인생에서 가장 혹독한 년(!)이었다.

나는 죽음과 버금가는 충격적인 고통의 나날을 보내야 했다. 견디었다고는 말하지 않겠다. 그냥 시간이 흘러갔을 뿐이었다. 새로운 날을 맞이할 때마다 나는 괴로웠고 앞이 보이지 않는 미래가 두려웠고, 솔직히 말해 정말 살기 싫었다. 나를 위로해 주는 그 어떤 것도 보이지 않았다.

하나님은 너무 무심하셔서 나의 고통을 고요히, 너무도 객관적으로, 너무도 차갑게 바라보고만 계시다는 생각이 나를 괴롭게 했다. 가장 괴로웠던 것은 그 모든 고통은 나의 죄 값일 것이라는 인과응보적인 신앙관이었다. 나는 수많은 죄를 지었으니 당연히 벌을 받는 것이겠지. 그런 생각은 나를 죽음보다 더한 절망으로 이끌고 갔다. 더더욱 힘들었던 것은 내가 생각하는 '죄'를 끊을 힘도 없었지만, 끊고 싶지도 않았다는 것.

나는 내 자신을 혐오했고, 내가 속한 −가족을 포함한− 모든 관계를 혐오했고, 내가 처해진 어쩔 수 없는 상황을 저주했고 그 상황으로 몰고 가버린 나의 무식과 무지와 무모를 혐오했다. 전후좌우에 내편은 없었고 당시 생각으로는 하나님 역시 결단코 나의 편은 아니었다. 그러면서도 하나님께 부르짖지 않을 수 없었다. 하나님. 살려주세요.

아무리 생각해도, 하나님의 명석하신 그 두뇌로도, 나의 문제들을 해결하실 수 있을 것 같지 않았다. 난수표처럼 해독하기 어려웠을 것이다, 하나님도.

그래도 매일 울면서 이렇게 기도했다. 하나님이 범사에 감사하라고 하셨으니 일단 감사합니다. 감사합니다. 감사하고 싶어요. 그래요, 감사해요. 이런 상황도 감사하라고 하시니 감사합니다. 나의 내면을 고백한다면 울분, 분노, 짜증이 거의 전부였고 단 몇 퍼센트 정도의 감사가 드문드문 박혀있지 않았을까 생각한다. 하나님이 눈을 뜨고 뻔히 보고 계시잖습니까. 이 상황이 대체 감사할 상황이냐고요. 나의 마음 속 반항을 하나님은 분명 듣고 계셨을 것이다. 어쨌든 파란만장 한 해를 보내고 가을이 지나서는 어머나, 할 정도로 내 마음은 평안을 누렸고 진심으로 감사가 흘러나왔다. 상황이 바뀐 것은 절대 아니었으나 하나님이 내려주시는 평안이 스며들어왔던 것이다. 진심으로 감사했다. 감사하고 감사했다.

그러면서도 어쩔 수 없이 느끼게 되는 나의 '온전하지 못함'으로 인한 자책감과 고통은, 예전보다는 훨씬 줄어들었을지언정 계속 나를 괴롭히고 있었다. 그럼에도 불구하고 하나님은 나에게 위로의 손을 내밀고 계셨다. 기쁨과 환희를 경험하는 날들이 늘어났다. 그 끝 무렵 나에게 올해 최고의 '육신의 고통'이 찾아온 것이었다.

아팠다.

거의 하루를 꼬박 앓았다. 육신의 고통과 정신적 고통을 비교하라면 사람들은 흔히 정신적 고통이 더 우위에 있다고 말하지만 나의, 겨우 급체와 몸살이 섞인 가벼운 병을 앓고 있는 그 얄팍한 경험으로 말한다 해도, 육신의 고통은 무섭다.

어제 오후, 나는 육신의 병으로 먼저 세상을 떠난 한 친구를 떠올리며 마음속으로 그녀에게 사과했다. 미안하다, 친구야. 너의 고통을 이제야 조금이라도 느끼게 되었구나. 좀 더 잘 해 줄 수 있었는데 미안하다. 병원에서 급체와 몸살이라고 진단은 내려주었지만 나는 알고 있었다. 그것은 어떤 상실감과 나의 결심에 대한 두려움에서 오는 마음의 병도 포함되어 있었다. 나를 믿지 못하는 두려움이 더욱 컸으리라.

화장실을 들락거리는 와중에 책을 집었다. 노란 화살표 방향으로 걸었다.

책을 보지 않아도 무슨 내용인지 알고 있었다. 하지만 한 글자 한 글자 내 눈으로 내 마음으로 읽어 내려가고 싶었다. 그 해의 마지막 날 오후 8시 쯤 나는 책을 읽기 시작했다. 진심으로 작가의 마음을 따라가려고 노력하려고 마음먹었는데 몇 장 읽기도 전에 나는 그 노력을 벗어버렸다. 저절로 작가의 마음속으로 들어가 버린 내 마음을 느꼈기 때문이었다. 그 환희와 기쁨이라니. 책을 보면서 간간히 TV와 시계를 보았다. 열시, 열한시, 열한시 반…

자정 즈음에는 책을 놓고 보신각 타종 장면을 보려고 했으나 영화에 빠진 남편은 채널을 돌리지 않았다. 나는 하는 수 없이 계속 책을 읽었다. 읽으면서 생각했다. 보신각 타종 장면보다 더욱 귀한 시간, 더욱 새로운 시간이 나의 영혼으로 흘러들어가고 있구나.

새해는 그렇게 독서로 맞이했다. 좋았다. 처음 있는 일이었다. 책으로 새해를 맞이하기는. 1시가 가까워오자, 나는 5시 알람을 지우고 6시 반 알람도 지우고 편하게 잠을 잤다. 뱃속은 여전히 편치 않았지만 그래도 나는 행복하다고 생각했다. 책 한 권이 나에게 새로운 삶을 약속해 주고 있었다. 마치 하나님이 나에게 주시려는 모든 말씀이 그 안에 있는 것 같았다. 아멘.

7시가 채 못 되어 일어나니 밖에는 폭설이 내리고 있었다. 앞이 보이지 않을 정도였다. 정말 모든 것이 하얗다. 눈으로 세상은 신비한 빛을 발하고 있었다. 그 모습은 볼수록 신비하고 아름다웠다. 내가 즐겨 찾는 교회의 송구예배를 클릭하여 경건한 시간을 보내고 (영신 예배도 올라와 있었지만 다음에 보려고 아끼는 마음으로 남겨두었다) 아주 짧게 묵상기도를 했다. 빨리 책을 읽고 싶어서였다.

나는 커피 한잔을 마시면서 다시 책을 읽기 시작했다. 새해 첫날 아침부터 나는 밑줄을 긋고, 감동을 받으면 몇 글자 여백에 쓰기도 했고, 몇 번 눈물을 흘리기도 했고, 그리고 한참 숨을 죽이며 흐느끼기도 했다. 어느 순간 울음이 터져 나왔는데, 객관적으로 읽는다면 도무지 흐느낄 상황은 아닌 장면이었다. 그렇게 하나님은 나에게 다가오셔서 말씀하고 계셨다. 납득하기 어렵고, 납득하기 싫은 말씀도 있었다. 그것은 앞으로 내가 풀어내야 할 숙제이리라.

거의 마지막 부분에서 나는 거의 통곡 수준으로 울어야 했다.

"손 좀 내밀어주세요."

작가가 두 사람의 지인을 만나 그들에게 소리 내어 기도를 드린 순간을 그린

장면에서였다. 나는 그 작가를 알고 있으므로 그녀의 나직하고 조용하고 천천히 읊조리는 듯한 그 음성으로 문장이 살아서 움직였다. 그것은 충격이었다. 그녀는⋯⋯ 드디어⋯⋯〈내 인생에 허무는 없다〉고 말하는 것이다. 이타적인 삶으로 완전히 변화되는 그 장면이었다. 이제부터 네 마음을 사람들이 밟고 다닐 수 있는 바닥에 깔아라. 그 하나님의 소리를 들은 것이고, 그것을 순종할 믿음, 힘이 생긴 것이다.

그렇게 해서 마지막 문장처럼 〈참으로 먼 길을 돌아 다시 사랑 앞으로 돌아온 것이다〉그리하여 그 책의 마지막 문장이 되어 버린 이토록 경건하고 아름다운 문장은 바로 이것이었다.

기쁘고 행복하다.

나도, 손 좀 내밀어주세요. 하고 말하면서 나의 지인들의 손을 잡고 소리 내어 기도할 수 있게 되기를 바란다. 기쁘고 행복하다, 라고 어느 책의 마지막 문장을 쓰게 되기를 바란다.

6 7

신발을 감추고

　신발을 감추기로 했다. 당분간이다. 그 당분간은 짧으면 두 달, 길면 석 달로 잡았다. 내가 문을 열고 밖으로 나가 길에 나설 그 때, 나는 얼마나 단단해져 있을까. 다만 그것을 바랄 뿐이다. 부디 내 마음이 단단해지기를.

　아침, 설교 중에 두 말씀이 귀에 들어왔다.

지옥이란 죽어서 가는 불타는 어떤 곳이 아닙니다. 하나님이 없는 곳이 지옥입니다.

　아멘. 작년의 나의 소행을 더듬어 보건데 이런 결론에 이르렀다. 불꽃같은 눈으로 나를 지켜보시는 하나님을 차마 볼 수 없어서 내 눈을 감아버렸던 시간들. 눈을 뜨면 하나님이 보일까봐 두 손바닥으로 내 눈을 가리고 보지 않으려고 발버둥 쳤다. 그리고는 외쳤다. 나는 하나님이 안 보여요. 지금 하나님은 안 계신 거 맞죠? 무수한 죄로 모자이크된 나의 형상은 잠시라도 하나님과 떨어져 있고 싶었다. 그래서 스스로 지옥의 불구덩이 속으로 빠져 들어갔다. 그 위험한 불장난을 참 많이도 했다. 나에게, 하나님이 없는 곳은 없었으므로 (Nowhere to hide) 수면 안대 같은 무모한 감정으로 내 눈을 가렸다.

　하나님을 의식한 죄의식이나 죄책감은 은혜로 이끄는 통로가 되기도 하지만 하나님을 등진 죄의식이나 죄책감은 온전한 자멸에 이른다는 것을 알면서도, 너무도 자명하게 알면서도, 그렇게 했다.

놀라운 것은 그럼에도 불구하고 하나님은 명주실 같은 끈을 내 손목에 붙들어 매고 천천히, 끊임없이 하나님께로 당기고 계셨다. 오너라, 그냥 그 모습 그대로 오너라. 네가 면목이 없다고 하니 그냥 가만히 있어라 내가 잡아당길 테니 그냥 몸을 맡겨라. 하나님은 아직도 화상의 후유증에 몸부림치는 나를 불구덩이에서 끌어내시고 덴 자국마다 하나님의 입김을 불어넣으시고 조금씩 새살이 돋게 하셨다. 하나님, 찬양 드립니다.

두 번 째 들은 설교에서 하나님은 다시 나에게 이런 말씀을 주셨다.

만물보다 거짓되고 심히 부패한 것은 마음이라.

다시 아멘이었다. 내 마음의 상태를 명확하게 알고 계시는 하나님은 자분자분 나에게 설명해주셨다. 너를 포함한 모든 인간의 마음이 그러하단다. 너만 그런 것이 아니란 말이다. 하나님은 목사님의 설교를 통하여 '모든 인간'이 다 그러하다고 내 어깨를 토닥거렸다.

내가 서 있는 위치를 정확하게 판단하라는 말씀이기도 했지만 또한 그것은 위로의 말씀이기도 했다. 그 다정한 위로에 왈칵 눈물이 솟았다. 하나님, 그 얼룩덜룩한 마음에 찾아와 주시니 감사해요. 두 손을 꽉 잡고 고개를 숙였다. 잠시 후 다시 고개를 들었을 때, 세상의 조도가 조금은 더 밝아진 느낌이었다. 식어가는 커피를 마시는데 그렇게 달콤할 수가!

씩씩하게 일어나 창가로 다가갔다. 영하 20도에 가까운 차가운 겨울의 아침이 더 할 나위 없이 따뜻했다. 하얗게 눈이 쌓인 창밖을 바라보았다. 하나님은 지금, 감정에 휘둘려 전신화상을 입고 나뒹굴어 있는 나에게 다가와 마치 엄마처럼 상처부위마다 쓰다듬으며 호~ 해 주시고, 눈처럼 하얗고 순결한 성령의 세례를 부어주고 계시는 것이 틀림없었다.

문득 현관 바닥을 보았다. 몇 년째 신고 다니는 통가죽 구두가 눈에 띄었다. 내 멋대로 다닌 길의 행적을 알고 있는 공범자였다. 구두도 발람의 나귀처럼 나의 발길을 돌이키게 하고 싶었으리라. 발람의 나귀처럼 말을 할 수 있다면 외치고 싶었으리라. 가면 안돼요!

여기저기 흠집투성이인 구두를 들고 한참 들여다보았다. 저 많은 흠집을 내면서 갔던 길은 어디였을까. 술에 취해 비틀거리며 걸었던 길은 어디를 향해 가고 있었을까. 감정에 휩싸여 달려갔던 길 저편에는 무엇이 있었더란 말인가. 나는 나의 신발을 신발장에 넣었다. 문을 꼭 닫았다. 나오지 말아라.

오후에 시 쓰는 문우의 문자를 받았다.
-오늘 저녁 시간 어떠신가. 추운 날 빙어 속살 한 점 앞에 두고 싶네. 시 같은 사람들과 같이 앉아.
한동안 망설이다 답 문자를 보냈다.
-감기 몸살 급체로
앓아누웠나이다.
방랑하던 몸이 꽤나
힘들었나 보오.
물집 가득한 생을
한줌 알약으로
견딜 수 있을지.
신발을 감추고
오래 앓아누울
결심이네.

6 8

유기적 신학자

연말연시, 해골 (머릿속이라고 하고 싶지만 머릿속이라고 하기에는 내 성질이 못 견디겠으므로)이 복잡한 와중에 기어이 손에 붙들고 있었던 책들은 대개 하나님과 밀접한 관련이 있는 서적이었다. 다행이다. 그렇게라도 하나님 옆에 있고 싶은 마음이었겠지.

그 중, 도널드 밀러의 『내가 찾은 하나님은』 (복있는사람) 어제 겨우 좀 쳤는데 과연 그곳에서 나 역시 '내가 찾은 하나님'을 발견할 수 있었다. 도널드 밀러가 어찌나 예쁘고 대견하던지. 신앙의 정수는 동서양과 남녀와 나이 차이를 뛰어넘는 것이로군, 하면서 회심의 미소를 짓게 만든 책이다.

이어, 어제 오후부터 작심하고 알리스터 맥그래스의 『기독교의 미래』 (좋은 씨앗) 를 읽기 시작했다. 이것이 소설이나 에세이 류도 아니고 어찌 보면 논문 비스므레한 성향의 글이라 정말 진도 안 나가 미치는 줄 알았다. 하지만 어쩌랴. 내일 독서회에서 다룰 책인데 소홀히 넘어갈 수는 없는 노릇.

게다가 내가 가장 집중하는 하나님 관련 서적인데다가 요즘 내가 정말 궁금해 하는 기독교의 미래를 다룬다니 한 글자 한 글자 씹어 먹지는 못할망정 보편적인 속도로라도 읽어치울 결심이었다. 그렇게 어제 겨우 반 읽고 오늘은 아침부터 형광펜 들고 작심하고 달려들어 겨우 좀 쳤다. 아, 개운해.

좋은 책이었다. 나는 알리스터 맥그래스의 객관적 시각이 마음에 든다. 책 군데군데 농담이라고 해놓은 썰렁 개그(하지만 읽을수록 깊은 슬픔이 배어나오는 그 나름의 하나님 사랑의 표현)에 같이 웃어주면서, 잘못된 글자도 고쳐주어 가면서 읽었는데 내 머릿속이 좀 정리된 기분이다.

맥그래스의 사실에 입각한 상황분석에 십분 공감하지만 더불어 울분, 비애, 슬픔, 절망, 우울감도 선사해 주었으니 미워!

그 중 내 마음을 사로잡는 그의 결론을 공유하고 싶다.
(이제부터 그의 책을 성실히 읽기로 다짐한 사랑하는) 맥그래스는 '전통적 지식인'과 '유기적 지식인'이라는 두 유형이 있다고 주장한 그람시의 말을 먼저 인용했는데 그람시의 주장도 흥미롭다. 맥그래스가 그람시를 좋아하니 나도 그람시가 두말없이 좋아지는군.

그람시의 주장에 따르면 유기적 지식인은 조직가임과 동시에 한 사람의 변증가이며, '그 계급의 이해를 대변하고 그들 세계에 대한 관념적 이해를 발전시키는 존재'로 불린다. 그러나 더 근본적으로, 그람시는 지식인의 역할을 대학교수 이상의 누군가가 맡아야 한다고 본다.

유기적 지식인은 언론인, 소설가 (앗, 바로 나 같은), 작가 (이것도 나), 그리고 대중 매체에 종사하고 있는 사람들을 포함하는 것이다……

이렇게 맥그래스는 그람시를 이용하여 포문을 열고 요렇게 연결시켰다.

지식인의 역할에 대한 그람시의 분석은 신학자들에게도 적용될 수 있는 근본적인 이슈들을 제기한다. 즉 교회와 사회 안에서 신학자가 수행해야 할 적절한 역할과 기능을 성찰하는 데 있어 하나의 강력한 자극제를 제공하고 있다.

이어 큰 글씨로 유기적 신학자

이렇게 씌어있는데 그 뒤가 나의 마음을 사로잡은 것이다. 이 책의 결론 부분이라고도 할 수 있는데 그 내용을 조금만 적어보겠다

⋯⋯ 그람시가 보기에, 가장 먼저 유기적 신학자 개개인의 사회적 기능을 주목해야 한다. 즉, 그것은 유기적 신학자가 변혁을 일으킬 하나의 공감대를 얻기 위해, 자신이 속한 공동체의 세계관을 지지하고, 기성 체제의 주도권으로부터 해방시키며, 그 공동체의 세계관을 기성 체제 안에 투사하는 역할을 맡는다. 유기적 신학자는 또 하나의 아퀴나스일 수도 있고 루터 같은 학자일 수도 있다. 핵심은 그러한 학문성을 사용하는 것이다. 한 사람의 유기적 신학자는 행동가이며, 대중에게 무엇인가 널리 퍼뜨리는 사람이다. 신앙 공동체 안에서는 체계를 뒷받침하고 세우며, 공동체 바깥에서는 복음을 전하고 그 복음을 변증하는 것이 바로 유기적 신학자의 과업이다.
이런 고찰들을 통해, 우리는 대중문화의 중요성을 인식하는 것이 정말 필요한 일이라는 결론에 이른다. 그람시는 바로 이러한 대중문화의 수준에서 생각들이 형성되고 가치들이 전달된다고 지적했다 ⋯⋯

그리하여 매그래스의 기독교의 미래 책 말미는 이렇게 끝을 낸다.

⋯ '유기적 신학자' 라는 관념은⋯기독교 미래에 대단히 중요한 주제이다.
'상아탑 신학' 과 '교회안의 신학' 사이에 하나의 새로운 역동적 관계를 요구함으로써, 이 선언서의 끝을 맺는 것이 적절한 일이라 생각된다. 마침내, 생각하는 기독교인이 바빌론의 포로 생활을 끝내고 예루살렘으로 돌아와, 거기서 자신의 언어로 시온의 찬송을 부를 때가 이르렀도다!

책의 후반부에 있는 매력적인 글도 덧붙여야겠다.

직업적인 신학자들에게 환멸을 느낀 나머지, 기독교인들은 대신 '아마추어 신학자들'에게 시선을 돌렸는데, 이들은 다른 분야에 뛰어난 재능이 있으면서도 개인의 흥미에서 출발해 신학에 관심을 피력하되, 자신의 사상을 알기 쉽고 뚜렷한 언어로 전달 할 수 있는 사람들이다.

20세기 기독교인들의 독서 습관을 조사한 어느 보고서에 따르면, 기독교 공동체 안에서 가장 많은 존경을 받은 저술가는 언론인이자 소설가인 체스터튼, 문학비평가이자 소설가인 C.S. 루이스, 소설가이자 비평가인 도로시 세이어스, 그리고 더 최근에는 이론 물리학자은 존 폴킹혼이었다. 기독교를 믿는 대중들은 이들이야말로 정작 많은 신학자들이 갖지 못했던 것, 이를테면 기독교 신앙에 관심을 갖고 몰두하면서, 그 신앙을 글로 쉽게 써낼 수 있는 능력을 지니고 있던 사람들로 여겼다 ⋯

그들의 직업이 소설가였다는 사실에 주목한다. 나도 유기적 신학자의 길로 갈 수 있게 해주실까? 나의 하나님이? 나의 언어로 찬송을 부르게 하여 주실까?

6 9

어린이날, 아들에게 보내는 사과의 편지

눈에 넣어도 아프지 않을 나의 사랑하는 아들에게.

며칠 전일까, 운전면허 갱신을 하기 위하여 사진 상자를 뒤지던 중 너의 사진을 발견했다. 초등학교 때부터 중학교 고등학교 대학교 군대 가기 전 그리고 제대 후 입사를 위한 사진까지 각종 증명사진이 있었다. 소처럼 눈이 크고 겁이 많아 보이는 초등학생 때의 증명사진을 물끄러미 보다가 아, 하는 충격이 왔단다. 그 시절 중의 어느 한 장면이 떠올랐기 때문이었지.

초등학교 일, 이학년 정도 되었으리라.

이른 아침부터 오후가 넘어가도록 교회에서 아주 살고 있는 부모를 만난 덕에 너는 인질처럼 이른 아침부터 교회로 끌려가서 주일 학교의 예배를 드리고 소규모 인원이 모이는 분반공부도 했겠지. 그래봤자 오전 시간 겨우 두 시간 정도이면 너의 교회 생활은 끝이 나야 할 터인데 11시 예배 성가대와 오후 예배 성가대까지 하는 부모를 기다려야 하기 때문에 (집 근처에 있는 교회였다면 혼자라도 집으로 가서 친구들과 놀 수도 있었을 텐데 엄마가 중학교 때부터 다녔다는 교회를 고집스레 수십 년 동안 줄곧 다니는 바람에 자동차로 씽씽 24킬로를 달려가야 하는 (본) 교회까지 끌려왔으므로) 너는 어쩔 수 없이 교회 어느 구석에서 정말 어쩔 수 없이 놀아야 했을 것이다.

내가 기억하는 그 어느 날, 너는 지하 로비의 장의자에 힘없이 앉아 있었다. 두꺼운 코트를 입고 기다림에 지쳐 혼자 앉아있는데 감기몸살기가 있었는지 이마가 따끈따끈했다. 지나던 교인이 힘없이 앉아있는 너를 보고 나에게 한 마디 했다.

"애가 너무 기운이 없어 보이네. 엄마아빠 기다리다 지쳤나보다."

그때는 이미 오후도 훨씬 지난 시각이었을 것이다. 어찌어찌 같이 놀던 교회 또래 친구들도 다 가버리고 엄마 아빠는 성가연습에 빠져 있고 너는 홀로 교회에 앉아서 무슨 생각을 했을까.

미안하다 미안하다 미안하다.

믿음이 너무 지나쳐 (그것을 믿음이라고 할 수 있을까 부끄럽지만) 둘도 없는 외동아들이 교회에서 어떻게 시간을 보내고 있을지 조금도 생각하지 않고 그저 은혜가 넘쳐서 이른 아침부터 성가연습하고 예배드리고 다시 성가연습하고 빈약한 점심을 교회 식당에서 먹고 정신없이 다시 오후 예배 성가대로 가서 연습하고 오후 예배드리고 다시 오후 성가대 연습하고……

그렇게 교회 안에서 뺑뺑이를 돌 동안 우리 아들은 무엇을 하며 기다렸을까. 무슨 생각을 하면서 기다렸을까.

그것뿐일까.

오후 늦게 교회가 끝나도 그냥 집에 가는 일은 극히 드물고 힘든 일을 겪는 성가대원의 집으로 병원으로 장례식장으로 심방을 갔었지. 지쳐 떨어진 너를 차의 뒷좌석에 인질처럼 태우고 그 긴 시간을 다시 또 기다리게 했구나.

너의 의지나 바람과는 전혀 상관없이 교회 수련회를 매 여름마다 데리고 가서 산꼭대기 기도원에서 목청 높여 기도하고 은혜가 넘쳐 찬양하는 동안 너는 어떻게 엄마아빠를 기다렸니.

동네 친구들과 신나게 뛰어놀, 즐거운 매주 일요일을 몽땅 도둑질해갔던 이 어리석고도 어리석은 엉터리 신앙인이었던 엄마와 아빠를 부디 용서해다오, 나의 아들아.

유치원 때부터 고등학교 졸업 때까지의 일요일을 다 합치면 대체 며칠일까. 가장 친구들과 신나게 시간의 구애 없이 뛰어 놀 그 신나는 일요일을, 이른 아침부터 오후 너머까지 게다가 각종 심방으로 늦은 밤까지 엄마아빠의 막무가 내 믿음에 끌려 다닌 나의 아들에게 정말 진심으로 용서를 빈다.

정말 그 모든 잘못을 용서해다오, 나의 사랑하는 아들아.

정말 미안하구나, 아들아. 아들을 사랑한다고 하면서도 아들의 입장을 손톱만큼도 배려하지 않았던 철면피 신앙인이었던 엄마아빠를 용서해다오.

그렇다면 지금이라도 너에게 일요일의 자유를 주어야 할 터인데 현실은 또 역시 일요일 오전을 몽땅 빼앗고 있구나. 3D 업종보다 더 힘든 일을 하고 있는 너에게, 토요일도 없이 일하는 고된 일과를 끝내고 편안히 쉬어야 할 일요일을 너에게 되돌려 주어야 하는데 세상에, 지금 역시 곤히 잠자는 아들을 깨워 운전을 해야 한다는 명목으로 교회로 끌고 가는구나.

이를 어찌하면 좋으냐, 아들아. 너무 미안하지만, 아들아. 이것은 정말 부끄러운 부탁이지만 어쩔 수 없이 다시 너에게 양해를 구해야겠다.

너도 알다시피 나의, 이 세상에서 가장 커다란 소원은 너와 아빠와 이렇게 셋이 나란히 예배당에 앉아 하나님께 예배드리는 일이라는 것을 누누히 주장하면서 은근히 너에게 압박을 주는 것을 앞으로도 용서해주면 안되겠니.

지금 너는 일요일 아침마다 부모를 태우고 교회에 함께 가는 것이 '효도'라고 생각하고 정말 최선을 다해서 일요일 오전을 부모에 대한 봉사로 희생하는 것을 하나님도 아시고 계신다. 너의 부모에 대한 사랑을 하나님이 백배 천배로 갚아주시기를 기도한다. 나는 너의 어미로써 늘 너에게 이렇게 희생을 강요하면서 살고 있구나.

하지만 사랑하는 나의 아들아.

이 모든 잘못을 용서하고, 네가 하나님과 동행하는 삶, 늘 하나님의 임재를 경험하는 삶을 살기를 바라는 나의 소원을 네가 이해하기를 바란다. 너도 나처럼 하나님을 사랑하는 마음이 많이 있어서 주일 아침에 힘들게 일어나도 기쁨으로 교회에 같이 가게 되기를 기도하는 수밖에 없구나.

오늘은 어린이날.

너의 꿈결처럼 아름답고 즐거운 인생에서 일요일을 온통 빼앗아간, 그리고 여름휴가와 각종 시간을 막무가내로 빼앗아 간 그 잘못이 너무도 마음 아파 이렇게 진심으로 너에게 사과의 편지를 쓴다. 부디 나의 잘못된 이끌음으로 너의 신앙이 잘못되지는 않기를, 부모의 어리석은 생각을 보고 타산지석으로 삼아 너는 하나님이 기뻐하시는 좋은 그리스도인이 되기를 감히 부탁한다.

사랑해, 나의 아들.

ㅡ어린이날, 이미 어른이 되어 어린이날에 풍선을 불며 놀지 못하는 나의 아들에게

70

현장에서 붙잡힌 여인이 다시 가로되

클래식 FM은 감사하게도 아침 6시에서 7시까지의 시간에는 주로 미사곡이나 성가곡을 많이 들려줍니다. 지금도 '끼리에'를 부르는 천사의 노래를 듣고 있습니다. 감사해요, KBS! 현장에서 붙잡힌 여인이 기도를 하기에는 딱 맞춤한 백 뮤직이로군요. 분위기까지 맞춰주시는 하나님께도 다시 감사드려요.

하필 오늘따라 100주년 새벽기도회가 계속 로딩이 되지 않는 바람에 결국 남포교회로 기어들어가 박영선 목사님의 고린도전서 5강을 들었습니다. 백번을 들어도 똑같은 말씀인데 백번을 들어도 가슴을 치게 만드는 그 놀라운 능력은 물론 하나님의 역사로 비롯됨이겠지요?

나로 하여금 박영선 목사님을 알게 해주시고, 기분 날 때마다 들을 수 있도록 수십 년 동안의 말씀을 고스란히 홈페이지에 박아놓으신 하나님의 은혜가 만땅꼬 (이건 오늘 말씀 중에 목사님도 언급하신 원어(!)입니다)임을 온몸과 마음으로 느낍니다. 그것도 감사해요.

하나님. 어젯밤 꿈에는요, 쌩뚱맞게도 오래전 돌아가신 이모 중에서 제일 착한 이모가 떡 하니 나타나질 않나, 이십 년도 더 오래전에 돌아가신 울 엄마까지 나타나질 않나, 저는 비 오는 날 버스 타고 이리저리 헤매지를 앉아, 하여튼 대단히 드라마틱하고 흥미진진했습니다. 꿈에도 스토리텔링이 있어서(그 스토리텔링도 역시 하나님의 솜씨라고 믿습니다만) 잠자는 시간도 참으로 많은 것을 경험하게 해주시는군요. 그런데 왜 오래 전 돌아가신 엄마와 이모 (아참, 생각해보니 1999년의 마지막 날 오후에 돌아가신 우리 아버지도 나타나셨네요)를 등장시키셨나요? 메멘토 모리, 그런 건가요? 때가 가까우니 시간을 아껴라, 그런 건가요? 지금 커피 마시면서 고개를 갸우뚱하고 있습니다.

하나님.

어제 제가 주일 2부 예배에서 대중 기도를 했는데요. 새벽부터 일어나서 다 만들어 놓은 기도문을 다시 몇 줄 고치면서 이런 생각을 했습니다.

무슨 일에든지 이력이 난다는 것이 좋기도 하지만 매너리즘에 빠지기도 쉬울 것이라는. 2년에 한 번 정도 돌아오던 기도 순서가 권사가 된 이후 한 삼년 전부터는 매 년 이맘때쯤 돌아오는데요. 그래서 도합 대여섯 번 정도의 대중기도를 하게 되었는데요. 이제는 이력이 나서 이전처럼 일주일 내내 고민이나 고통당하지 않게 되었네요. 그게 기술적으로 발전(?)되어서인지는 모르겠으나 일단 기도 순서를 맡게 되면 이전의 기도문을 출력하고 그 기도문을 잘 읽어보고 2/3 정도는 문장만 다듬고 1/3정도는 새롭게 물갈이를 하는 겁니다.

이전 기도와 비슷한 기도를 할 수 밖에 없는 것이, 사람마다 기도의 중점 부분이 다 다르지만 그 사람에게는 늘 부딪치는 기도의 문제가 있기 때문이 아닐까 싶네요. 저의 경우는 국제적이거나 국가적이거나 정치적이거나 사회적인 외적인 문제보다는 내속의 나와 얼마나 싸워 이기느냐, 내속의 죄와 얼마나 싸워 이기느냐 내가 나를 얼마나 감당하고 사랑하느냐, 내 곁의 인간들을 어떻게 해야 미워하지 않고 살 수 있느냐, 오늘 하루를 어떻게 해야 감사와 찬양과 기도로 살 수 있겠느냐, 내가 과연 하나님이 원하는 것을 알고나 있느냐, 내가 지금 하는 모든 짓거리가 하나님이 보시기에는 어떻게 비춰질 것이냐 그런 하소연과, 의문과, 죽을 때까지 죄 중에서 헤어나지 못하는 나를 대체 어떻게 해야 하나님이 나를 사랑하듯 내 자신을 보듬어 안고 사랑해야 할 것이냐가 중차대한 문제가 되는 바람에, 예배에 함께 하는 성도들의 간절함을 깊숙하게 끌고 가지는 못하는 것이 아닐까 하는 생각을 하는 것입니다.

 그래도 어찌하리잇까. 내가 하나님께 드리고 싶은 기도는 그런 것인데, 내가 진심으로 토해내고 싶은 기도에 이상하게 덧칠할 수는 없는 노릇이므로 (그러면 하나님이 모르시겠느냐고욧) 결국 내가 가장 파고드는 문제들을 재작년에도 읊조렸고 작년에서 울며불며 매달렸으며 올해에도 어김없이 '요 모양 요 꼴임다' 하면서 기도드릴 수밖에 없었던 거, 하나님 아시잖아요?
 하지만 다양성을 인정하시는 하나님, 사람마다 다른 개성을 주신 하나님께서는 현장에서 붙잡힌 년이 몇 년째 지치지도 않고 주절거리는 그 기도를 받아는 주셨겠지 싶어, 오늘에 이르러 새삼 감사의 기도를 올리는 것이옵니다.

 이 아침 하나님도 모닝커피를 드시면서 저 발랄경쾌상쾌유쾌한 모짜르트를 감상하고 계시는지? 그냥 넘어갈까 하다가 매년 기도의 자리로 불러주셔서 기도에 대하여 묵상하게 하시고, 그 기도문을 통하여 앗 뜨거, 하면서 젤 먼저 내 자신을 돌아보게 하신 나의 하나님께 또 뽀뽀 해드립니다.

 '조은' 아침이어요, 나의 하나님.

7 1

나의 선택은 아니었지만

책과 함께 놀다가 설핏 잠이 들었다. 감미로운 낮잠 시간. 블라인드를 내리고 내가 너무도 좋아하는 이불을 덮고 꿈과 현실 사이를 아삼삼하게 왔다갔다 하면서 생각했다.

나는 어찌하여 이토록 편하고 아름다운 시간을 누리게 되었는지!

그 모든 것이 하나님의 은혜라는 것을 다시금 절감하면서 벌떡 일어났다. 뭔가 일을 만들고 다시 그 일을 해결하느라 온종일 시간을 보내는 (어제는 텅 비워놓은 나의 책꽂이에 장르별로 다시 책을 꽂고 계셨다) 남편이 옆집 남자가 차를 타고 나가더라는 귀띔을 해주었기 때문이다.

옆집 남자는 내가 피아노 치면서 은혜 받는 시간을 지옥처럼 괴로워한다. 그 예민함은 아마 병의 수준일 것이다. 때문에 지난 1월 이후 피아노 뚜껑을 여는 시간이 일주일에 한 번 될까말까해졌다. 이런 불행한 일이 있나. 하지만 내가 찬양을 드릴 때마다 미칠 듯이 괴로워하는 옆집 남자에게 연민을 보내면서(처음에는 참 미웠다) 자중하는 중이다.

신이 나서 피아노 앞에 앉아 제일 먼저 '너에게 평안을 주노라'를 고요하게 불렀다. 믿을 수 없게도 나에게서 천사 같은 목소리가 흘러 나왔다. 믿을 수 없겠지만 이건 옆 사람의 증언이다. 코드도 내 맘에 딱 맞는다. 세상이 알 수도 없는 평안, 평안, 평안.

천정에는 곰팡이가 피어있고 (한 달 전인가 할머니 댁에서 얻어온 벽지로 대강 눈가림했다) 뒤 베란다 창문은 너무 낡고 녹이 슬어 열리지 않으며 세면대의 배수구 파이프는 중간에 잘려 있어서 세수를 하면 잘려진 파이프의 물이 발로 고스란히 쏟아지며 가장 싸구려 장판지로 깔아놓은 바닥은 습기 때문인지 저절로 구불구불해져 냉장고 옆이며 이곳저곳에 낮은 언덕처럼 봉곳하게 올라와 있다.

구멍이 숭숭 뚫린 방충망으로 끊임없이 기어드는 벌레들 때문에 어느 날 아침은 잠에서 깬 적도 있다. 이것들이 무리를 지어 나의 얼굴을 더듬었기 때문이다.

신발장을 놓을 공간이 없으므로 당연히 신발장이 없는 현관. (대체 이 곳에 살던 사람들은 신발을 어디에 보관하였을까) 70년대 여인숙에서나 볼 수 있었던 작은 형광등을 켜면 그 작은 공간도 밝게 비추지 못하는 실 평수 11평의 이 아파트에서, 나는 얼마나 완벽한 충만함을 누리는가.

어제는 교회 창립 기념성회 마지막 날이므로 저녁 집회에 참석하려고 했는데 그만 마음이 흔들렸다. 그냥 책이나 읽으면서 빈둥거리고 싶어진 것이다. 게다가 조금 후에는 문우의 시 등단 축하 번개 문자까지 왔다. 그래도 마음을 잡고 남편에게 말했다.

"오늘은 마지막 날이니 꼭 교회에 가야지."

"비도 오는데 뭘 거기까지 (거기까지라는 말은 24킬로 되는 거리를 말하는 것이리), 그냥 있지."

(기회를 엿보던 내가 옳다구나 하고)

"그러면 누구누구 시 등단했다는데 번개나 갈까."

(실은 번개에 더 마음이 끌렸다. 비도 오는데—비가 오면 작가들은 왜 그렇게

미처 날뛰면서 술을 퍼마시는지 모르겠다— 가벼운 대화와 함께 서로 격려하면서 아주 가볍게라도 술 한 잔 하고 싶었다)

"그럼, 교회 가는 게 낫겠다."

남편은 아주 재빨리, 마치 빨리 말하지 않으면 내가 번개 쪽으로 방향을 틀 것을 알고 있는 것처럼, 그렇게 말했다.

쯧. 나는 속으로 혀를 차면서 하는 수 없이 교회를 갔다. 하는 수 없이, 라고 했지만 꼭 그런 것은 아니다. 올해의 부흥성회는 무엇이 달라졌을까 궁금하기도 했다. 목사님은 어떤 스타일일까. 그것도 궁금했고.

가니까, 좋았다.

부흥 강사로 오신 목사님의 말씀을 앞자리에 앉아 열과 성을 다하여 들었다. 낮잠까지 잤겠다, 말씀이 쏙쏙 잘 들어왔다. 교회 집회이므로 (당연하게) 교회에 집중하라는 말이 주된 말씀이었지만 아멘 했다. 낙제는 면할 정도의 점수는 줄 수 있겠지만 예수님의 마음을 전하기에는 역시 함량 미달이었다. 하지만.

나는 생각한다. 저 정도의 말씀을 갖고 다니는 목사도 지금으로서는, 특히 한국에서는 많지 않으니 이를 어떡한담. 그 목사님은 삼천 명의 교인을 감당하시는, 잘나가는 젊은 목사님이었다. 유명하니까 모셔왔겠지.

나는,

예배당에 앉아있는 그 상태가 좋았다. 교회에서 만나는 교인들과 함께 앉아서 하나님의 말씀(이라고 생각되는, 믿어지는, 믿어야하는)을 듣는 그 시간이 좋았다. 찬양드릴 때도 좋았다. 교회 가는 길, 집으로 오는 길도 좋았다. 어제 오후의 집회 참석은 내 선택은 아니었지만, 하나님이 인도하셨으리라 믿고 감사한다.

집으로 돌아와 신앙 에세이를 조금 더 읽었다. 집회와 교회와 집회에서의 말씀과 대조하니 재미있었다. 그래서 인생은 흥미롭고 재미있다고 하는 거야.

7 2

동네 교회 두 번 간 이유

네이버에 있는 나의 블로그를 열어놓고 랜덤으로 흘러나오는 음악을 들으며 글을 쓰고 있다. 그런데 하필, 스콜피언스의 할러데이가 흘러나오니까 문득 오늘이 주일이 아니라 휴일 같은… 기독교인들은 전혀 느끼지 못하는 델리케이트한 변별성이 나를 살짝 업시킨다. 그 미묘한 일탈이 나를 즐겁게 하는군.

다른 말을 덧붙이자면 수많은 가수들이 부른 〈할러데이〉 중에서 나는 스콜피언스의 할러데이를 가장 좋아한다. 다른 인간들은 비지스의 할러데이라고 하지만 그것은 분명 영화 〈인정사정 볼 것 없다〉에서의 너무도 유명해진 명장면에 비지스의 할러데이가 흘러나왔기 때문이라고 나는 단정 짓고 있다. 누가 뭐래도!

휴일 같은 주일을 휴일처럼 보낸 것이 아니라 본의 아니게 주일 예배를 두 번이나 드리게 된 경위는 이렇다.

어제 저녁, 우리 부부를 차로 교회에 모시는 미션을 수행할 아들이 짧은 여행을 갔다는 사실을 알게 되었고 그때부터 나는 머리를 굴리기 시작했다. 요즘 치통으로 고통당하는 남편은 팽개치고 나 혼자 동네 교회를 가든지 (그 교회도 두개 중에 골라야 한다. 하나는 작년에 이사해서 수요예배도 몇 번 성실히 나가고 주일 예배, 크리스마스 예배까지 드린 중형 교회, 다른 하나는 요즘 몇 달째 새벽기도를 드리고 있는, 내가 요양사 하는 집의 권사님이 다니시는 교회), 아니면 두 교회 사이에 끼어있는 성당에 나가 간만에 내 탓이요 가슴을 치면서 미사를 드리든지, 아니면 완전 쌩 까고 방에 틀어박혀 라이브 예배로 퉁 치든지! 아침에 눈을 뜨니 변함없이 6시도 채 안된 이른 시각이었다. 아무리 늦게 일어나려 해도 아침형 인간은 어쩔 수 없는 모양이었다. 한참 머리를 굴리다가 동네에 있는 중형 교회의 1부 예배를 가기로 맘먹었다. 그곳은 옆에서 사람들이 들러붙어서 (죄송하다) 이사 오셨어요, 처음 오세요 등등의 작업을 걸지 않아서 좋았다. 인터넷으로 교회를 검색해서 1부 예배가 7시 반에 시작한다는 정보를 입수하고 대강이나마 꽃단장을 하고 (검정색 원피스에 검정색 가디건을 입었다. 충분히 칙칙해서 안내위원이나 전도사님 눈에 뜨이지 않게) 설렁설렁 작은 지갑만 들고 슈퍼 가듯 교회를 갔다.

그 교회는 갈 때마다 느끼는 것이지만 교인들이 전부 〈와, 교회에서 생활하는 것이 이토록 즐겁다닛! 하나님 믿는 것이 이토록 행복하다닛!〉 하는 표정을 짓고 있다. 인위적인 모습이 아니라 진정이 느껴지는 행복감이 충만해 보였다. 오늘도 그랬다. 많은 교인들이 신이 난 표정으로 계단을 오르고 있었다. 보기 좋았다. 이 교회는 사람들을 들볶지 않나보다. 아니면 용의주도하게 자발적 봉사를 하게 하거나. 난 단순하게 그렇게 생각했다.

예배당 입구에서 전도사 급으로 보이는 분이 다정하게 말을 건넸다. 이사 오셨어요? 처음 오셨지요? 나는 어어. 바보 같은 웃음을 지으며 얼버무리고는 황급하게 자리를 잡고 앉았다.

이른 아침인데도 컬러풀한 의상(성가대 가운이 아니라 합창단처럼 블라우스 스커트 이렇게 쫙 빼입었다)을 갖추어 입고 앉아있는 중년여성들로 이루어진 찬양대의 모습이 참 은혜로웠다. 목사님 말씀 간단명료하면서 직설적이어서 알아듣기 쉬웠고, 아멘이 저절로 나왔다. 헌금송을 부른 씽씽한 청년 둘은 기어이 나를 울렸다. 괴로울 때 주님의 얼굴 보라. 티슈 두 장 날아갔다. 낮에 필히 피아노 뚜껑을 열고 저 가스펠을 치면서 노래하리라, 마음먹었다. 요즘 옆방 사내 때문에 1월 이후 피아노를 거의 치지 못했지만 이번만큼은 양보할 수 없었다.

회개의 기도문을 읽는 목사님 음성도 좋았고 내용도 좋았다. 주보를 보니 그 내용이 고스란히 적혀 있다. 주보를 고이 모셔왔다.

예배가 끝난 후에도 잠시 앉아 있었다. 교회 교인들이 다 나간 후에 조용히 일어설 생각이었다. 고개를 숙이고 있는데 마음이 평화로웠다. 요즘 며칠 동안 글빨이 안 올라 자학모드로 갈 뻔한 마음이 제자리를 찾아왔고 무조건 감사하다는 결론이 아주 쉽게 내려졌다. 역시 교회는 집에서 가까워야 한다. 성당처럼 구역제도가 있으면 좋으련만.

집에 왔더니 그제야 부스스 잠이 깬 남편이 어디 갔다 왔느냐고 묻는다.

"교회 갔었지."

"나도 가려고 했는데."

남편의 말에 깜짝 놀랐다. 남편은 이곳에 이사 와서 단 한 번도 동네교회에서 주일 예배를 드린 적이 없었다. 그러므로 당연히 열외였는데.

예배가 좋았다고 하니까 남편은 부리나케 씻고 옷을 입는다. 그러더니 나에게 하는 말.

"같이 교회가자."

"나? 아까 갔다 왔는데? 7시 반 1부 예배 드렸는데?"

"그래도 같이 가자."

"또? 내가 왜 또 가야해?"

입이 저절로 튀어나오는데 남편이 마구 손을 잡아끌었다. 혼자 가는 것은 절대 못하는 마마보이처럼.

하는 수 없이 아침에 손을 잡던 전도사님이 알아보지 못하게 산발모드로 풀어헤쳤던 머리는 단정하게 뒤로 틀어 올리고 깜장 패션에서 새하얀 가디건에 하야스름한 원피스에 하얀 레깅스로 완전 변신하고 남편 뒤에 붙어서 살금살금 교회 문을 들어서는데 아까 그 전도사님이 1부 예배에 오셨지요? 아까 뵙던 분이죠? 하면서 반색을 한다. 어머나, 눈도 정말 좋으셔~~~

결국 남편과 함께 나란히 앉아 11시에 시작하는 대예배를 드렸다. 같은 설교지만 좀 더 풍성해진 말씀으로 다시 은혜 받고. 이중창을 하던 청년들이 다시 헌금송을 부르는데 또 다시 티슈 두 장을 적시고. 남편은 졸지도 않고 매우 열심히 즐거운 표정으로 예배를 드렸다. 그 모습이 보기 좋았다. (남편은 앞으로 수요저녁예배를 가겠다고 했다. 엄청 은혜 받은 모양이다)

하지만 뭐야 이 휴일 같은 주일에 동네 교회를 두 번이나 가야했다니 하나님은 정말 내가 신나게 노는 꼴은 못 보시는가보다. 하나님은 이 기막힌 휴가철에 놀지도 못하게 하시네? 이것은 투정 아닌 투정.

지금 창문으로 아들의 차가 들어오는 순간을 포착했다. 잘 놀다왔느냐, 아들아? 창문에 코를 박고 (너무 낡아서 열리지 않으므로) 우악스럽게도 큰 목소리로 아들을 불러 세웠다. 오후에 다시 뭉칠 것을 약속하는 아들. 이럴 줄 알고 엊그제 고스톱 판으로 사용하는 얇은 패딩 담요를 하얗게 빨아 놓았지! 교회를 두 번이나 갔으니 오늘은 좀 딸지도 모른다.

7 3

외치세 기쁜 소식

오랜만에 칸타타를 하게 되었다.

세계 굴지의 지휘자이신 울 교회 지휘자 선생님 (나는 그렇게 믿고 있다)의 개인적인 특별한 권유(특별이란 말을 나도 좋아하는군)에 감읍하여 넵, 하고 승복해버린 것이다.

그래서 이번 크리스마스는 많이 행복할 것 같다. 성실하고 근면하고 초지일관인 착한 나는 매일 피아노 앞에 앉아 처음부터 끝까지 파트 연습을 한다. 한 음씩 띵동거리면서 애매한 부분은 몇 번 다시 부르면서. 그래서인지 아까 잠시 낮잠을 자는데 아 글쎄 꿈속에서 칸타타 파트 연습을 하고 있었다.

칸타타를 하면 여러 가지 좋은 점이 있지만 예수님이 세상에 오심을 진심으로 받아들일 수 있다는 점도 한 몫 한다. 그냥 무심하게 스칠 수 있던 성탄의 기쁨이 노래를 함으로써, 곡조를 익힘으로써, 그리고 그 내용을 가슴 깊게 새김으로써 더더욱 체감되는 것이다.

그래서 이번 크리스마스는 특별해질 것 같다. 몇 년 동안의 마음고생과 몸 고생과 숱한 헛발질 (사도바울에게 예수님이 하신 말씀이던가?)과 가시밭길을 헤맸던 가슴 아픈 상황들, 이 모든 것을 단번에 치유할 수 있게 되었으니 말이다. 게다가 모처럼 가슴에 와 닿는 책 두 권이 (탕자의 귀향, 탕자 이야기) 나의 마음을 조금씩 정화시키고 있는 느낌이다. 아직도 세수도 안하고 양치도 안한 채 뒹굴고 있지만 빨리 정신 차리고 꽃단장하고 교회로 뛰어갈 참이다.

오늘, 칸타타 리허설이 있으니, 그리고 무대 위치 선정이 있으니 빠지면 안된다. 오케스트라와 맞추어 보는 시간이 설렌다. 열심히 연습하자.

외치자 기쁜 소식!

7 4

사랑의 손길 나누기 수혜자가 내년에는

지난 토요일 교회의 전도사님으로부터 전화 한 통을 받았다. 꽁꽁 언 땅에 떨어뜨려 맛이 간 휴대폰의 모기소리만한 음량으로 겨우 파악한 의미는 "내일 주일 교회에 와서 무엇인가 줄 게 있으니 꼭 만나고 가라" 는 것.

그래서 송년 주일, 전도사님을 만났고, 전도사님은 누가 봐도 선물용 생활용품인 것이 분명한 얄팍하고 커다란 박스를 주었다. 식용유나 치약, 샴푸 등이 있을 만한 그런 박스였다. 다음은 전도사님의 귀엣말.

"교회에서 몇 분께만 드리는 거예요."

뭐지? 하다가 집에 가서 박스를 자세히 살펴보았더니 선물 박스 아래 〈사랑의 손길 나누기. 모모 교회〉라는 인쇄물이 부착되어 있다.

다시 고개를 갸우뚱거리던 어느 순간 깨달음이 왔다. 연말연시 불우이웃돕기 차원의 선물이었던 것이다. 사십여 년 교회에 다닌 그 오랜 기간 동안 줄기차게 가난한 형편임에도 이제껏 모르쇠하시더니? (이건 농담이다)

열어보니 예상대로 비누, 샴푸 등속이 제법 실속 있게 들어있다. 무엇보다 반가운 것은 때 샴푸! 하하. 그런 용품이 있다는 것도 처음 알았지만 울 남편 샤워시키기에는 아주 적절할 것 같아서 기분이 좋았다. 그래도 땡잡았다고 좋아만 할 수는 없는 노릇인 거 같아 하나님께도 한 마디 올려 드렸다.

하나님, 매우 감사하고요. 내년에는 부디 사랑의 손길 나누기의 수혜자가 아니라 시혜자가 될 수 있도록 좀 어떻게 해주십쇼. 단어를 잘 보셔야 합니다. 모음 한 끗 차이이지만 대단히 다른 단어라는 것도 명심하셔야 할 겁니다! 잘 알아들으셨죠? 수혜자가 아니라 〈시혜자〉라는 거요! 일 년 내내 수혜자로 살아왔으나 좋은 이웃이 있다는 사실에도 감사하옵고 내년에는 나의 이웃에게 마음 따뜻한 시혜자가 될 수 있도록

좀

좀

도와 주세욧!

하나님의 트렁크

7 5

예수님 실종사건

지난 5월부터 반 년 넘게 착실하게 다녔던 동네교회에서의 새벽예배를 어제부터 포기했다.

여러 이유가 있지만 그 중 하나의 이유는 대단히 불행하다. 말씀 중에 예수님이 없다는 것이 바로 그것.

삼십분 정도의 말씀 중에서 예화는 4~5개나 되지만 (그 목사님은 예화 전달에 설교 시간 2/3, 어느 때는 3/4까지 할애하시고 계셨다) 목사님의 입에서 〈예수〉라는 단어는 일주일에 몇 번 거론되지 않는다. 뻥 같지만 대단히 불행히도 이 말은 뻥이 아니다. 이런 황당한 일이 있나!

목사님이 예를 드는 수많은 일화들은 (대부분) 윤리 도덕 수준이거나 그보다 조금 더 참고 조금 더 노력하고 조금 더 나를 바르게 세우라는 세상에서의 지당한 명언 격언으로 도배되어 있다. 정말 나중에는 편지 한 장 써드리고 오고 싶었지만 객기인 것 같아서 지난 주 마지막 예배까지 시종 웃는 얼굴로 앉아 나발의 아내 이름이 뭐였지요, 하면 아비가일, 하고 혼자 대답해서 칭찬듣기만 했다.

하나님, 제가 얌전히 입 다물고 있었던 것 잘한 것인가요, 잘못한 것인가요. 처음 다닐 때는 나의 은혜가 뻗쳐서(!) 목사님의 기괴한 말씀을 미처 캐치하지 못했다. 그저 아침에 눈을 뜨면 이게 꿈인가 생시인가 하면서 감격했고 부지런히 일어나 새벽바람을 가르며 교회로 향하는 발길이 나비처럼 가벼웠으며 교회에 앉아 정면의 십자가를 바라보는 시간이 끔찍할 정도로 좋았으며 잔잔히 부르는 찬송에 가슴이 마구잡이로 흔들렸으며 기뻤으며 행복했으며 충만했으며 은혜로웠기에.

목사님의 잔잔한 목소리도 마음에 들었고, 잠시 동안의 기도 시간에 흘러나오는 가스펠도 가사를 음미하면서 은혜의 도가니에서 살았다. 그렇고 그런 예화들이었고 들었던 예화들이 거반이었지만 폭풍이 지나가 얌전해진 내 마음속으로 얌전하게 스며들었고 나는 그냥 그 예화가 주는 의미를 예수님 쪽으로 살짝 돌려서 나름 윤색하여 들었기로 그것 또한 넘어갈 수 있었다.

하지만 여름이 지나면서 천편일률적인 예화나열식 설교에 그만 귀를 살짝 닫아버리고 말았다. 예수, 라는 구세주이자 친구인 그 아름다운 이름이 목사님의 입에서 더 이상 나오기 힘들 것이라는 판단은 9월이 지나면서부터였다. 그래도 미진한 마음으로 실낱같은 기대로 열심히 교회문턱을 드나들었다. 그냥 가서 엄마 품처럼 포근하게 느껴지는 교회에 앉아 그 좋은 분위기 속에서 누림을 경험하고만 오기에는 더 이상의 인내가 허락하지 않았기로 드디어 어제부터 과감하게 이전처럼 새벽에 일어나 인터넷 새벽예배를 드리는 것으로 전향해 버렸다.

그러구러 (어제는 목회자처럼 〈월요일은 쉅니다〉를 고수하고) 오늘 새벽부터 다시 노트북을 열면서 하루를 시작하고 있다.

시간 절약 엄청 되는구나.

마음속의 두려움 하나. 그 좋으신 (예수 입 밖에 내지 않는 것을 제외하고 세상에 그렇게 온화하고 점잖고 멋진 목사님도 드물 것이다) 목사님은 자신의 어마무시한 과오를 전혀 눈치 채지 못하시는 것 같으니 이를 어떡한단 말인가! 그나저나 교회에서 행불처리된 예수님을 대체 어디에서 찾아야 하지?

7 6

남자친구를 위하여

나의 남자친구가 암이 재발되었다. 벌써 두 번째 재발. 그래서 오늘 병원에 입원하고 수술인지 시술인지 하여튼 해야 한다. 고달프게 생겼다. 나의 남자친구와의 교제는 어언 삼십여 년을 바라보는데 음주가무에 성실했을 때 (아, 그때가 대체 언제 적 이야기란 말인가) 정말 무지하게 먹고 마셨다.

내 남자친구는 솔직하게 말한다면 내 소울메이트의 남편인데 그 남자는 몇 년 전만 해도 나에게 전화해서 보고 싶으니 어서 나오라며 협박하기도 하고, 감기몸살로 누워있으면 불러내어 소주잔을 콸콸 채워주면서 이 소주 한 병이 해열진통제보다 낫다는 등 돌팔이 행세를 마다하지 않았으며, 일박이일 여행이며, 드라이브는 무릇 기하인지 셀 수 없을 정도였다. 그러니. 그 끈끈한 정이야 말해 무엇하리.

하지만 3년 전 간암 말기 판정을 받은 후부터 남자친구를 생각하는 나의 마음도 많이 힘들었다.

주초잡기에 목숨 걸던 시절이었는데 그의 건강을 위하여 하나님께 매달리면서 기도하고 40일 작정하고 담배를 끊은 적도 있었다. 정말 그 때는 무슨 힘으로 40일을 버텼는지 미스테리.

오늘 오후 병원에 입원한다는 소식을 전해 듣고 마음이 우울하던 중, 이른 아침 산책을 나섰다. 실은 걸어서 20분 안쪽에 있는 남자친구의 집을 불시에 쳐들어가서 커피 한 잔 앞에 놓고 위로의 말이라도 해줄까 하는 내심이 있었다. 부지런히 걸어서 그의 집 앞까지는 갔다. 시계를 보니 아침 8시. 일어났을까, 일어났겠지. 문 열라고 하면 놀랠까? 아니, 뭐 예전에도 그런 적이 있었으니 괜찮겠지. 오늘 마음이 꿀꿀할 텐데 나를 보면 더 힘들어할까?

이런 잡스러운 고민에 빠져서 나는 그 집 버스 정류장 앞에 서서 '갈 바를 알지 못한 채' 십여 분을 흘려보냈다. 그러다가 멀찌감치 보이는 그의 아파트에 키스 마크만 날려 보내고 다시 집으로 돌아와 버렸다. 어느 때는 용기가 너무 충만하여 문제를 일으키는데 오늘은 어쩐지 마음이 쫄아 들어서 화살기도만 날렸다.

오후쯤 되자 다시 남자친구가 걱정되었다. 그리하여 동네에 있는 교회에 가기로 마음먹고 자그마치 나흘을 견딘 더러운 머리카락을 다시 잘 손으로 빗어 넘기고 교회에 갔다. 걸어서 5분 거리에 있는 교회. 이곳에 이사한 지 며칠 되지 않았을 때, 남편과 함께 일차 순시를 한 적은 있었다. 그때 주보 한 장을 얻어왔는데 그래서 수요저녁 예배가 7시인 것은 알게 된 것이었다. 예배 장소가 3층이라는 것도 알고 있는 나는 6시 40분에 이미 엘리베이터를 타고 있었다. 하나님! 이 성실함과 부지런함을 알아주시는 거죠?

예배당은 꽤 컸지만 아늑했고 평화로웠다. 중간보다 좀 앞자리에 앉아서 찬양팀이 하라는 대로 열심히 박수도 치고, 오른손 번쩍 들고 찬양하라고 하면 넵 하면서 열심히 손도 쳐들고 순종하면서 찬양했다. 내가 원래 말은 잘 듣는 편이다.

담임목사님이신 듯한 중후한 남자분이 단상에 오르시는데 느낌이 괜찮았다. 나는 원래 소리 지르고 협박하는 설교에 알레르기가 있는데 그럴 분같이 보이지는 않았다. 역시 누가복음 10장을 강해하시는데 아주 평안하고, 딴 말씀 없으시고, 오리지널이었다. 앞으로 시간되면 수요 저녁예배에 가야지 하는 결심.

예배 끝나고 기도 좀 하려고 했는데 너무도 빨리 예배당을 빠져나가는 신도들 때문에 휑하니 빈 (남의) 예배당에 혼자 앉아있기 부담스러워서 하는 수 없이 나왔다. 그 교회 옆에 있는 성당은 기도할 수 있는 분위기가 훨씬 좋았다. 미사가 끝나도 군데군데 앉아 고개 숙이고 기도하는 분이 계셔서 부담이 없었다. 이 교회는 썰물처럼 잽싸게 빠져나가서 좀 그랬다.

여기저기 행사 사진이며 세례 받는 사진 등이 빼곡하게 붙어있어서 구경하면서 계단으로 내려가려는데 곱상하게 보이는 내 또래 (나보다는 한 다섯 살쯤 어려 보였지만 하여튼) 열성 신도 한 분이 나를 꽉 붙잡았다. 앞에서 찬양하는데 나를 보았다고 했다. 하도 열정적이어서 전도사님이시냐고 물었더니 아니란다. 하여튼 계속 나를 보았다면서 뭔가 애타하는 눈빛으로 계속 말을 걸고 있었다. 이분이 수요 여성 찬양대였는지, 아니면 예배 전 찬양팀이었는지 모르지만 하여튼. 그분 말씀이 나에게 강한 필이 확 꽂히더라나. 그게 뭘까.

그분의 말을 듣는 내 표정은 약간 멍청했을 것이 분명하다. 무슨 스토커처럼 놓지 않고 계속 말을 붙였다. 전화번호 알려 달라, 처음 왔느냐. 한참 나를 들볶는데, 사랑과 호감이 듬뿍 담긴 제스처여서 나도 열심히 대꾸해 주었다. 기분이 나쁘지는 않았다. 아마도 그분은 뭔가 소통하고 싶은 것 같다.

1인실 병실에서 내 남자친구는 지금 무슨 생각을 하고 있을까. 내 남자친구를 보살펴야 하는 내 소울메이트는 또 무슨 생각을 하고 있을까. 아까 교회에서 너무 일찍 나오는 바람에 기도도 제대로 하지 못했는데 이제부터 빡세게 기도할까.

하나님.

내가 나의 남자친구를 위하여 무엇을 해야 할지 알려주세요!

빨리 알려주세요!

7 7

스승의 날 편지질

선생님.

이제 몇 시간 후면 선생님을 뵙겠네요. 조금 떨리기도 하고 두렵기도 하고 (대체 왜 그런지 모르지만) 또 무슨 좋은 조언을 해주실까 기대도 하면서 이렇게 잠깐 연필을 들었습니다.

오랜만이어요.

그동안, 이토록 철딱서니 없고 성장속도가 느리고 엉망진창인 제자는 천국과 지옥을 번차례로 드나들면서 혹독한 시험을 겨우겨우 통과했습니다.

너무 힘들었어요, 선생님.

죽는 줄 알았어요, 선생님. 아니, 정말 죽을 뻔 했어요! 사는 거 별거 아니라고 생각했는데 별거 아닌 거는 아니더라고요.

내 믿음도 꽤 괜찮지 않나, 하고 생각했는데 하나님은 저를 완전히 진흙 뻘에 나뒹굴게 하셔서 온갖 수치와 멸시를 당하게 하시더니만 이제야 손을 내밀어 주시면서 '그래도 애썼구나, 별 보람은 없었지만 나름 수고했구나' 하시면서 머리를 쓰다듬어 주시는 것 같습니다.

선생님.

이런 복음성가 혹시 아세요?

"내가 어둠속에서 헤매일 때도 주님은 함께 계셔
내가 시험당하여 괴로울 때도 주님은 함께 계셔
기뻐 찬양하네 할렐루 할렐루야……"

저는 요 몇 년 동안, 특히 작년 내내 피아노 앞에 앉아서 한 바가지 되는 눈물은 족히 흘렸을 겁니다. 거의 매일 울면서 피아노치고 울면서 노래하고 노래하다가 울고 피아노 치다가 흑흑 울고 그랬습니다.

그런데 요즘 이런 복음성가에 푹 빠져있습니다. 가사 들려 드릴께요.

"내가 지금 사는 것 주님의 크신 은혜요
주를 믿게 된 것은 더욱 크신 은혜라
넘치는 주의 사랑 놀라운 주의 은혜
날마다 경험하며 주께 감사합니다……"

선생님. 이전에 전화 드리면서 제가 그랬잖아요.
"선생님, 저 죽을 뻔 했어요."

그것은 정말 뻥은 아니었고요, 정말 죽을 뻔 했습니다. 살고 싶지도 않았고, 살 힘도 없었습니다. 그때를 떠올리니 마음이 다시 슬퍼지려고 합니다. 가장 힘든 것은 '하나님은 나를 사랑하시고 계시기나 한 것인가' 하는 회의였습니다. 나를 사랑하신다면 나를 이렇게 고통 속에 처박아두시지는 않으실 텐데, 나를 사랑하신다면 이렇게 나에게, 평생 이렇게 힘든 상황만 만들어주시고 메롱, 하시면서 약을 올리실 수는 없을 텐데.

말해 무엇 하겠어요. 어쨌든 지금으로서는 불구덩이 속을 걸으면서도 악착같이 하나님의 손을 붙잡고 발버둥을 친 끝에 푸른 초장에 누워 하나님이 주시는 잔칫상을 받아먹고 있습니다. 유종의 미를 거둔다고 하면 하나님이 뭐라고 하실라나 모르겠는데요 일단 잠시 쉬어가라, 그런 사인은 알아듣고 있습니다. 내 생애에서 가장 행복한 시절을 보내고 있다고 선생님께 말씀드릴 수 있게 되어서 정말 기뻐요!

화양연화.

지금 그런 시절, 보냅니다. 물론 대단히 짧은 기간일 것은 분명하고, 그 후에 닥칠 수많은 난제들은 아직 풀지 못했고 제 힘으로는 도저히 풀 수도 없는 터라, 내일 일은 내일 걱정하기로 하고 지금 신나는 하루하루를 보내고 있습니다.

참 좋아요, 이런 시간.

오늘도 일어나 하나님께 감사기도 드리고, 오늘 선생님을 만날 생각을 하니 마음 깊은 곳에서부터 기쁨이 솟아오르고 나에게 평생 곁에 계시는 멘토가 존재한다는 사실을 하나님께 다시 감사기도 빡세게 드렸습니다. 누군가 선물한 콜롬비아 원두로 드립커피 마시면서 라흐마니노프 피아노 협주곡 3번 듣는 행복한 시간. 낡은 욕실에서 부지런히 세수를 하면서 거울을 보니, 요즘 은혜 살이 쪄서 통통해진 저의 얼굴이 그처럼 편안해 보일 수가요!

이따 선생님 만나면 속 깊은 고백을 하게 될지 알 수는 없지만 오늘 아마 선생님 만나면 기쁨 두 배 될 것 같아요. 한 가지 참 부끄러운 것은 선생님의 가르침을 (살아오시는 그 모습으로 생생하게 보여주신 실천적 사랑을) 저는 이제껏, 이 나이가 되도록 조금도 실천하지 못하고 실천하기는커녕 내 앞가림도 제대로 못해서 늘 이웃을 돌아보지 못하는 이 얄팍한 사랑이 대체 언제 선생님처럼 깊고 넓어질 수 있나, 하는 자괴감입니다. 이제 아주 조금이나마 이웃이 보이기 시작하고 이웃을 사랑하는 마음이 조금씩 생기기는 하는데 부디 저에게도 이웃에게 나누어줄 수 있는 여력이 있기를.

이제는 누군가의 사랑으로 내가 사는 것이 아니라 나의 사랑으로 누군가 살아갈 수 있게 되기를. (과연 그런 날이 오기는 할까, 회의하면서도 그래도 통크신 하나님의 아량으로, 앞으로는 제발 베풀면서 살기를 원합니다, 선생님처럼.) 내년 스승의 날에는 선생님을 찾아뵙고, "제가요, 선생님께 맛난 식사 왕창 쏩니다!" 이렇게 큰소리치게 되었으면 좋겠어요. 그러니 선생님, 이따 만나면 맛있는 거 사 주세요. 책도 물론 몇 권 주실 거죠? 꿀보다 더 달콤한 말씀들로 저의 영혼도 꽉 채워주실 거죠?

이제 선생님을 만나러 갑니다. 우리의 행복한 시간이 오후까지 저 햇살처럼 밝고 환하게 우리 앞에 펼쳐지겠지요.
먼저 저의 환호성을 들려드립니다. 야~ 호~~

7 8

나만의 공간

며칠 째 노트북 가방을 짊어지고 동네 카페를 순례하는 재미로 살았는데 어제로써 카페 순례는 쫑 쳤다.

아침 먹고 휭 나가서 두시 넘어서 겨우 집에 들어오는 소행을 마땅찮게 여기던 남편이 방을 만들어 준 것이다.

방 하나, 거실 하나라고 해야 할지 아니면 큰 방 하나 작은 방 하나라고 해야 할지 모르지만 어쨌든 우리 집은 방 같은 게 두 개 있다.

거실인지 큰방인지에는 피아노 소파 TV 책장 서랍장이, 작은 방에는 매트리스만 하나 달랑 놓여있었다. 너무 작았던 것이다.

현관에 화장대, 싱크대 앞에 책상이 있는 기묘한 형태로 몇 달이 지났다.

난 새로 장만한 노트북에 부엌에서 조리할 때 필시 발생할 기름때가 앉을까봐 늘 노심초사였다. 이전에 쓰던 노트북은 매트리스 옆에 딱 붙어 있는 바람에 이불 퍼덕이는 먼지가 온통 들어붙어 컴퓨터 수리 기사를 경악하게 만들기도 했던 것이다.

식탁이 놓여야 할 바로 그 자리에 책상을 놓았으니 사방이 다 뚫려 있는 길바닥에 있는 꼴이었다. 오른쪽으로는 현관이 바로 있고 왼쪽으로는 항상 TV가 켜져 있는 큰방이 붙어 있었다. 바로 뒤 싱크대에서 남편이 설거지라도 하면 음악이나 강의나 아련한 빗소리처럼 찢어져서 들을 수밖에 없었다. 나의 한쪽 귀는 막장드라마 일일 연속극의 대사를 따라다니고 다른 한 귀로는 미츠코 우치다의 베토벤을 들었다. 나는 정말 정신분열증에 걸리는 줄 알았다.

병원 치료가 끝나자마자 동네 카페를 들락거리기 시작했다. 기똥찬 카페가 코앞에 몇 개나 있었고 한 달에 몇 개씩 새로 문을 열었다. 상가가 형성되는 지역이므로 눈을 뜨면 새로운 식당, 슈퍼, 카페, 병원이 깜짝 놀랄 만큼 수없이 생겨났던 것이다.

나는 아침마다 집을 나서는 순간이 좋았지만 남편은 베란다에서 안녕을 수없이 하면서 겨우 몇 시간 후면 돌아올 나를 그렇게도 아쉬워했던 모양이다.

결국 매트리스를 큰방으로 빼고 소파를 부엌 앞으로 옮겼다. 식탁 자리에 있던 나의 책상은 매트리스가 놓였던 자리에 놓였다. 좋았다. 의자에 앉아 있다가 쉬라고 소파에 곁들여 있던 널찍한 스툴도 벽에 붙여주었다. 그것도 좋았다. 그렇게 해서 나의 방이 몇 년 동안 구름 속을 헤매다가 다시 내 곁으로 돌아왔다. 거의 삼년 만이로군.

고시원 면적보다 한 뼘 쯤 더 클까 말까한 면적의 방이지만 문을 닫으면 오롯한 나만의 공간이 된다는 것이 감사했다.

이제 언니가 와도 머물 곳이 생겨서 다행이다. 트렁크를 여기저기 늘어놓고 책상 밑에 다리를 들이밀고라도 잠을 잘 수는 있겠지.

이제 나도 숨을 좀 쉴 수 있을 것 같다.

인간에게는 아무도 존재하지 않는 세상의 공간이 필요하다. 누구나 그렇지 않을까? 이 방에서라면 어쩌면 '작가의 장벽'을 넘어갈 수 있을지도 모른다.

나만의 공간, 나만의 서재, 나만의 여유, 나만의 시간을 누릴 수 있게 해주신 나의 하나님께 감사.

하나님의 트렁크

7 9

자아중독

한 달 쯤 전이었을까? 나는 충격적인 사실을 알게 되었다. 인터넷 인문학강좌 시간에서였다. 글쎄, 어느 새파란 학자가 내 앞에 턱하니 나타나서는 받아쓰기 힘들 정도로 기가 막힌 명언들만 늘어놓던 중에 떡, 하니 던진 한 문장으로 '학이시습지 불역열호아 (學而時習之 不亦說乎아)'의 삼매경에 빠져있던 나를 최대의 비극적 상황으로 몰고 갔던 것이다.

감정은 너의 것이 아니야, 몰랐어?

물론 그 학자는 나에게, 아니 강좌를 듣는 사람들에게 정면으로 대놓고 반말 짓거리를 하지는 않았다. 하지만 나는 예민한 사람만 느낄 수 있을 것 같은 아주 미미한 함량의 '조소'가 깃든 표정과 빈정대는 것 같은 말투에서 유치한 아이를 어르는 것 같은 모욕적 슬픔을 느꼈고, 그것은 나를 완전한 혼돈에 빠뜨렸다.

대단히 많이 배우신 분이 대중 앞에 하는 말이니 틀린 말은 아닐 것이고 그것은 인문학적으로 증명된 말일 것이라는 신뢰 속에서 나는 온몸과 영혼이 불길에 휩싸이는 것 같은 환각에 사로잡혔다. 내 영혼의 팔 할을 차지했다고 자타가 공인하는 그 '감정'이 나의 것이 아니라니, 그럼 그건 누구 거란 말인가? 설마 하나님의 것은 아닐 테고 말이다! 하지만 가끔은 하나님이 매우 감정적인 성향이 아닐까 하고 의심한 적은 있었다. 그리고 그 의심은 아직까지 아주 사라지지는 않았다.

그 학자는 마치 메롱, 하는 눈빛으로 그렇게 심각한 말을 씹던 껌 뱉듯 확 내 면상에 던져놓고, 그가 뱉은 껌 딱지가 내 얼굴에 붙어 쩔쩔 매는 나의 모습을 모르쇠하면서 이내 강의의 방향을 돌려 버렸다. 아, 이런 변이 있나. 강의의 방향을 돌리거나 말거나 나에게는 별무소용이었던 것은 그 이후의 주옥같은 강의는 하나도 머릿속에 들어오지 않았기 때문이었다.

나는 미칠 것 같았다.

내가 그토록 소중하게 생각하고 추구하고 아끼고 키워왔던 (예술적 감정을 포함한) 감정이 내 것이 아니라니, 그럼 이제껏 내가 소유하고 있고, 내 속에 존재하고 있다고 믿고 있었던 그 감정은 대체 누구의 것이며 그것은 대체 무엇이란 말인가.

멍청한 표정으로 반나절은 족히 지난 후에야 나는 비로소 하나님께 물었다. "이 무슨 황당 시추에이션이랍니까, 하나님? 이거, 하나님이 주신 말씀 맞습니까?"

나에게 일어나는 모든 일이 하나님이 의미부여 해주신 것이라고 믿고 있는 나로서는 그렇게 물을 수밖에 없었다. 왜, 지금에 와서, 감정에 대하여, 나의 소유권을 박탈하시는 겁니까? 이 나이 먹도록 그토록 애지중지하면서 모든 사람에게 감정 덩어리 그 자체라는 말을 들으며 살아온 나에게 왜 이제야?

한바탕 하나님께 온갖 불순한 단어를 다 동원하여 나의 애통함을 올려드리고도 한참을 씩씩거리며 앉아 있다가 밤이 이슥해져서야 겨우 진정했다. 하나님의 완강하신 팔뚝을 꽉 붙잡고 애원조로 말씀드렸다.

"아멘."

그렇다면 그런 거겠지요. 똑똑한 인문학자들이 그렇게 말한다면 맞는 거겠지요. 그 말이 나에게 필요하지 않았다면 하나님이 오늘 나에게 그 말을 듣게 하지는 않았을 터이니, 그냥 (그냥, 이라고 말하면서 나는 눈물을 한 방울 떨구었다) 받아들이겠습니다. 알겠습니다. 감정은 나의 것이 아니라는 것을 인정하고 들어갑니다.

그날 이후, 내가 감정에 휘둘릴 때면 이전처럼 그 감정에 푹 빠지는 것이 아니라, 내 것도 아닌 것이 감히 나를 흔들고 지랄이야, 하면서 착착 감기는 감정 덩어리를 떼어내려는 제스처를 했다. 제스처만 했는지는 모르지만 이제껏 하지 않았던 노력은 조금 했다는 말이다. 이거, 내 것도 아닌 것이, 하면서 도망치려고 했다는 말이다. 그렇다고 거의 평생 내 몸에 들어붙어 있던 감정이라는 것이, 내 영혼을 백 겹 이상 감싸고 있던 감정이라는 것이 쉽사리 물러갈 놈은 아니라는 것을 나도 알고 물론 하나님도 아실 터였다.

그러면서도 감동적인 결심 하나를 했는데 그것은 새해의 모토는 '감정은 네 것이 아니다' 였다. 네 것이라고 객관화 시킨 것은 그 말씀을 하나님이 나에게 하시는 말씀으로 받았기 때문이다. 감정은 내 것이 아니라, 라고 쓰면 그것은 나의 결단에 지나지 않으므로 얄미우리만큼 매정하게 한 마디 쏙 던져놓고 내뺀 그 젊은 학자는 하나님이 나를 위해 보내준 예언자쯤으로 격상시키기로 했다. 그렇게 써놓고 나니 어쩐지 기분이 나아졌다. 그것도 감정인지는 모르지만 왠지 앞으로는 이전과는 다른 업그레이드된 삶을 살 것 같았다. 나는 그것을 좋은 조짐으로 받아들였다. 감정을 떠나보내면 하나님이 나에게 무엇을 주시려나, 하는 기대감도 있었다.

나에게는 엄청난 자기중독이 있다.

그것은 오늘, 새해 들어 둘째 날 집어든 책에서 확실하게 깨달았다. 그 책의 작가도 거의 나와 똑같은 성정의 인간이었던지라 그의 사고나 그의 행동은 완전히 나의 빙의로 느껴졌다. 정말 그랬다. 아니, 이 인간 미국에 살면서, 게다 남자이면서 어떻게 나와 이토록 생각이 같을 수가 있지? 그런데 그 작자가 자기중독에 대해 고백하는 장면에서 나는 완전 다시 뒤집어졌다. 그 증세로 점수를 매겨 보건데 그 작가와 나와 한 치도 빈틈없이 똑같은 자기중독에 빠진 인간이었다.

나는, 새해 나를 이렇게 진단할 수 있게 하여주신 하나님께 매력적인 미소를 날려드렸다. 아마, 올해는 하나님이 나를 스스로 진단하게 만드시고, 그 정직한 진단서를 힐링 센터로 가지고 가게 하시고 그곳에서 완전 치유를 목적으로 하고 계시는 것이 아닐까?

어떻게 해서 연말연시를 책 두 권으로 보내게 하셨는지, 그 많은 책 중에서 내 손으로 그 두 권을 고르게 하셨는지, 그 두 권의 책에서 내 영혼을 새롭게 하고, 새롭게 각성하게 만드셨는지 나는 모른다. 그것은 하나님의 섭리였다고밖에 말할 수 없다. 나를 객관적으로 바라보게 하시고, 나에 대하여 깨닫게 하시고 그리고 누구처럼 노란 화살표 하나를 확실하게 그어주셨다. 와, 하나님은 가끔 멋쟁이셔! 너무 이르지만 이렇게 말해도 되겠다.

지금 나는 기쁘고 행복하다.

하나님의 트렁크

8 0

아홉시의 새

지금 막, 아홉시를 알리는 새가 울었다. 경쾌하고 발랄하다 못해 경망스럽게까지 느껴지는 목청 높은 새소리다. 우리 집의 거실에 있는 버드 클락. 하루에 열두 번씩 다른 소리를 듣는다. 그렇군. 아홉시는, 마음을 맑게 밝게 만들어야 하는 것이로군, 저 새의 기쁨에 찬 노래처럼.

가끔 새소리를 들으면, 언어가 주는 무상함이 느껴지곤 한다. 언어의 의미가 무슨 필요가 있으며 그 의미를 누군가에게 전달한들 무슨 소용이 있을까. 대화를 할 때, 혹은 강의를 할 때, 그 언어의 얄팍한 전달력에 많은 실망을 하곤 한다. 결국, 마음을 통하게 하는 것은 언어보다 많은 의미를 내포하는 몸짓이 더 강하게 전달할 것 같다. 그냥, 내 느낌이다.

요즘, 하나님께 무언의 기도를 드린다. 침묵. 하지만 그 침묵 속에는 무한한 절규와 반항과 감사와 찬양과 눈물이 섞여 있는 것을 하나님은 아신다. 저, 아홉시의 새처럼 밝게 속삭이기도 하고, 두시의 새처럼 음울하게 고백하기도 한다. 침묵의 기도는 입술로 하는 기도보다 더 넓고 더 깊다.

매일, 매순간 저 아홉시의 새처럼 살 수는 없겠지. 내가 바라는 것은 늘 그렇게 가볍게 세상을 뛰어다는 모습은 결코 아니다. 무엇인가 충만한 삶. 많이 느끼고 많이 감각하는, 그래서 나의 영혼의 내피가 조금씩 단단해지고 싶었다.

하지만 요즘 나를 어리둥절하게 만드는 것은, 이제껏 구축해왔던 나의 감각, 나의 생각, 나의 취향들이 조금씩 무너지고 있다는 것이다. 이상하다. 이상했다. 지금 하나님은 나를 서서히 부서뜨리고 계시는 중이신가? 야금야금 나의 정체성을 갉아내고 무엇인가 내가 알지 못했던 어떤 것으로 새롭게 덧입히시려는 것일까?

나는 내 감정에 충실하고 싶지만, 엊그제 강의에서 '감정은 너의 것이 아니다'는 강력한 선언을 듣고 온몸에 힘이 빠지는 것을 느꼈다.

요즘 나는 여러 가지의 공격적 강의에 함몰당하거나 전복당하고 있다. 매일 쓰러지고 있는 것이다. 가장 힘든 일은 하나님은 나를 부끄러움 속에 잠기게 하신다는 것. 좀 더 강력한 단어로 표현한다면 수치. 그 수치 속으로 자꾸 나를 밀어 넣으신다. 그 단어는 너무 수치스러워서 다시는 쓰고 싶지 않다. 나는 아마 좀 상처를 입었는지도 모르겠다.

어느 부끄러운 순간이 있었다. 얼굴이 화끈거리고, 그 화끈거리는 얼굴은 며칠이 지났는데도 아직까지 여전히 화끈거린다. 지금도!

그것은 나에게 나의 부족함을 다시 일깨워주었고, 나 혼자는 아무 것도 할 수 없음을 다시 절감하게 만들어 주었고, 약하고 어리석은 나를 다시 돌아보게 해주었다. 어느 정도 '실수'를 통해 알았으니 이제는 그 부끄러움이, 그 부끄러운 기억이 사라지면 좋겠는데, 아직도 선명하게, 너무도 명확하게 나의 영혼까지 부끄럽게 만든다. 그래서 좀 고통스럽다.

아홉시의 새 소리를 들으니, 저렇게 씽씽하고 명쾌하고, 아무 걱정 없는 듯한, 그러니까 부끄러움이라고는 전혀 느껴지지 않는 순수한 어린아이처럼 살고 싶기도 하다. 이것은 기도 제목이기도 하다. 비록 짧은 기도, 얄팍한 기도밖에 못 했지만 하나님의 긍휼하심을 덧입어 오늘만이라도 그렇게 살아볼까?

하나님의 트렁크

81

내 은혜가 네게 족하다

상쾌한 아침?
상쾌한 아침!

이틀 동안 쥐어짰던 원고를 아침에 송부했다. 겨우 스무 장짜리 원고를 마감
날에 딱 맞추어서. 작가들은 이상하다. 꼭 마감 며칠 전이 되어야 정신이 들
고 집중이 된다. 나만 그런가? 글 쓰는 인간들 이야기를 들어보니 거개가 그런
모양인 것 같다. 그런데 마감 며칠 전의 그 집중을 평소에는 왜 발휘하지 못할
까? 매일 서너 시간만 파고들면 일 년에 장편 하나 우습지도 않을 텐데, 글쓰
기라는 것이 그렇게 만만하지는 않다. 계산이 안 나오는 것이다. 잘 나갈 때는
수십 장이 줄줄 쏟아지지만 안 나갈 때는 한두 줄도 배배 꼬인다.

나는 그런 것을 하나님의 뜻이라고 해버린다. 하나님이 내 손을 움직여주시면
하루에도 단편 하나 만들 수 있지만 하나님이 고개를 외로 꼬고 계시면 일 년이
가도 단편 하나 못 만든다고. 이 진리는 나의 절절한 체험에서 나온 결론이다.

올해까지 장장 오 년 동안 장편은커녕 제대로 된 단편 하나 완성하지 못했다.
으윽, 내 손목에 수갑을 채우신 하나님 때문이다! 그런데 어제 하나님은 말씀
을 통해 이렇게 말씀하신다.

내 은혜가 네게 족하다. 그러니 실패를 걱정하지 말거래이~

오늘은 하나님께서 말씀을 통해 이렇게도 말씀하셨다. 거꾸로 간 길을, 잘못된 길을 역전시키시는 하나님을 네가 믿느냐? 아멘.

오년 동안 내 있는 힘껏 글을 쓰려고 그렇게 애를 썼지만 글은 커녕 나의 핍절한 삶속에 나를 팽개치시고, 나의 죄성과 나의 연약함과 나의 부족함만을 절실하게 깨닫게 해주신 하나님은 근데 언제쯤 나를 역전시키시려나 모르겠다.

어젯밤 하나님은 이렇게도 말씀해주셨다. 도망가지 마라! 각각의 자리에서 살아내야 한다. 하나님의 신실하심을 믿고 하루하루의 괴로움을 견디어야 한다. 각자의 하루를 사는 것이다!

오늘 아침의 결론. 내 은혜가 네게 족하다고 하셨으니 족한 마음으로 감사드리고요 오늘, 나의 자리에서 살아내겠나이다. 하나님께서 손수 기적의 나무를 키우신다고 하셨으니 또 속는 셈치고 한번 지켜 볼랍니다.

8 2

나는 이미

칼릴 지브란의 〈예언자〉에서 자유를 이야기하는데 마치 성경말씀처럼 달게 들렸다. 좋았다.

선택의 폭이 어떠하든 그래서 삶에서 자유가 20퍼센트이건 10퍼센트이건 0.1 퍼센트이건 실은 그것이 문제되는 것이 아니라는 것. 그 자유를 끄집어내어 극대화시켜버리는 능력이 있다면 자유의 퍼센테이지가 문제될 일은 아니라는 것.

행복에 대하여인지 자유에 대하여인지 잘 기억나지 않는데 이런 말도 있다. 행복 (또는 자유) 을 추구하는 것이 아니라 그것을 향해 가는 것이 아니라 나는 이미 그 안에 있다는 것.

아, 나는 이미!

모든 종교의 목적은 해방이고 자유라고 칼릴 지브란은 말한다. 아멘. 그 안에서 비로소 내 존재의 변화가 이루어진다. 나를 괴롭히거나 힘들게 하는 타인의 변화를 그토록 바라지만.

어제 저녁, 카일 아이들먼의 『나의 끝 예수의 시작』 (두란노) 을 다 읽었다. 아주 쉽게, 편하게, 줄줄 읽히게, 재미있게 쓴 책이었다.

서두에 그 책을 추천하는 수많은 기독교계의 저명인사의 찬사를 인정한다면 그 책은 마치 성경 다음의 위치에 있다. 카일 아이들먼의 생각에 나는 완전하게 동조한다. 읽으면서 그것이 제일 기뻤다.

내가 지금 이순간의 자리에까지 도달하여 생각하고 있는 것들 모두가 보편적 신앙에서, 더 정확하게 말한다면 예수님의 생각에서 벗어나지 않았다는 것을 제삼의 눈으로 확인할 수 있는 기회였다.

나처럼 질문 많고 의문 많고 꼬치꼬치 캐묻기 좋아하는 성향의 인간이 작년 어느 순간부터 독서의 긍정이 매우 강해졌다. 이건 내가 보편적으로 가고 있다는 의미일까?

나의 독단과 나의 타인 개무시 성향과 나의 무모와 나의 방종과 나의 퇴폐적 마인드는 어디로 간 것일까? 곰곰 지금 연필 들고 생각하여 짧게 결론내렸다. 이제껏 나를 형성하고 있었던 그 자질들을 완전히 덮고 뛰어넘는 예수의 사랑이 촉촉하게 스며들었던 것이다. 이제는 사분오열되어 있는 수많은 '나의 나' 조차도 하나님의 손아귀에 꽉 붙들려서 얌전한 고양이처럼 부뚜막에 앉아 있는 것이다.

하지만 앞으로도 뭔가 저지르겠지. 사건사고를? 그래도 태연하겠지? 내손을 꽉 잡고 놓지 않으시는 하나님이 계시니 내가 더 이상 무얼 하겠어? 잘못하면 꿀밤이나 몇 대 때리시겠지, 그리고 에휴 내가 너를 만들고 미역국을 먹었다니, 하면서 혀를 쯧쯧 차시면서도 기어이 내 손을 붙들고 본향까지 인도할 것이므로 와, 나는 이미 자유, 만세.

나의 인생에 닥친 수많은 문제들 (이를테면 오늘 새벽 두시 반에 전화 건 인간도 있었다. 며칠 전부터 아침저녁으로 문자질, 전화질하면서 심장이 멎을 정도의 푸시를 하는 인간도 있다) 앞에서 더 이상 두려워하지 않는 내가 그렇게 대견할 수가.

드디어 이렇게 된 것이다. 유진 피터슨의 메시지 성경 로마서 8장 31절에서 39절이다.

여러분, 어떻습니까? 이처럼 하나님이 우리 편이 되어 주셨는데, 어떻게 우리가 패배할 수 있겠습니까? 아들을 보내셔서 우리 인간의 처지를 껴안으셔서 최악의 일을 감수하기까지 하신 하나님, 그 하나님께서 우리를 위해 자신의 전부를 주저 없이 내놓으셨다면, 그분이 우리를 위해 기꺼이, 아낌없이 하시지 않을 일이 무엇이 있겠습니까? 누가 감히, 하나님께서 택하신 이들을 들먹이며 그분께 시비를 걸 수 있겠습니까? 누가 감히, 그들에게 손가락질할 수 있겠습니까? 우리를 위해 죽으신 분– 우리를 위해 다시 살아나신 분!–께서 지금 이 순간에도 하나님 앞에서 우리를 변호하고 계십니다. 그 무엇이, 우리와 우리를 향하신 하나님의 사랑을 갈라놓을 수 있겠습니까? 절대 있을 수 없습니다! 고생도, 난관도, 증오도, 배고픔도, 노숙도, 위협도, 협박도, 심지어 성경에 나오는 최악의 죄들도 마찬가지입니다.

참으로 산뜻하고 명쾌하고 기똥찬 말씀 앞에서 오늘 아침도 평안을 누리는구나.

8 3

목사님 댁 이사 심방을 가다

난생 처음 죽전이라는 곳에 갔다. 목사님 댁 이사심방. 엊그제 우리집은 목사님의 심방을 '받았는데', 이번에는 거꾸로 된 셈이다.

인터넷으로 대중교통 수단을 검색하고 꼼꼼하게 메모를 하고 마치 낯선 해외여행이라도 하는 심정으로 조심조심 길을 갔다. 처음 가는 길은 즐겁다.

낯선 풍경을 바라보면서 귀에는 늘 그렇듯 단호하고도 명료한 어느 목사님의 설교 한 타임을 담았다. 어디든 사람이 사는 곳이로구나. 그 사람들은 참 많기도 하다. 그것은 죽전에 내린 첫 감상. 거대한 백화점, 거대한 쇼핑몰 사이로 가르쳐주신 아파트가 장애물 없이 그대로 눈 안에 들어왔다.

목표물이 바로 보이니 신이 났다. 사는 것도 목표물이 저렇게 선명하게 보이면 헤매지 않을 텐데, 하는 생각이. 지금 나는 제대로 된 목표물이나 있는지 모르겠다. 약간의 한숨과 함께 씩씩하게 몇 개의 도로를 가로질렀다.

아파트 앞에서 목사님 댁 호수를 눌렀다. 현대식 아파트가 주는 지극히 기계적인 경로. 그러고 보니 출발할 때부터 도착할 때까지 그 누구와 단 한 마디 말도 나누지 않고 왔다. 이 삭막한 세상.

"목사니임~"

인터폰에 대고 애교를 부렸다.

"문 열어드리겠습니다."

부드러운 음성의 목사님은, 내가 마음속으로 '예수님'이라고 부르는 것을 모르시겠지?

향기가 진한 꽃다발을 들고 온 분도 계셨다. 연극배우 두 분, 내가 존경해마지 않는 멘토 소설가 선배님, 그리고 소설가이자 교수님.

식탁에 놓인 각종 견과류와 직접 끓이셨다는 고명이 탐스러운 생강차와 무한 리필 되는 커피, 그리고 특A급으로 차려놓은 과일무더기 앞에서 식탐이 많은 나는 쉴 새 없이 먹고 또 먹었다. 점심 먹을 배는 남겨두어야 하는데 하면서도 마음뿐이었다.

오늘은 성경공부에서 고린도후서를 떼는 날. 책씻이, 책거리. 찬송가를 골라 세곡이나 부르고 (가사는 또 얼마나 좋아!!) 기도하고, 성경공부를 시작했다.

똑같은 성경 구절인데 목사님의 음성으로 들으면 어찌하여 따따블 은혜가 되는지 모르겠다. 늘 그렇듯 말씀 중간에 그런데, 하면서 자신의 생각들을 가감 없이, 아주 솔직하고 심오하게 피력하는 모습은 정말 아름다웠다. 일 년 동안 닫혀져 있던 내 입도 한몫했다. 내가 종알종알하는 것을 지켜본 분이 웃음을 참지 못한다.

"아니, 너무 신기해요. 어떻게 일 년 동안 입을 다물고 있었을까?"

나는, 약간 부끄러웠다. 까칠하기 그지없던 나는 그냥 쑥스러운 웃음만. (내가 입을 열면 폭탄이라는 것을 아직 아무도 모르는 것 같다.) 선배 소설가님은 내 블로그를 보고 그 거침없음에 경탄 (감탄을 넘어서^^) 하셨다고. 내가 대체 어떤 사람일까 궁금해서 블로그를 들르셨다는 목사님 부부도 깜짝 놀랐다고 한다. 아니, 그렇게 조용하고 얌전한 분이 이 분 맞나, 그렇게 생각하셨다고 한다. 아이고. 제게 몇 개의 페르소나가 있는지 모르시는 게 나을 겁니다.

점점 이야기가 깊어졌다. 나는 눈을 반짝이며 혹여 잊어버릴까 메모도 열심히 했다. 집에 가서 꼭 복습하면서 생각을 정리해야지! 육적인 것, 육, 육적인 생각, 그런 말은 대단히 델리케이트하다. 그 미묘한 간극을 이분도 정리해주고 저분도 정리해주고 나는 마음속으로 다시 정리하는 너무도 좋은 시간!

사모님이 며칠은 궁리하셨을 점심은 또 얼마나 풍성한지. 도토리묵, 굴 생채, 겉절이, 온갖 것이 다 들어간 샐러드, 해물 부추전, 고기버섯볶음, 굴을 넣은 미역국, 영양밥……끝이 없네! 하여튼 계속 먹고 또 먹었다. 영의 양식, 육의 양식 모두 베스트 어브 베스트였다.

이윽고 기도제목을 나누는 시간. 모두 진지하게 자신의 속내를 드러내는 시간이었다. 어쩐지 내 마음이 울컥해졌다. 나를 제외한 모든 사람들은 너무도 이타적인 삶을 살고 있었다. 자신보다 타인을 배려하고 어떻게 하면 타인을 더 사랑할 수 있는가에 대하여 고민하고 있었다. 창피하고 부끄러웠다. 내 앞가림도 못해서 매일매일 아니 매순간순간을 이 끝에서 저 끝으로 헤매기만 하는 나는 대체 언제 저 분들처럼 '이웃을 내 몸처럼' 사랑할 수 있게 될까.

말썽꾸러기 나는 화장실에 들렀다가 수건걸이를 망가뜨렸다. 하지만 그것은 비밀. 아무리 애를 써도 제자리에 돌아오지 않아서 임시방편으로 대강 걸쳐놓았으니 나 다음 수건을 쓴 분은 덤터기를 썼을 것이다.

목사님 댁 이사심방은 난생 처음이었지만 편안했다. 소탈하고 격의 없이 대하시는 그 마음에 나는 감격했다. 단 한 번도 목사님은 우리 위에 군림하지 않았다. 무엇을 가르치지도 않았다. 다만 조용히 듣고 계실 뿐이었다.

목사님의 평안이 가득한 얼굴을 보기만 해도 은혜가 되는 것은 아마도 그 성품이 그대로 드러나 있기 때문은 아니었을까? 오늘 그 시간을 같이한 분들이 정말 좋다. 나도 그들에게 '좋은' 사람이 되기 위하여 나는 무슨 노력을 해야 할지 그것부터 먼저 풀어야 할 숙제!

하나님의 트렁크

8 4

그러면 된 겁니다

  어제 이 글을 찾으려고 두 시간은 족히 헤맨 것 같다. 오래 전 쓴 글인데 어느 구석에 써놓았는지 찾기 힘들었다. 두고두고 가슴에 새기며 내 자신을 위로하고 싶은 글이기도 했다.

어제는 좀 이상한 날.
갑자기 물밀듯 절망이 밀려오는 바람에
영혼의 어둔 밤을 보내고
겨우겨우 새벽미사를 갔네.
그런데 신부님이 이렇게 말씀하시겠지?

여러분은 새벽미사에도 나오고
하나님 말씀대로 살려고 노력하고
미운 사람도 사랑하려고 노력하지 않습니까.
그러면 된 겁니다.
하나님은 여러분의 손을 잡아주고
사랑한다, 고 말씀하십니다 …

노력, 노력. 노력… (나야 날마다 매 순간마다 얼마나 노력하는가 말이다, 노
력만 하는지도 모르지만…)
그러면 된 겁니다, 라는 말씀에
눈물이 주르르, 저 비처럼.
그래도 되는 걸까, 에서 발목이 잡혀있던 나는
그러면 된 겁니다, 하는 하나님의 위로에
다시 마음을 잡았네.
모두 다 집으로 돌아가고 아무도 없는 어두운 성당에 앉아서
그냥 가만히 앉아서
무슨 생각을 했는지는 나도 몰라.
오늘은 온종일 나를 위로해야지.
그러면 된 겁니다, 하셨으니.

하나님의 트렁크

85

내 뜻을 버렸습니다.

청년 시절, 교회에서 성탄극을 하는데 마리아 역할을 한 적이 있었다. 주연이었다. 모두 청년부원들로 구성된 순수 아마추어 연극이었지만 그 열의와 성의는 대단했다. 당시 같은 교회에 다니던 유명 연극배우가 기꺼이 연출을 맡아주는 바람에 우리는 거의 전문배우와 다름없이 혹독한 연습의 시간을 거쳐야 했다. 발음과 동선과 시선, 동작 하나하나까지 예리하게 체크하시는 열정적인 지도로 우리는 땀을 흘리면서도 나날이 실력이 나아졌고, 당일에는 제법 그럴듯한 무대를 보여줄 수 있었다.

마리아.

그 후, 연극을 본 몇 몇 사람은 농담조로 마리아라고 나를 불러 세우곤 했다. 성경에는 여러 명의 마리아가 있다. 성모 마리아. 예수의 발을 씻겨준 여인도 마리아라고 하는 설이 있고, 그 마리아가 간통으로 끌려온 여인이라는 설도 있고, 죽었다가 살아난 나사로의 여동생 마리아도 있다. 언니 마르다가 부엌에서 예수님 일행 접대에 정신없이 바빠 죽을 지경인데도 손끝 하나 까딱이지 않고 예수의 발밑에 앉아 턱을 쳐들고 말씀에 빠져들었던 마리아 말이다.

오늘, 새벽 말씀에 그 마리아가 다시 등장했다. 주님 발 앞에 앉은 삶이 되라는 말씀. 아멘.

교회의 여인들은 (어쩌면 남자들도 일반이지 않을까 싶은데) 두 가지 부류가 있는 것 같다. 마르다처럼 발 벗고 교회 일에 뛰어들어 거의 목숨 바쳐 봉사하는 여인네들. 그네들의 헌신이 없으면 우리가 어떻게 교회에서 점심밥을 편하게 먹을 수 있을 것이며, 그네들의 헌신이 없다면 우리가 어떻게 수많은 행사를 진행할 것이며 그네들의 헌신이 없다면 어떻게 우리가 그 많은 사회 구제와 봉사를 할 수 있을 것인가.

　또한 마리아 부류도 있다. 기도회나 예배나 성경공부나 제자훈련에 집중하는 여인네들. 그네들은 성경과 성경을 보완해주는 각종 서적과 기도서와 인터넷 설교자들의 명단을 꿰고 있다.

　나는, 마리아 부류이다. 매일 예배의 앞자리에 앉아 눈도 깜빡이지 않고, 언제나 준비하는 노트를 뒤적이고, 형광펜 자국이 무지개처럼 현란한 성경책을 뒤적이면서 몰두한다. 그러면서도 한편 마음이 편치 않았다. 지금 주방에서 파 썰고, 부침개 부치고 생강차 끓이는 많은 마르다 여인들의 손길을 생각하면 참으로 미안해지는 것이다. 하지만 도저히 말씀의 자리를 떠나기 싫은, 나만 아는 이기심을 내려놓을 수 없었다.

　언제인가 여선교회 회장이 되어 신년 성회를 하는 동안 주방에서 생강차를 끓이느라 산더미 같은 생강을 까는데 너무 말씀이 듣고 싶어서 눈물이 날 정도였다. 그 때의 결심. 내, 다시는, 이런 임원은 하지 않으리! 정말 자기희생이 없이는 할 수 없는 봉사가 교회에는 너무 많다.

　아무리 마르다 여인들에게 죄송하고 미안해도 나는 나의, 마리아 스타일을 도저히 버릴 수 없다. 그것은 성격과 취향의 문제이기도 할 것이다. 마르다 여인들이 혹, 이렇게 말할지도 모른다. 실제 그렇게 말하는 볼멘소리를 직접 듣기도 여러 번이었다.

　"누군 편안히 예배당에 앉아 말씀 듣고 싶지 않은 줄 알아? 나 아니면 할 사람이 없으니 하는 수 없이 주방 구석에서 김치 썰고, 설거지 하는 거 아니냐고!"
맞는 말씀이긴 하지만, 그것은 어쩌면 선택의 문제일지도 모른다.

그런데 오늘 말씀은 우리의 '삶' 자체를 예수의 발 앞에 두라는 것이다. 마리아는 말씀을 들으면서 몸과 영혼이 예수님 앞으로 바싹 다가서 있었고, 그럼으로 삶까지 온전히 주님 앞에 내려놓을 수 있는 결단을 하게 된다는 것이다. 그것은 나의 의지를 포함한 모든 것을 다 주님의 발 앞에 내려놓는다는 것을 의미한다는 것이었다. 아멘, 다시 아멘이었다.

예배의 마지막 즈음 목사님께서 따라하라고 했다.

"나는 내 뜻을 버렸습니다."

나는 따라했다. 아직도 깊은 잠에 빠져 있는 남편과 아들이 깰까봐 큰 소리로 외치지는 못했지만.

"나는 내 뜻을 버렸습니다."

"다시 단단한 마음을 가지고 말하세요. 나는 내 뜻을 버렸습니다."

나는 내 마음이 단단한가 한번 가슴 어귀를 만져보고 (단단하기는 커녕 만질 것(?)도 없었다), 앞으로는 단단해질 것이라고 믿고 (마음도 가슴도) 아까 보다는 좀 큰 소리도 따라했다.

"나는 내 뜻을 버렸습니다."

예배 후, 한참이나 생각했다. 왜, 오늘따라 목사님은 그런 말을 나의 입 밖으로 나오게 만드셨을까. 혹시 하나님은 목사님을 통해 나에게 그런 결단을 내리라고 다짐을 주고 싶었던 것은 아닐까.

새해에 책을 읽으면서 나는 계속 새로운 집필에 대하여 연구하는 중이었다. 이런 생각, 저런 생각이 너무 많아 종잡을 수 없을 정도로 머릿속은 꽉 차 있었고, 어제는 거의 비등점까지 올라가 있는 것을 깨달을 수 있었다. 곧 무엇인가 튀어나올 것 같은 예감. 그런데 하나님은 말씀하고 계시는 것이다. 네 뜻을 버려라.

온종일 나의 뜻은 무엇일까를 생각했다. 나의 마음이 원하는 뜻은 무엇일까. 무엇일까. 나는, 나의 마음이 좀 더 비어야 하는 것을 느꼈다.

좀 더 객관적으로 나를 바라볼 수 있을 때까지 나를 내버려두는 것이다. 내 몸의 힘을 빼고, 나의 의지를 빼고, 나의 뜻을 빼고. 오늘이 다 지나려는 지금 이 시간이 되어서야 비로소 글의 방향이 잡혔다. 제목도 저절로 떠올랐다. 네, 하나님. 나는 내 뜻을 버렸습니다.

8 6

행복에 가득차서 보낸 편지

빌립보서는 바울이 행복에 가득 차서 보낸 편지다. 그 행복은 전염성이 강하다. 몇 절만 읽어도 금세 그 기쁨이 전해지기 시작한다. 춤을 추는 듯한 단어와 기쁨의 탄성은 곧장 우리 마음속에 닿는다.

그러나 행복은 우리가 사전을 뒤적거려 알 수 있는 그런 단어가 아니다. 사실, 그리스도인의 삶의 특성 가운데 책을 보고 익힐 수 있는 것은 하나도 없다. 그 삶의 특성을 익히려면 도제 제도 같은 것이 필요하다. 수년간 충실한 훈련을 통해 몸에 익힌 것을 자신의 모든 행실로 보여주는 사람에게 직접 배워야 한다. 물론 설명을 듣기도 하겠지만, 제자는 주로 '스승'과 날마다 친밀하게 지내면서, 기능을 배우고 타이밍과 리듬과 "터치" 같은 미묘하지만 절대적으로 필요한 기법을 익힌다.

바울이 빌립보라는 도시의 그리스도인들에게 보낸 편지를 읽다 보면, 위에서 말한 스승을 대하는 것 같은 느낌이 든다. 바울은 우리에게 행복해질 수 있다고 말하거나, 행복해지는 법을 말해주지 않는다. 다만 분명히 알 수 있는 것은, 그가 행복하다는 사실이다. 그 기쁨은 그가 처한 상황과는 무관한 것이었다. 그는 감옥에서 편지를 썼고, 그의 활동은 경쟁자들의 공격을 받고 있었다.

그는 예수를 섬기며 스무 해가 넘도록 혹독한 여행을 한 끝에 지쳐 있었고, 어느 정도 위안이 필요했을 것이다.

그러나 바울이 내면으로 경험한 메시아 예수의 생명에 견줄 때, 상황은 그다지 중요하지 않았다…

…그리스도인의 행복을 설명해 주는 것은, 바로 이처럼 "넘쳐흐르는" 그리스도의 생명이다. 기쁨은 충만한 생명이며, 어느 한 사람 안에 가두어 둘 수 없는, 넘쳐흐르는 것이기 때문이다.

– 메시지 성경 빌립보서 서문에서

집 앞 교회의 사순절 특별 새벽기도에 다녀왔다. 5시 알람이 울려 눈을 떴는데 눈앞에 집 앞 교회의 아담하고도 사랑스러운 예배실이 떠올랐다. 나도 모르게 입가에 미소가 지어졌다. 빨리 그곳에 가서 조용히 앉아 기도드리고 싶었다. 그곳은 앉아 있기만 해도 행복해지는 곳이었다. 우리집 앞에 이런 아름다운 장소가 있다니! 지난주에 몇 번 갔고 이주일 동안 특별 새벽기도회를 한다기에 어제부터 새로운 마음으로 가고 있다.

어제, 친구 어머니가 돌아가셔서 수원에 있는 장례식장까지 가야 했다. 그곳에서 만난 우리 교회 (우리 교회라고 하니까 좀 이상하다) 담임 목사님과 사모님이 특새에 나오라고 하셨다. 우리 교회도 어제부터 특새가 시작되었던 것이다.

5시 6분 첫 전철을 타면 갈 수 있다. 5시 50분에 예배가 시작되므로 시간도 딱 맞다. 이전에는 그렇게 해서 몇 번의 사순절 특별 새벽기도회를 40일 동안 개근할 정도로 열심히 다녔다. 버스가 운행하는 시간이 아니어서 전철역까지 택시를 타고 갔다. 하나님께서는 없는 살림 중에서 택시비는 따로 떼어내어 내 손에 딱 쥐어주셨기 때문에 (기가 막힌 타이밍으로 전해진, 딱 40일 택시비만큼의 후원금^^) 부담 없었다.

그런데 이사해서 지금 살고 있는 곳은 외곽이어서 택시가 없다. 야밤에는 마치 수도원처럼 고요해지는 곳인 것이다.

전철까지 차편이 없어요. 우리 동네는 택시도 없어서요.

의정부가 고향이라는 담임목사님은 지금 우리가 살고 있는 곳이 예전에 얼마나 깊은 산골짜기였는지 재미있게 말해주셨다. 그렇군요.

모두 그렇게 이해하고 아쉬워했다. 그러나 집으로 돌아오는 길에 다시 한 번 생각해 보았다. 콜을 부른다면? 요금에서 1000원만 더 주면 택시가 집 앞까지 오는데?

가고자 결심한다면 무슨 수를 써서라도 갈 수 있다. 4시에 일어나서 준비하고 가는 것은 나에게 그다지 어려운 일은 아니다. 길고도 긴 오가는 시간은 말씀을 들으면서 가면 허비하는 시간도 아니다. 하지만. 나는 거기까지만 생각하기로 했다.

나는, 그냥 새벽에 교회에 가서 예배드리고 기도하고 싶은 것이다. 그곳이 우리 교회이든 집 앞 교회이든 다르지 않았다. 사실 솔직하게 말한다면 우리 교회에 가면 오히려 번거롭다. 많은 분들과 오가며 인사를 하는 것이 나에게는 부담으로 다가온다.

어제 장례식장에 가기 위하여 스타렉스 뒷좌석에 4명이나 구겨 앉아서 가면서도 누구나 붙잡고 한없이 말을 늘어놓으시는 어느 권사님을 피해 앉느라고 창가에 찰싹 달라붙어서 마치 투명인간처럼 숨도 죽이고 얌전히 앉아 있었다. 나는 교회 분들에게 인사하는 것이 왜 그렇게 힘이 드는지 모르겠다.

오늘 새벽에도, 참으로 은혜로운 말씀이 끝나고 불 꺼진 예배당에 앉아 있는데 가슴이 쿵쾅거릴 정도로 마음이 벅차올랐다. 이렇게 좋은 곳에 앉아 있을 수 있도록 허락해 주신 나의 하나님을 생각하니 더욱 좋아 죽을 것 같았다. 기도소리가 들리지 않게 크게 틀어놓은 찬송가를 따라 몇 곡을 불렀다. 찬송가

한 장 한 장 마다 그 곡에 얽힌 숱한 추억이 새록새록 떠올랐다. 곡조 있는 기도라고도 하는 찬송가의 가사는 또 얼마나 아름다운가. 나는 마치 기도처럼 찬송가를 불렀다. 정말 행복한 시간이었다. 그리고 기도 시간. 예배당이 좀 추워서 다리를 끌어안고 기도했다. 태아처럼 웅크리고 기도하니까 정말 하나님의 자궁 (하나님도 그런데 있나 몰라) 속처럼 아늑한 기분이 들었다.

집으로 돌아와 노트북을 켜고 세상의 모든 음악 다시듣기를 열어놓고 커피를 마시면서 시를 필사했다. 사순절 묵상집을 읽고 다시 메시지 성경을 펼쳤다. 커피 향이 그윽하게 퍼지는 나의 방은 온통 행복의 향기로 가득 차 있는 느낌이었다. 그런데 마침 유진 피터슨씨는 이런 글귀를 나에게 선물하는 것이다.

"빌립보서는 바울이 행복에 가득 차서 보낸 편지다……"

나도 정말 행복에 가득 차서 편지를 보내고 싶다. 이런 글귀를 만나면 나는 그만 깜빡 넘어가버린다.

"다만 분명히 알 수 있는 것은, 그가 행복하다는 사실이다. 그 기쁨은 그가 처한 상황과는 무관한 것이었다."

나도 이렇게 쓰고 싶다.
다만 분명히 알 수 있는 것은, 내가 행복하다는 사실이다. 그 기쁨은 내가 처한 상황과는 무관한 것이었다.

그러므로 이 아침 나도 이렇게 결론을 내릴 수밖에.
"이 글은 내가 행복에 가득 차서 보낸 편지다."

8 7

花요일

꽃을 피우고 싶은지 내 몸이 근질거렸다. 화요일, 하고 노트에 적는 순간 그렇게 되었다.

꽃을 피우고 싶은, 꽃이 되고 싶은 나는 4시 50분이라고 기상 시각을 적었다. 무슨 주문을 외우지도 않았는데, 다만 시각을 적었을 뿐인데 마술처럼 꽃잎이 솟기 시작했다. 나의 피 속에서 꽃들이 뛰쳐나왔던 것이다. 나는 마치 천경자의 소녀처럼 꽃들에 둘러싸여버렸다. 코끝에 감기는 향기. 믿을 수 없지만 사실이었다.

욕실에서 거울을 보며 양치질을 하는데 입에서도 꽃송이가 튀어나왔다. 거울에도 꽃잎이 붙고 세면대에서 꽃잎들이 깔렸다. 만지는 것, 보는 것, 생각하는 것도 모두 꽃이 되었다. 세상에.

꽃잎을 밟으며 새벽교회를 갔다. 신호등도 붉고 푸른 꽃들이었다. 자동차도 슈퍼마켓도 꽃이 되어 있었다. 지나치는 차는 뒤 꽁지에 꽃잎을 뿌리며 달려갔다.

나는 꽃으로 변한 교회에 들어갔다. 기도도 꽃이 되었다. 찬송가도 꽃이다. 말씀도 꽃이다. 앞자리에 앉아 기도하는 분도 꽃이었다. 나의 두 손도 꽃이 되었다. 나는 꽃을 좋아하지도 않는데 어찌된 일이람?

집으로 돌아와 손톱을 깎았는데 꽃잎이 뚝뚝 떨어졌다. 내가 지금 제정신인
가, 하고 고개를 흔들었는데 나의 머리카락이 꽃이 되어 있는 것을 알았다. 무
수한 꽃잎이 나의 작은 방에 가득하다.

꽃이 되었으니 이를 어떡한담? 계속 꽃이 피어나고 있으니 이를 어쩐담?

온종일 꽃바구니를 만들어 여기저기 선물해야 할까보다.

나의 손, 나의 가슴, 나의 마음, 나의 사랑, 나의 노래, 모두 꽃바구니로
만들어서.

… 나의 감각이 너무도 강렬하여 쾌감조차도 고통스럽다.

나의 감각이 너무도 강렬하여 슬픔마저도 행복하다.

  −페소아 불안의 서 중에서

하나님의 트렁크

아무 것도 없는 자 같으나 모든 것을 가진 자로 사는 법

2016년 10월 1일 초판 1쇄 펴냄

지은이 이숙경

디자인 김인근(룩스 커뮤니케이션) looksom@naver.com

펴낸이 임신희

펴낸곳 인사이트브리즈 출판사

출판등록 제396-2012-000142호 (2012년 08월 14일)

주소 경기도 고양시 일산동구 강촌로 191 406-602

ISBN 979-11-86142-22-6(03810)

전화 031-995-6356, 010-7255-2437

전자우편 insightpub@naver.com

홈페이지 www.insightbriz.com

인사이트브리즈는 **"생각을 불러일으키는 글"** 을 출판합니다.